O Prisioneiro do Céu

SUMA
de letras

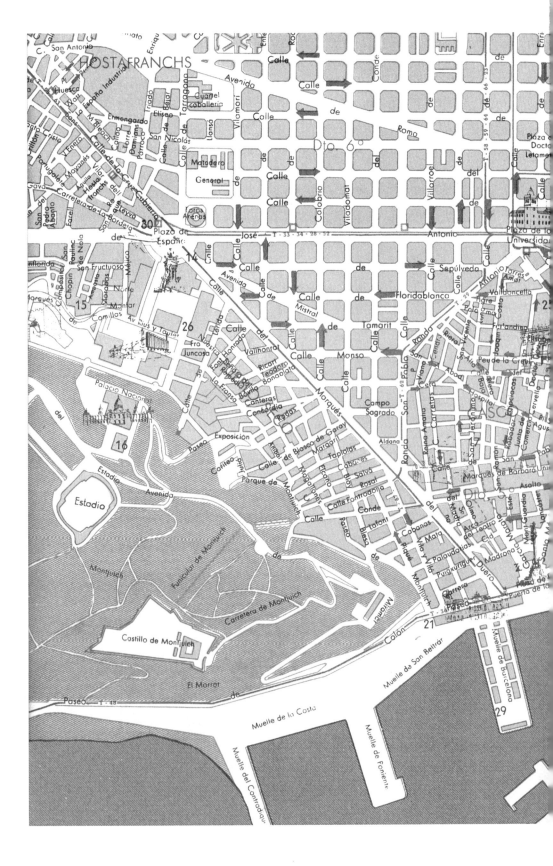

CARLOS RUIZ ZAFÓN

O PRISIONEIRO DO CÉU

Tradução
Eliana Aguiar

Todos os direitos desta edição reservados à
EDITORA OBJETIVA LTDA.
Rua Cosme Velho, 103
Rio de Janeiro – RJ – CEP: 22241-090
Tel.: (21) 2199-7824 – Fax: (21) 2199-7825
www.objetiva.com.br

Título original
El Prisionero del Cielo

Revisão da tradução
Elisabeth Xavier de Araújo

Capa
Trio Studio sobre design original de Compañía

Imagens de capa
© Francesc Català-Roca – Arxiu Fotogràfic de l'Arxiu Històric del Col-legi d'Arquitectes de Catalunya (AHCOAC)
© Fondo F. Català-Roca/Archivo Fotográfico
© H. Armstrong Roberts/ClassicStock/Corbis

Revisão
Joana Milli
Lilia Zanetti
Ana Grillo

Editoração eletrônica
Abreu's System Ltda.

PRISA EDIÇÕES

CIP-BRASIL. CATALOGAÇÃO-NA-FONTE
SINDICATO NACIONAL DOS EDITORES DE LIVROS, RJ

Z22p

    Zafón, Carlos Ruiz
       O prisioneiro do céu / Carlos Ruiz Zafón ; tradução Eliana
    Aguiar. - Rio de Janeiro : Objetiva, 2012.
       249p.

       Tradução de: *El prisionero del cielo*
       ISBN 978-85-8105-073-7

       1. Romance espanhol. I. Aguiar, Eliana. II. Título.

12-2437   CDD: 863
                           CDU: 821.134.2-3

O
CEMITÉRIO
DOS
LIVROS
ESQUECIDOS

Este livro faz parte de um ciclo de romances que se entrecruzam no universo literário do Cemitério dos Livros Esquecidos. Os romances que formam esse ciclo estão ligados entre si através de personagens e linhas dramáticas que estendem pontes narrativas e temáticas, embora cada um deles ofereça uma história completa, independente, contida em si mesma.

As diversas partes da série do Cemitério dos Livros Esquecidos podem ser lidas em qualquer ordem e separadamente, permitindo que o leitor acesse e explore o labirinto de histórias através de diferentes portas e caminhos que, enlaçados, o conduzirão ao coração da narrativa.

Sempre soube que um dia voltaria a estas ruas para contar a história do homem que perdeu a alma e o nome entre as sombras de uma Barcelona submersa no sono medroso de um tempo de cinzas e silêncio. São páginas escritas com fogo sob a proteção da cidade dos malditos, palavras gravadas na memória daquele que retornou de entre os mortos com uma promessa cravada no coração e pagando o preço de uma maldição. A cortina se abre, o público silencia e, antes de a sombra que espreita seu destino descer sobre o palco, um elenco de espíritos brancos entra em cena com o texto de uma comédia nos lábios e aquela bendita inocência de quem, pensando que o terceiro ato é o último, começa a narrar um conto de Natal sem saber que, ao virar a última página, a tinta de sua alma o arrastará, lenta e inexoravelmente, ao coração das trevas.

JULIÁN CARAX, *O prisioneiro do céu*
(Editions de la Lumière, Paris, 1992)

Primeira parte

UM CONTO
de NATAL

1

Barcelona, dezembro de 1957

Naquele ano, o Natal deu para amanhecer todo dia vestido de chumbo e geada. Uma penumbra azulada tingia a cidade, e as pessoas passavam cobertas da cabeça aos pés, com o hálito desenhando jatos de vapor no ar frio. Eram poucos os que paravam para admirar as vitrines de Sempere e Filhos e menos ainda os que se aventuravam a entrar e perguntar por aquele livro perdido, que esteve esperando por eles a vida inteira e cuja venda, poesia à parte, poderia contribuir para remediar as precárias finanças da livraria.

— Estou sentindo que hoje é o dia. Hoje a nossa sorte vai mudar — proclamei na animação do primeiro café do dia, puro otimismo em estado líquido.

Meu pai, que desde as oito da manhã estava lutando com os livros de contabilidade, fazendo malabarismo com lápis e borracha, levantou os olhos do balcão e observou o desfile de clientes ariscos desaparecendo rua abaixo.

— Deus te ouça, Daniel, porque nesse passo, se perdermos as vendas de Natal, não vamos ter como pagar nem a conta de luz de janeiro.

— Fermín teve uma ideia ontem — sugeri. — Segundo ele, trata-se de um plano genial para salvar a livraria da falência iminente.

— Que o céu nos proteja.

Citei textualmente:

— *Quem sabe se eu fosse decorar a vitrine só de cueca, alguma mulher ávida de literatura e de emoções fortes não entrava para comprar? Dizem os entendidos que o futuro da literatura está nas mãos das mulheres e Deus é testemunha de que está para nascer uma dona capaz de resistir ao charme rústico desse meu corpinho sarado* — repeti. Ouvi quando o lápis de meu pai caiu no chão e me virei.

— Palavras de don Fermín — acrescentei.

Pensei que meu pai ia rir da ideia de Fermín, mas ao ver que ele não saía de seu silêncio, comecei a observá-lo com o rabo do olho. Sempere pai não parecia estar achando graça nenhuma naquele disparate e ainda exibia uma expressão pensativa, como se considerasse a possibilidade de levar a sugestão a sério.

— Mas olhe só, não é que Fermín acertou na mosca! — disse baixinho.

Olhei para ele incrédulo. Talvez a seca comercial que nos assolava nas últimas semanas tivesse afetado o juízo de meu pai.

— Não vai me dizer que vai deixar Fermín passear de cueca pela livraria.

— Não, claro que não. É a vitrine. O que você disse me deu uma ideia... Talvez ainda dê tempo de salvar o Natal.

Vi quando desapareceu no fundo da loja e retornou vestido com seu uniforme oficial de inverno: casaco, echarpe e chapéu, os mesmos que eu conhecia desde pequeno. Minha mulher, Bea, não cansava de manifestar suas suspeitas de que meu pai não comprava roupa desde 1942 e todos os indícios diziam que tinha razão. Enquanto enfiava as luvas, meu pai sorria vagamente e seus olhos exibiam aquele brilho quase infantil que só os grandes projetos conseguiam provocar.

— É só um instantinho — anunciou. — Vou sair para tomar umas providências.

— Posso perguntar aonde vai?

Meu pai piscou o olho.

— É surpresa. Você vai ver.

Fui atrás dele até a porta e vi quando partiu em direção à Puerta del Ángel num passo firme, uma silhueta a mais na maré cinzenta de passantes navegando por mais um longo inverno de sombra e cinzas.

2

Aproveitando que estava sozinho, resolvi ligar o rádio para saborear uma boa música enquanto organizava do meu jeito as coleções das estantes. Meu pai considerava que deixar o rádio ligado na livraria quando havia clientes não era de bom-tom e, se eu ligasse quando Fermín estava na loja, ele logo se metia a cantarolar seus próprios versos por cima de qualquer melodia — ou, pior ainda, a dançar uma coisa que ele chamava de *ritmos sensuais do Caribe* — e conseguia me tirar do sério em poucos minutos. Diante dessas dificuldades práticas, cheguei à conclusão de que deveria limitar o prazer da FM aos raros momentos em que não havia mais ninguém na loja além de mim e de várias dezenas de milhares de livros.

Naquela manhã, a Rádio Barcelona transmitia uma gravação clandestina feita por um colecionador durante um fantástico concerto do trompetista Louis Armstrong, com sua banda no Hotel Windsor Palace da avenida Diagonal, três Natais atrás. No intervalo comercial, o locutor fazia questão de explicar que aquilo era jazz, pronunciando a palavra com forte sotaque e avisando que seu ousado ritmo sincopado podia não ser apropriado para o consumo do ouvinte nacional, criado na toada, no bolero e no iniciante movimento iê-iê-iê que dominava as paradas de sucesso do momento.

Fermín costumava dizer que, se don Isaac Albéniz tivesse nascido negro, o jazz teria sido inventado em Camprodón, assim como as latas de biscoitos, e que, junto com aqueles sutiãs pontudos que sua adorada Kim Novak exibia em alguns dos filmes que víamos na sessão matinal do cinema Fémina, aquele som era uma das poucas grandes realizações da humanidade naquela primeira metade do século XX. Melhor não discutir com ele. Deixei passar o resto da manhã entre a magia daquela música e o perfume dos livros, saboreando a serenidade e a satisfação que um trabalho simples mas bem-feito proporciona.

Fermín tinha reivindicado uma manhã livre para, segundo ele, ultimar os preparativos do casamento com Bernarda, previsto para o início de fevereiro. Da primeira vez que tocou no assunto, duas semanas atrás, todos dissemos que estava se precipitando e que com pressa não se chega a lugar nenhum. Meu pai tentou convencê-lo a adiar o enlace por pelo menos uns dois ou três meses, argumentando que casamentos deviam ocorrer no verão, com tempo bom, mas Fermín insistiu em manter a data alegando que ele, espécime curtido na áspera secura do clima serrano da Extremadura, transpirava demais quando chegava o calor, a seu ver semitropical, da costa mediterrânea e não ia querer celebrar seu matrimônio com manchas do tamanho de um prato nos sovacos.

Já estava começando a acreditar que havia alguma coisa estranha no ar para que Fermín Romero de Torres, estandarte vivo da resistência civil à Santa Madre Igreja, aos bancos e aos bons costumes daquela Espanha dos anos cinquenta, de missa e NO-DO,* manifestasse toda aquela urgência em comparecer diante do altar. Em seu cuidado pré-matrimonial, chegou ao extremo de fazer amizade com o novo padre da igreja de Santa Ana, don Jacobo, um sacerdote burgalês de ideário aberto e modos de boxeador aposentado, a quem transmitiu sua paixão desmedida pelo dominó. Fermín duelava com ele em partidas históricas no Bar Almirall, aos domingos depois da missa, e don Jacobo ria gostosamente quando meu amigo perguntava, entre um copinho e outro de licor de Montserrat, se ele podia garantir que as freiras tinham coxas e se sabia se eram tão firmes e mordiscáveis quanto ele suspeitava desde a adolescência.

— Ainda vai acabar excomungado — repreendia o padre. — Freiras não são para serem vistas e muito menos tocadas.

— Mas se o senhor padre é quase tão saliente quanto eu — protestava Fermín. — Não fosse a batina...

Estava relembrando aquela conversa e cantarolando ao som do trompete do mestre Armstrong, quando ouvi a campainha que ficava em cima da porta da livraria tilintar suavemente e levantei os olhos esperando encontrar meu pai de volta de sua missão secreta ou Fermín pronto para assumir o turno da tarde.

— Bom dia — disse a voz, grave e alquebrada, vinda da soleira da porta.

---

* NO-DO (*Noticiero Documental*): noticiário cinematográfico oficial do regime franquista a partir de 1943, de apresentação obrigatória em todas as salas de cinema da Espanha. (N. da T.)

3

Na contraluz da rua, a silhueta parecia um tronco açoitado pelo vento. O visitante usava um terno escuro de corte antiquado e formava uma figura sinistra, apoiada numa bengala. Deu um passo à frente, mancando visivelmente. A claridade da lâmpada que ficava no balcão revelou um rosto marcado pelo tempo. O visitante ficou me observando alguns instantes, avaliando-me sem nenhuma pressa. Seu olhar tinha algo de ave de rapina, paciente e calculista.

— É o sr. Sempere?

— Sou Daniel. O sr. Sempere é meu pai, mas não está no momento. Posso ajudá-lo em alguma coisa?

O visitante ignorou minha pergunta e começou a passear pela livraria, examinando tudo, palmo a palmo, com um interesse que beirava a cobiça. O andar capenga fazia pensar que as lesões que ocultava sob aquelas roupas eram importantes.

— Lembranças da guerra — disse o estranho, como se tivesse lido meu pensamento.

Segui sua inspeção da livraria com os olhos, adivinhando onde ele ia parar. Tal como tinha suposto, o estranho lançou âncora na frente da estante de ébano e cristal, relíquia funcional da livraria em sua primeira encarnação, lá pelos idos de 1888, quando o tataravô Sempere, na época um jovem recém--chegado de suas andanças de aventureiro em terras do Caribe, pegou dinheiro emprestado para comprar uma antiga luvaria e transformá-la em livraria. Aquela estante, glória da nossa loja, era onde guardávamos tradicionalmente os exemplares mais valiosos.

O visitante se aproximou dela o suficiente para que seu hálito desenhasse uma nuvem no vidro. Pegou um par de óculos e o ajeitou no nariz para estudar o conteúdo da estante. Sua postura lembrava uma raposa num galinheiro, examinando os ovos recém-postos.

— Bela peça — murmurou. — Deve ter o seu valor.

— É uma antiguidade da família. De valor principalmente sentimental — devolvi, incomodado com as estimativas e avaliações daquele estranho cliente que parecia taxar com os olhos até o ar que respirávamos.

De repente, ele guardou os óculos e falou num tom pausado.

— Soube que trabalha aqui com vocês um cavalheiro de reconhecido talento.

Como não respondi imediatamente, ele se virou e me lançou um daqueles olhares que envelhecem quem os recebe.

— Como pode ver, estou sozinho. Quem sabe o cavalheiro não diz que título deseja, para que possa pegá-lo, com muito gosto.

O estranho esboçou um sorriso que parecia qualquer coisa menos amigável e concordou.

— Vejo que tem um volume de *O conde de Montecristo*, aqui mesmo nessa estante.

Não era o primeiro cliente que reparava naquela peça. Usei o discurso oficial que guardávamos para aquelas ocasiões.

— O cavalheiro tem muito bom olho. Trata-se de uma edição maravilhosa, numerada e com ilustrações de Arthur Rackam, proveniente da biblioteca pessoal de um grande colecionador de Madri. É uma peça única e catalogada.

O visitante ouviu com desinteresse, centrando sua atenção na consistência das prateleiras de ébano da estante e mostrando claramente que minhas palavras o entediavam.

— Pois para mim, todos os livros parecem iguais. Mas gostei do tom de azul da capa — respondeu em tom depreciativo. — Vou ficar com ele.

Em outras circunstâncias, estaria dando pulos de alegria por conseguir vender aquele que, provavelmente, era o livro mais caro de toda a livraria, mas havia alguma coisa na ideia de ver aquela edição nas mãos de semelhante criatura que me embrulhava o estômago. Algo me dizia que, se aquele volume abandonasse a livraria com ele, ninguém jamais leria nem o primeiro parágrafo.

— É uma edição caríssima. Se o cavalheiro quiser, posso lhe mostrar outras edições da mesma obra em perfeito estado e com preços mais acessíveis.

As pessoas de alma pequena sempre tentam apequenar os demais, e o estranho, que parecia capaz de esconder suas intenções na ponta de um alfinete, me dedicou seu melhor olhar de desprezo.

— E de capa igualmente azul — acrescentei.

Ele ignorou a impertinência da minha ironia.

— Não, obrigado. É esse que eu quero. O preço não me interessa.

Concordei a contragosto e fui até a estante. Peguei a chave e abri a porta envidraçada. Podia sentir os olhos do estranho cravados em minhas costas.

— Tudo que é bom sempre está fechado a chave — comentou sorrateiramente.

Peguei o livro e suspirei.

— O senhor é um colecionador?

— Poderia dizer que sim, mas não de livros.

Virei-me com o volume nas mãos.

— E o que coleciona, então?

Mais uma vez, o estranho ignorou a pergunta e estendeu a mão para receber o livro. Tive que resistir ao impulso de recolocar o livro na prateleira e passar a chave. Meu pai nunca me perdoaria se deixasse passar uma venda daquelas nos tempos que corriam.

— O preço é trinta e cinco pesetas — anunciei, antes de estender o livro, na esperança de que a cifra o fizesse mudar de ideia.

Ele concordou sem pestanejar e tirou uma nota de cem pesetas do bolso daquele terno que não devia valer nem dois tostões. Fiquei me perguntando se a nota não seria falsa.

— O senhor me desculpe, mas acho que não tenho troco para uma nota tão alta.

Queria pedir que esperasse um momentinho enquanto corria ao banco mais próximo para trocar as cem pesetas e verificar se a nota não era falsa, mas também não queria deixá-lo sozinho na livraria.

— Não se preocupe, é verdadeira. Sabe como se vê?

O estranho levantou a nota contra a luz.

— Examine a marca-d'água e essas linhas. A textura...

— O cavalheiro é um especialista em falsificações?

— Tudo é falso nesse mundo, meu jovem. Tudo menos o dinheiro.

Colocou a nota na minha mão e fechou meu punho em torno dela, dando um tapinha nos dedos.

— Vou deixar o troco para a minha próxima visita — disse.

— É muito dinheiro, senhor. Sessenta e cinco pesetas...

— Tostões...

— Em todo caso, vou fazer um recibo.

— Confio em você.

O estranho examinou o livro com ar indiferente.

— Trata-se de um presente. Gostaria de pedir que vocês mesmos fizessem a entrega do livro. Pessoalmente.

Hesitei um segundo.

— Em princípio, não fazemos isso, mas nesse caso faremos a entrega em mãos, com muito prazer e sem nenhum custo. Posso perguntar se seria aqui mesmo na cidade de Barcelona ou...?

— Aqui mesmo — respondeu.

A frieza de seu olhar parecia delatar anos de raiva e rancor.

— O cavalheiro deseja fazer uma dedicatória ou bilhete pessoal antes que embrulhe o livro?

Com dificuldade, o visitante abriu o livro na página do título. Foi quando percebi que sua mão esquerda era postiça, uma peça de porcelana pintada. Pegou uma caneta-tinteiro e escreveu algumas palavras. Devolveu o livro e deu meia-volta. Fiquei observando enquanto ele capengava até a saída.

— Poderia fazer a gentileza de me dar o nome e o endereço para que façamos a entrega? — perguntei.

— Está tudo aí — disse ele, sem virar os olhos para mim. Abri o livro e procurei a página com a inscrição que o estranho deixou, de próprio punho:

Para Fermín Romero de Torres, que retornou de entre os mortos e tem a chave do futuro.

13

Foi então que ouvi a campainha da entrada e, quando olhei, o estranho já tinha desaparecido.

Corri até a porta e fiquei olhando a rua. O visitante se afastava mancando, misturado às silhuetas que atravessavam o véu de névoa azul que varria a rua Santa Ana. Ia chamá-lo, mas mordi a língua. Seria mais fácil deixá-lo ir sem explicações, mas o instinto e minha tradicional falta de prudência e senso prático levaram a melhor.

4

Pendurei o cartaz de "fechado" na porta e tirei a chave, disposto a seguir o estranho no meio da multidão. Sabia que, se meu pai voltasse e descobrisse — justo na primeira vez em que me deixava sozinho e ainda por cima no meio daquela seca de vendas — que havia abandonado meu posto, ia me passar um sermão daqueles. Tudo bem, inventaria alguma desculpa no caminho. Preferia enfrentar o gênio tranquilo de meu pai a ter de engolir o desassossego que aquele sinistro personagem tinha deixado em meu corpo e ficar sem saber direito qual era a natureza de sua relação com Fermín.

Um livreiro profissional tem poucas ocasiões de aprender na prática a fina arte de seguir um suspeito sem ser descoberto. A menos que boa parte de seus clientes se inscreva no rol dos caloteiros, a maioria dessas oportunidades vêm do catálogo de livros policiais e romances baratos à venda em suas estantes. O hábito não faz o monge... mas o crime, ou a simples suspeita, fazem o detetive, especialmente o amador.

Enquanto seguia o estranho em direção às Ramblas, fui refrescando as noções básicas, começando por deixar uns bons cinquenta metros entre nós dois, tentar me esconder atrás de alguém mais corpulento e ter sempre em mente um esconderijo rápido numa portaria ou numa loja, caso o objeto de meu interesse parasse e olhasse para trás sem aviso prévio. Ao chegar às Ramblas, o estranho cruzou o passeio central e tomou o caminho do porto. O passeio estava enfeitado com os tradicionais enfeites de Natal e mais de uma loja tinha decorado suas vitrines com luzes, estrelas e anjos anunciando uma felicidade que, se deu até no rádio, devia ser real.

Naquela época, o Natal ainda conservava certo ar de magia e mistério. A luz em flocos do inverno, o olhar e os anseios de pessoas que levavam a vida entre sombras e silêncio davam à decoração um leve perfume de verdade, no qual pelo menos as crianças e os que tinham aprendido a esquecer ainda podiam acreditar.

Talvez isso tornasse ainda mais evidente o fato de que, em todo esse clima de sonho, nenhum personagem era menos natalino e fora de tom do que o estranho que eu estava seguindo. Capengava lentamente e parava com frequência em algumas das lojinhas de pássaros e de flores, admirando periquitos e rosas como se nunca os tivesse visto antes. Por duas vezes, aproximou-se das bancas de jornais que pontilhavam as Ramblas e ficou contemplando as capas dos jornais e revistas e girando os mostruários de cartões-postais. Parecia que nunca tinha estado lá antes e se comportava como uma criança ou um turista que passeasse pela primeira vez nas Ramblas. Mas as crianças e os turistas costumam exibir a inocência passageira de quem não sabe onde pisa, e aquele sujeito não teria um ar inocente nem por obra e graça do Menino Jesus, diante de cuja imagem ele atravessou, na altura da igreja de Belén.

Parou num local de venda de animais que ficava bem em frente da rua de Puertaferrista, aparentemente atraído por uma gaiola com uma cacatua de plumagem rosa-pálido, que olhava para ele de banda. O estranho se aproximou da gaiola, como tinha feito com a estante da livraria, e começou a murmurar umas palavras. O pássaro, um exemplar cabeçudo e com uma envergadura de galo capão vestido com plumagens de luxo, sobreviveu ao hálito de enxofre do estranho e ficou atento e concentrado, claramente interessado naquilo que o visitante estava recitando. Confirmando esse interesse, a cacatua concordava várias vezes com a cabeça e eriçava sua crista de plumas rosas, visivelmente excitada.

Passados alguns minutos, satisfeito com aquele intercâmbio avícola, o estranho seguiu seu caminho. Não tinham transcorrido nem trinta segundos quando, ao passar diante do local, notei certo corre-corre e vi que um dos vendedores, atarantado, tentava cobrir a tal gaiola com um capuz de pano. E a cacatua repetia com dicção perfeita o seguinte versinho: *Franco, atocha, teu pinto ficou brocha*, que eu sabia muito bem com quem ela tinha aprendido. Pelo menos o estranho mostrava certo senso de humor, além de convicções de alto risco, coisas que naquela época eram tão raras quanto as saias acima dos joelhos.

Distraído pelo incidente, pensei que tinha perdido o sujeito de vista, mas não demorei a localizar sua figura encasacada na frente da vitrine da joalheria Baguès. Avancei disfarçadamente até um dos pequenos quiosques de escreventes que ladeavam a portaria do edifício Palacio de la Virreina, onde pude observar o estranho com atenção. Seus olhos brilhavam como rubis e o espetáculo de ouro e pedras preciosas por trás da vitrine à prova de bala parecia ter despertado nele uma luxúria que nem a fila de coristas do La Criolla em seus anos de glória conseguiria provocar.

— Vai uma carta de amor, meu jovem, um documento, um pedido à autoridade de sua escolha, uma espontânea venho-por-meio-desta para os parentes do interior?

O escrevente estabelecido na casinhola atrás da qual eu estava escondido tinha se debruçado em seu balcão como se fosse um sacerdote confessor e olhava para mim ansioso para alugar seus serviços. O cartaz sobre a janelinha rezava:

Oswaldo Darío de Mortenssen

Literato e pensador.
Escrevem-se cartas de amor, petições,
testamentos, poemas, convites, felicitações, pedidos,
anúncios fúnebres, hinos, monografias, súplicas, documentos
e composições variadas em todos os estilos e métricas.
Dez cêntimos a frase (rimas extras).
Preços especiais para viúvas, mutilados e menores de idade.

— E então, rapaz? Uma carta de amor dessas que fazem as mocinhas em idade de merecê-las molharem as anáguas com os sinais do desejo? Faço um preço especial para você.

Mostrei a aliança de casado. O escrevente Oswaldo deu de ombros, impávido.

— Vivemos em tempos modernos — argumentou. — Se você soubesse a quantidade de casados e casadas que passam por aqui...

Reli o cartaz, que tinha um ar familiar que não conseguia localizar.

— Seu nome me soa familiar...

— Já tive tempos melhores. Talvez me recorde dessa época.

— É o nome de verdade?

— *Nom de plumme*. Um artista precisa de um nome à altura de sua obra. Minha certidão de nascimento diz Jenaro Rebollo: com um nome desses, quem iria me encomendar uma carta de amor? O que me diz da oferta do dia? Que tal uma carta de paixão e desejo?

— Em outra ocasião.

O escrevente concordou resignado. Seguiu o fio do meu olhar e franziu as sobrancelhas, intrigado.

— Espiando o coxo, não é? — soltou.

— Sabe quem é, por acaso? — perguntei.

— Já tem uma semana que o vejo passar por aqui todos os dias e parar bem aí, na frente da vitrine da joalheria, olhando abobalhado, como se em vez de anéis e colares estivesse vendo o traseiro da Bella Dorita* — explicou.

— Falou com ele alguma vez?

— Outro dia um dos meus colegas passou uma carta a limpo para ele, porque tem alguns dedos a menos...

— Qual colega? — perguntei.

O escrevente olhou para mim em dúvida, temendo perder um possível cliente se respondesse.

— Luisito, ali do outro lado, junto da Casa Beethoven. Aquele com cara de seminarista.

Ofereci umas moedas em agradecimento, mas ele se negou a aceitá-las.

— Ganho a vida usando a pluma, não abrindo o bico. Isso é coisa que já temos demais por aqui. Se algum dia tiver alguma necessidade de tipo gramatical, aqui estarei.

Entregou um cartão que reproduzia o anúncio do cartaz.

— De segunda a sábado, das oito às oito — especificou. — Oswaldo, soldado da palavra, para servir ao senhor e à causa epistolar.

Guardei o cartão e agradeci pela ajuda.

— Seu pássaro está batendo asas — avisou ele.

Virei-me e vi que o estranho retomara o caminho. Corri atrás, seguindo-o Rambla abaixo até a entrada do mercado de La Boquería, onde ele parou para contemplar o espetáculo de animais e pessoas que entravam e saíam carregando e descarregando iguarias e alimentos de primeira. Vi quando capengou em direção ao balcão do Bar Pinocho e subiu num dos tamboretes, com dificuldade mas animado. Durante meia hora o estranho tentou dar conta das delícias que o caçula da casa, Juanito, ia servindo, mas tive a impressão de que sua saúde não permitia grandes extravagâncias e que afinal comia mais com os olhos do que com a boca, como se o fato de pedir petiscos e pratinhos que mal podia tocar servisse antes para recordar os tempos em que o apetite era maior.

---

* Nome artístico de María Yáñez (1901-2001), cantora espanhola, famosa pela beleza e pela vida escandalosa. (N. da E.)

O paladar não saboreia mais, apenas recorda. Por fim, conformado com sua abstinência gastronômica e com o gozo substituto de ver os outros degustarem e lamberem os beiços, o estranho pagou a conta e continuou seu périplo até a entrada da rua Hospital, onde, por obra da geometria única das ruas de Barcelona, reuniam-se um dos grandes teatros de ópera da velha Europa e uma das algazarras mais barulhentas e intensas do hemisfério norte.

5

Naquela hora, a tripulação de vários navios mercantes e barcos militares atracados no porto se aventurava pelas Ramblas para saciar apetites de vários tipos. Diante de tal demanda, a oferta já tinha se incorporado às esquinas em forma de um bando de damas de aluguel com cara de quem já carrega uma quilometragem substancial e oferece uma bandeirada das mais acessíveis. Perturbado, entrevi saias abertas sobre varizes, faces lívidas e congestionadas que doíam nos olhos, rostos chupados e um ar geral de última parada antes da aposentadoria que podia inspirar qualquer coisa, menos luxúria. No entanto, muitos meses em alto-mar podiam levar um marinheiro a morder aquela isca, pensei, quando, para minha surpresa, o estranho parou para cortejar um par daquelas damas trituradas, sem se preocupar com suas muitas primaveras sem flor, como se fossem beldades de um cabaré elegante.

— Venha, coração, que vou lhe tirar vinte anos das costas numa esfregada só — ofereceu uma delas, que poderia passar pela avó do escrevente Oswaldo.

Numa esfregada só, você mata o velho, pensei comigo. Num gesto de prudência, o estranho recusou o convite.

— Outro dia, boneca — respondeu, penetrando no Raval.

Continuei atrás dele por uma centena de metros, até que ele parou diante de um portão estreito e escuro, quase na frente da Fonda Europa. Vi quando desapareceu no interior e esperei meio minuto antes de segui-lo.

Ao cruzar a soleira da porta, topei com uma escada sombria, que se perdia nas entranhas do edifício, que parecia inclinado a bombordo e, a julgar pelo cheiro de mofo e pelos problemas de esgoto, corria o risco de afundar nas catacumbas do Raval. De um lado do vestíbulo, ficava uma espécie de guarita onde um indivíduo de aparência gordurosa, munido de camiseta, suspensórios, palito nos dentes e um transistor ligado numa emissora especializada em touradas olhava para mim entre curioso e hostil.

— Está sozinho? — perguntou vagamente intrigado.

Não era preciso ser nenhuma raposa para deduzir que estava diante de um estabelecimento que alugava quartos por hora e que a única nota discordante de minha visita era não ter chegado pela mão de uma das Vênus de liquidação que patrulhavam a esquina.

— Se quiser, posso lhe mandar uma das meninas — ofereceu, arrumando o pacote de toalha, sabonete e algo que suspeitei ser uma camisinha ou algum outro tipo de preservativo *in extremis*.

— Na verdade só queria lhe fazer uma pergunta — comecei.

O porteiro revirou os olhos.

— São vinte pesetas por meia hora e a potranca é por sua conta.

— Muito tentador. Talvez outro dia. Queria perguntar se viu subir um senhor, há uns dois minutos. Mais velho. Meio fora de forma. Sozinho. Sem potranca.

O porteiro franziu as sobrancelhas. Senti que seu olhar me rebaixava instantaneamente de cliente para pé no saco.

— Não vi ninguém. Chega, saia daqui antes que eu chame o Tonet.

Supus que o tal Tonet não devia ser um personagem muito simpático. Coloquei as moedas que me restavam no balcão e sorri para o porteiro com ar conciliador. O dinheiro desapareceu como se fosse um inseto e as mãos protegidas por dedeiras do porteiro, a língua de um camaleão. Vapt-vupt.

— O que quer saber?

— O cavalheiro de que falei mora aqui?

— Alugou um quarto faz uma semana.

— Sabe como se chama?

— Pagou um mês adiantado, de modo que não perguntei nada.

— Sabe de onde vem, o que faz...?

— Isso aqui não é um consultório sentimental! As pessoas vêm aqui para trepar e não perguntamos nada. E esse aí, nem trepar, trepa. Ou seja, problema dele.

Reconsiderei o assunto.

— Tudo o que sei é que de vez em quando ele sai um pouco e volta em seguida. E às vezes pede que leve uma garrafa de vinho, pão e um pouco de mel. Paga bem e não dá um pio.

— Tem certeza de que não lembra nenhum nome?

Negou.

— Certo. Obrigado e desculpe o incômodo.

Estava indo embora quando a voz do porteiro me chamou.

— Romero — disse ele.

— Como?

— Acho que deu o nome de Romero ou algo assim...

— Romero de Torres?

— Isso!

— Fermín Romero de Torres? — repeti incrédulo.

— Ele mesmo. Não havia um toureiro com esse nome antes da guerra? — perguntou o porteiro. — Bem que eu achei que me lembrava alguma coisa...

6

Voltei pelo mesmo caminho para a livraria, ainda mais confuso do que estava antes de sair. Quando passei na frente do Palacio de la Virreina, o escrevente Oswaldo acenou para mim.

— Deu sorte? — perguntou.

Disse que não em voz baixa.

— Tente com Luisito, talvez se lembre de alguma coisa.

Concordei e fui até a guarita de Luisito, que naquele momento estava limpando sua coleção de penas de caneta. Quando me viu, sorriu e ofereceu um banco.

— E então, qual é a questão? Amor ou trabalho?

— Quem me mandou foi seu colega Oswaldo.

— O mestre de todos nós — sentenciou Luisito, que não devia ter nem vinte e cinco anos. — Um grande homem de letras, cujo valor o mundo não reconheceu. E aqui está ele, trabalhando o verbo nas calçadas a serviço dos analfabetos.

— Oswaldo comentou que outro dia você atendeu um senhor mais velho, manco e bem acabado: não tinha uma das mãos e a outra não tinha dedos...

— Lembro, sim. Sempre me lembro dos manetas. Por causa de Cervantes, sabe?

— Claro. E poderia me dizer de que assunto veio tratar?

Luisito se agitou na cadeira, desconfortável com o rumo que a conversa tinha tomado.

— Olhe, isso aqui é quase um confessionário. O segredo profissional vem antes de tudo.

— Entendo. Mas é que se trata de um assunto muito grave.

— Grave como?

— O suficiente para ameaçar o bem-estar de pessoas que quero muito bem.

— Ah, mas...

Luisito abriu o colarinho e procurou o olhar do mestre Oswaldo do outro lado do largo. Vi que Oswaldo concordava e Luisito relaxava.

— Esse senhor me trouxe uma carta que tinha escrito e queria passar a limpo, com uma letra boa, porque com a falta dos dedos...

— E a carta era sobre...?

— Mal me lembro, deve saber que redigimos muitas cartas todos os dias...

— Faça um esforço, Luisito. Por Cervantes.

— Acho, correndo o risco de estar me confundindo com alguma carta escrita para outro cliente, que era algo ligado a uma importante quantia em dinheiro que o cavalheiro sem mão ia receber ou recuperar ou algo assim. E alguma coisa a respeito de uma chave.

— Uma chave.

— Isso. Não especificou se era de fenda, de artes marciais ou de uma porta.

Luisito sorriu, visivelmente satisfeito com aquela pequena contribuição de gênio e graça para a conversa.

— Lembra de mais alguma coisa?

Luisito lambeu os lábios, pensativo.

— Disse que achou a cidade muito mudada.

— Mudada em que sentido?

— Sei lá. Mudada. Sem mortos pela rua.

— Mortos pela rua? Foi isso que ele disse?

— Se não me falha a memória...

7

Agradeci a Luisito pela informação e apertei o passo confiando na sorte para chegar à livraria antes que meu pai retornasse de sua missão e detectasse a minha ausência. O cartaz de "fechado" continuava na porta. Abri, tirei o cartaz e fui para trás do balcão, convencido de que nenhum cliente tinha aparecido durante os quase quarenta e cinco minutos em que estive fora.

Na falta de trabalho, comecei a matutar o que ia fazer com o exemplar de *O conde de Montecristo* e de que forma ia tocar no assunto com Fermín quando ele chegasse à livraria. Não queria assustá-lo mais do que o necessário, mas a visita daquele estranho e minhas pobres tentativas de descobrir suas intenções tinham me deixado preocupado. Em qualquer outra ocasião, contaria a ele sem grandes cuidados, mas dessa vez sentia que precisava agir com tato. Ultimamente, Fermín andava muito abatido e com um humor de cão. Há tempos, eu tentava alegrar seu espírito com meus escassos dotes cômicos, mas nada do que dizia conseguia lhe arrancar um sorriso.

— Pare de tirar a poeira dos livros, Fermín. Todo mundo está dizendo que o público não quer mais saber de literatura cor-de-rosa, o negócio agora é o policial ou "romance negro" — dizia eu, mencionando a cor com que, naquela época, alguns críticos começavam a se referir às histórias de crimes e castigos, que nos chegavam a conta-gotas e com traduções moralistas.

Longe de conceder um sorriso piedoso a tão lamentável trocadilho, Fermín se agarrava ao que estava a seu alcance para começar um de seus elogios ao desânimo e à náusea.

— No futuro, todos os romances serão policiais, porque se houver um cheiro dominante na segunda metade desse século carniceiro, será o perfume da falsidade e do crime suavizados — sentenciava.

Começou, pensei: o Apocalipse segundo São Fermín Romero de Torres.

— Menos, Fermín, menos. Você devia tomar mais banho de sol. Li outro dia no jornal que a vitamina D aumenta a fé no próximo.

— Também disseram que um certo livrinho de poemas de um afilhado de Franco é a sensação do panorama literário internacional e o sujeito nunca vendeu um exemplar numa livraria localizada depois de Móstoles — respondeu ele.

Quando Fermín se entregava ao pessimismo orgânico, o melhor a fazer era não lhe dar munição.

— Quer saber de uma coisa, Daniel? Às vezes acho que Darwin se equivocou e que, na verdade, o homem descende dos cães, porque oito entre dez hominídeos já fizeram alguma cachorrada que ainda não foi descoberta — argumentava.

— Prefiro quando você expressa uma visão mais humanista e positiva das coisas, Fermín. Como no outro dia, quando disse que no fundo ninguém é mau, apenas tem medo.

— Deve ter sido uma queda do açúcar no sangue. Uma completa bobagem.

O Fermín brincalhão de que eu gostava de lembrar tinha desaparecido nos últimos dias e em seu lugar havia um homem atormentado por preocupações e maus ventos que ele não queria partilhar. Às vezes, quando achava que ninguém estava olhando, ficava encolhido pelos cantos, devorado pela angústia. Tinha perdido peso e, tendo em conta que quase tudo nele era osso e cartilagem, seu aspecto começava a preocupar. Tentei puxar conversa algumas vezes, mas ele só fazia negar qualquer problema e me evitava com desculpas esfarrapadas.

— Não é nada, Daniel. É que desde que comecei a seguir a Liga, cada vez que o Barça perde, minha pressão despenca. Um pedacinho do forte queijo manchego e fico robusto como um touro.

— Tem certeza? Nunca acompanhou futebol em toda a sua vida.

— Isso é o que você pensa. Kubala e eu praticamente crescemos juntos.

— Pois para mim você está que é pele e osso: ou está doente ou não está se cuidando direito.

Como resposta ele mostrava um par de bíceps do tamanho de nozes e sorria como se estivesse vendendo dentifrício em domicílio.

— Pode tocar. Aço temperado, como a espada de El Cid.

Meu pai atribuía a má forma ao nervosismo por causa do casamento e tudo o que significava, inclusive a confraternização com a igreja e a procura de um bar ou restaurante que organizasse o banquete, mas meu nariz farejava uma melancolia com raízes mais profundas. Estava me debatendo entre contar o que tinha acontecido de manhã e mostrar o livro ou esperar um momento mais propício, quando o vi surgir na porta exibindo uma cara que não ficaria nada mal num velório. Quando me viu, esboçou um sorriso amarelo e esgrimiu uma saudação militar.

— Bons olhos o vejam, Fermín. Pensei que não vinha mais.

— Don Federico me segurou quando passei pela relojoaria. Veio com uma conversa de que tinham visto o sr. Sempere passando pela rua Puertaferrisa muito bem-vestido e com rumo desconhecido. Don Federico e a faladeira da Merceditas queriam saber se tinha arrumado namorada, que é a última moda entre os comerciantes do bairro, e se a felizarda for cantora de coplas, melhor ainda.

— E você, o que respondeu?

— Que o senhor seu pai, em sua viuvez exemplar, retornou a um estado de virgindade original que não para de intrigar a comunidade científica e já lhe valeu um processo acelerado de pré-canonização junto ao arcebispado. Eu me recuso a comentar a vida particular do sr. Sempere com próximos ou estranhos, pois isso não compete a ninguém mais senão a ele. E a quem tenta jogar verde para cima de mim, respondo com sopapos e fim de papo.

— Você é mesmo um cavalheiro à moda antiga, Fermín.

— À moda antiga é o senhor seu pai, Daniel. Porque, cá entre nós e que isso nunca saia dessas quatro paredes, a verdade é que não lhe faria mal dar umas voltinhas por aí de vez em quando. Desde que começamos a não vender um alfinete, ele passa seus dias emparedado no fundo da loja com esse livro egípcio dos mortos.

— É o livro de contabilidade — corrigi.

— Tanto faz. Na verdade, ando pensando há dias que devíamos levá-lo ao Molino, direto para a farra porque, embora o distinto seja mais insípido para essas coisas do que uma *paella* de couve, acho que esbarrar com uma dona cheia de carnes e de boa circulação ia renovar seu sangue — disse Fermín.

— Olhe quem fala... A alegria da casa. Se quer que lhe diga a verdade, quem me preocupa é você — protestei. — Há dias que parece uma barata enfiada numa capa de chuva.

— Pois saiba, Daniel, que esta é uma comparação certeira, pois embora a barata não tenha a aparência pintosa que exigem os padrões fúteis dessa sociedade abobalhada que a sorte nos reservou, tanto o infeliz ortóptero quanto esse seu humilde servidor se caracterizam por um instinto inigualável de sobrevivência, uma voracidade desmedida e uma libido leonina que não se encolhe nem em condições de altíssima radiação.

— Discutir com você é impossível, Fermín.

— É que tenho um temperamento dialético e predisposto a perder as estribeiras ao menor sinal de mentira ou babaquice, meu amigo, enquanto seu pai é uma flor delicada e frágil. Penso que chegou a hora de intervir na história antes que ele fique completamente fossilizado.

— E que intervenções seriam essas, Fermín? — cortou a voz de meu pai às nossas costas. — Não me diga que pretende me arranjar um encontro com a Rociíto.

Viramos como dois colegiais pegos com a boca na botija. Parado na porta com uma cara que nada tinha de florzinha delicada, meu pai olhava para nós com severidade.

8

— E como é que o senhor soube da Rociíto? — perguntou Fermín, admiradíssimo.

Assim que meu pai acabou de saborear o susto que tinha nos pregado, sorriu alegre e piscou um olho.

— Posso estar me fossilizando, mas ainda tenho um ouvido apurado. O ouvido e a cabeça. E por isso, resolvi que ia fazer alguma coisa para revitalizar a loja — anunciou. — A história do Molino pode esperar.

Só então notamos que meu pai carregava duas sacolas de tamanho considerável e uma grande caixa enrolada em papel de embrulho e amarrada com um barbante grosso.

— Não me diga que acabou de assaltar o banco da esquina — perguntei.

— Quanto aos bancos, tento evitá-los ao máximo, pois, como bem diz Fermín, normalmente são eles que nos assaltam. Estive no mercado de Santa Lucía.

Fermín e eu trocamos um olhar desconcertado.

— Não vão me ajudar? Isso pesa mais que um cadáver.

Descarregamos o conteúdo das sacolas no balcão, enquanto meu pai desfazia o embrulho da caixa. As sacolas estavam cheias de pequenos objetos protegidos com papel de seda. Fermín desembrulhou um deles e ficou olhando para o conteúdo sem entender nada.

— O que é isso, afinal? — perguntei.

— Diria que se trata de um jumento adulto na escala de um para cem — analisou Fermín.

— O quê?

— Um burrico, jegue ou asno, conhecido quadrúpede solípede que, com graça e altivez, pontua as paisagens dessa nossa Espanha, mas em miniatura, como os trenzinhos de brinquedos vendidos na Casa Palau — explicou Fermín.

— É um burrico de barro, uma figurinha para o presépio — esclareceu meu pai.

— Que presépio?

Como toda resposta, meu pai se limitou a abrir a caixa de papelão e retirar o monumental presépio iluminado que tinha acabado de comprar e que supus seria colocado na vitrine da livraria como anúncio natalino. Enquanto isso, Fermín já tinha desembrulhado vários bois, camelos, porcos, patos, reis do oriente, umas palmeiras, um São José e uma Virgem Maria.

— Sucumbir ao jogo do nacional-catolicismo e de suas técnicas sub-reptícias de doutrinamento através do uso de bonecos e lendas melosas não me parece uma boa solução — sentenciou Fermín.

— Deixe de bobagem, Fermín, que é uma tradição bonita e as pessoas gostam de ver presépios no Natal — cortou meu pai. — A livraria estava sentindo falta desse brilho colorido que o Natal exige. Dê uma olhada nas lojas do bairro e verá que, em comparação com as outras, parecemos uma funerária. Ande logo, me dê uma mão e vamos colocá-lo na vitrine. E tire da mesa todos os volumes da desamortização de Mendizábal, que isso assusta até os mais cascudos.

— Entendi... — murmurou Fermín.

Nós três juntos conseguimos erguer o presépio e colocar as figurinhas em seus postos. Fermín ajudava de má vontade, franzindo as sobrancelhas e usando as mais diversas desculpas para manifestar sua objeção ao projeto.

— Sr. Sempere, não é por nada, não, mas esse menino Jesus é três vezes o tamanho de seu suposto pai e quase não cabe na manjedoura.

— Não tem importância. Os menores tinham acabado.

— Pois eu acho que, ao lado da Virgem, ele parece um daqueles lutadores japoneses com problemas de peso, o cabelo cheio de gel e os calções enfiados no rego.

— Lutadores de sumô, esse é o nome — informei.

— Isso mesmo — concordou Fermín.

Meu pai suspirou, fazendo que não com a cabeça.

— E olhe só os olhos dele. Parece que está possuído.

— Vamos, Fermín, cale essa boca de uma vez e ligue o presépio na tomada — ordenou meu pai, estendendo o fio.

Fermín, em uma de suas exibições de malabarista, conseguiu se enfiar embaixo da mesa onde estava o presépio e alcançar a tomada que ficava em um dos extremos do balcão.

— E fez-se a luz — proclamou meu pai, contemplando entusiasmado o novo e resplandecente presépio de Sempere e Filhos. — Renovação ou morte — disse, satisfeito.

— Morte — murmurou Fermín, bem baixinho.

Não tinha se passado nem um minuto da inauguração oficial, quando uma mãe carregando três crianças pela mão parou na frente da vitrine para admirar o presépio e, depois de um instante de dúvida, resolveu se aventurar na livraria.

— Boa tarde — disse ela. — Vocês têm histórias sobre as vidas dos santos?

— Claro — respondeu meu pai. — Permita que lhe mostre a coleção *Jesusín de mi vida*. Tenho certeza de que as crianças vão adorar. Fartamente ilustrados e com prefácio de nada mais nada menos que don José María Pemán.

— Ah, que ótimo. Na verdade, hoje em dia está tão difícil encontrar algum livro com uma mensagem positiva, desses que fazem a pessoa se sentir bem, sem tanto crime, morte e todo esse tipo de coisa que não há quem aguente... O senhor não acha?

Fermín revirou os olhos. Estava prestes a abrir a boca quando o impedi, arrastando-o para longe da cliente.

— Nem me diga — concordou meu pai, olhando para mim com o rabo de olho e indicando com um gesto que mantivesse Fermín algemado e amordaçado, pois não podíamos perder aquela venda por nada nesse mundo.

Empurrei Fermín para o fundo da loja e verifiquei se a cortina estava fechada para deixar meu pai finalizar a operação com toda a tranquilidade.

— Não sei que bicho lhe mordeu, Fermín! Sei que essa história de presépios não o convence, e respeito isso, mas se um menino Jesus tamanho GG e quatro porcos de barro levantam o moral do meu pai e ainda atraem clientes para a livraria, devo pedir que guarde seu discurso existencialista no armário e faça uma cara de quem está encantado, pelo menos em horário comercial.

Fermín suspirou e fez que sim, envergonhado.

— Tem toda a razão, amigo Daniel — disse ele. — Peço desculpas. Para deixar seu pai feliz e salvar a livraria, faço o caminho de Santiago coberto com um manto de luzinhas, se for preciso.

— Basta dizer a meu pai que a ideia do presépio é muito boa e seguir a corrente.

Fermín concordou.

— Faço mais. Vou pedir desculpas ao sr. Sempere por ter perdido a compostura e como ato de contrição vou contribuir com uma nova figura para o presépio. Vou mostrar que em matéria de espírito natalino nem as grandes galerias comerciais ganham de mim. Tenho um amigo na clandestinidade que faz uns *caganers** da primeira-dama, dona Carmen Polo de Franco, com um acabamento tão realista que é de arrepiar.

— Um cordeirinho ou um rei Baltazar já serão suficientes.

— Às suas ordens, Daniel. Agora, se me permite, vou fazer algo de útil. Vou abrir as caixas do lote da viúva Recasens, que já estão criando poeira há uma semana.

— Quer uma ajuda?

— Não se preocupe. Você já tem seu trabalho.

Observei enquanto se dirigia para o depósito que ficava na parte de trás do fundo da loja e enfiava o jaleco azul de trabalho.

— Fermín — comecei.

Virou-se para mim, solícito. Hesitei um instante.

— Aconteceu uma coisa hoje que queria lhe contar.

— Diga.

— Não sei muito bem como começar. Na verdade, passou uma pessoa perguntando por você.

— Era bonita? — perguntou Fermín, tentando fingir um ar brincalhão que não conseguiu ocultar a sombra de preocupação em seus olhos.

— Era um senhor. Muito acabado e meio estranho, para dizer a verdade.

— Deixou algum nome? — perguntou Fermín.

Neguei.

— Não. Mas deixou isso para você.

Fermín franziu as sobrancelhas. Estendi o livro que o visitante tinha comprado duas horas antes. Fermín pegou e examinou a capa sem compreender.

— Mas esse não é o Dumas que estava na vitrine por cinco pesetas?

Fiz que sim.

— Abra na primeira página.

---

* Bonecos de terracota colocados nos presépios, representavam originalmente um camponês com as calças arriadas, defecando em suas terras, donde o nome *caganers*, cagões, como símbolo de fertilidade. Mais tarde e até hoje, passaram a reproduzir figuras conhecidas do mundo político e cultural como, por exemplo, a esposa do general Francisco Franco, sempre na mesma atitude. (N. da T.)

Fermín fez o que pedi e, ao ler a dedicatória, foi invadido por uma palidez repentina e engoliu em seco. Fechou os olhos um instante e em seguida me encarou em silêncio.

— Quando foi embora, fui atrás dele — expliquei. — Está morando num mobiliado de quinta na rua Hospital, na frente da Fonda Europa, há uma semana e, segundo o que pude averiguar, está usando o seu nome, Fermín. Soube por um dos escreventes da Virreina que mandou copiar uma carta que falava de uma grande quantidade de dinheiro. Isso significa alguma coisa para você?

Fermín foi encolhendo, como se cada palavra fosse uma paulada em sua cabeça.

— Daniel, é muito importante que você não se meta nunca mais a seguir esse indivíduo, nem fale com ele. Não faça nada. Fique longe dele. É muito perigoso.

— Quem é esse homem, Fermín?

Fermín fechou o livro e tratou de escondê-lo atrás de umas caixas, numa das estantes. Espiando em direção à loja para garantir que meu pai continuava ocupado com a cliente e não podia nos ouvir, aproximou-se e falou numa voz muito baixa.

— Por favor, não conte nada a seu pai nem a ninguém.

— Fermín...

— É um favor que lhe peço, em nome da nossa amizade.

— Mas Fermín.

— Por favor, Daniel. Aqui, não. Confie em mim.

Concordei de má vontade e mostrei a nota de cem que o estranho tinha me dado em pagamento. Nem precisei explicar de onde tinha saído.

— Esse dinheiro é maldito, Daniel. Dê para as irmãs de caridade ou para um pobre que encontrar na rua. Ou melhor ainda, queime esse dinheiro.

Sem dizer mais nada, começou a tirar o jaleco para vestir a velha capa esfiapada e enfiar a boina que, em cima daquela cabeça de minhoca, parecia uma frigideira derretida desenhada por Dalí.

— Vai sair?

— Diga a seu pai que aconteceu um imprevisto. Pode me fazer mais esse favor?

— Claro, mas...

— Não posso explicar agora, Daniel.

Segurando o estômago com a mão como se tivesse um nó nas tripas, começou a gesticular como se quisesse agarrar no ar as palavras que não conseguia trazer aos lábios.

— Fermín, se me contar, talvez eu possa lhe ajudar...

Fermín hesitou um instante, mas em seguida fez que não em silêncio e saiu para o vestíbulo. Fui atrás dele até a porta e vi quando partiu sob a chuva fina, apenas um homenzinho carregando o mundo nas costas enquanto a noite, mais negra do que nunca, desabava sobre Barcelona.

9

É um fato cientificamente comprovado que qualquer bebê de poucos meses de vida é capaz de detectar com um instinto infalível o momento exato da madrugada em que seus pais conseguem conciliar o sono para então cair no choro e impedir que descansem por mais de trinta minutos seguidos.

Naquela noite, como em quase todas as madrugadas, o pequeno Julián acordou por volta das três da manhã e não teve dúvidas em anunciar sua falta de sono a plenos pulmões. Abri os olhos e me virei. Junto a mim, reluzente de penumbra, Bea se agitou, naquele despertar lento que permitia que contemplasse o desenho de seu corpo sob os lençóis, e murmurou algo incompreensível. Resisti ao impulso natural de beijar seu pescoço e aliviá-la daquele interminável camisolão blindado que meu sogro, com certeza de propósito, tinha lhe dado de presente de aniversário e que eu não conseguia fazer sumir no meio da roupa suja nem com bruxaria.

— Pode deixar que eu vou — sussurrei beijando sua testa.

Bea respondeu virando e cobrindo a cabeça com o travesseiro. Parei para saborear a curva daquelas costas e a leve descida que nem todos os camisolões do mundo conseguiriam domar. Já estava casado com aquela criatura prodigiosa havia quase dois anos e ainda me surpreendia ao acordar a seu lado, sentindo seu calor. Estava começando a puxar o lençol e acariciar a parte posterior daquela coxa aveludada quando a mão de Bea cravou suas unhas em meu punho.

— Agora não, Daniel. O bebê está chorando.

— Sabia que estava acordada.

— É difícil dormir nessa casa, no meio de dois homens que não sabem fazer outra coisa senão chorar ou apalpar o traseiro de uma pobre infeliz que não consegue acumular mais de duas horas de sono por noite.

— Quem perde é você.

Levantei e percorri o corredor até o quarto de Julián, na parte de trás. Logo depois do casamento, tínhamos nos instalado no sótão do edifício onde ficava a livraria. Don Anacleto, o catedrático de ensino médio que tinha morado ali por vinte e cinco anos, tinha resolvido se aposentar e voltar à sua Segóvia natal para escrever poemas picantes à sombra do aqueduto e estudar a ciência do leitão assado.

O pequeno Julián me recebeu com um choro sonoro e de alta frequência que ameaçava furar meus tímpanos. Peguei-o no colo e, depois de farejar a fralda e confirmar que, pelo menos daquela vez, não havia mouros na costa, fiz o que faria qualquer pai noviço em seu juízo perfeito: murmurar bobagens para ele e dançar dando pulinhos ridículos ao redor do quarto. Seguia essa rotina quando descobri Bea me olhando da soleira da porta com desaprovação.

— Passe para mim, que desse jeito vai acordá-lo ainda mais.

— Ele não está se queixando — protestei entregando o bebê.

Bea pegou Julián nos braços e sussurrou uma melodia, balançando-o suavemente. Cinco segundos depois, ele parou de chorar e esboçou aquele sorriso abobado que a mãe sempre conseguia provocar.

— Pode ir — disse Bea em voz baixa. — Já vou.

Expulso do quarto, ainda por cima depois de ter claramente demonstrado a minha incompetência no manejo de criaturas em idade de engatinhar, voltei a meu quarto e deitei na cama, sabendo que não ia pregar o olho pelo resto da noite. Um pouco depois, Bea apareceu na porta e deitou a meu lado suspirando.

— Estou que não me aguento em pé.

Abracei-a e ficamos em silêncio por alguns minutos.

— Estive pensando — disse Bea.

Trema, Daniel, pensei comigo. Bea se ergueu e sentou apoiada nos tornozelos diante de mim.

— Quando Julián for um pouco maior e minha mãe puder tomar conta dele por algumas horas durante o dia, acho que vou trabalhar fora.

Concordei.

— Onde?

— Na livraria.

A prudência me aconselhou a calar.

— Acho que seria bom para vocês — acrescentou. — Seu pai já não tem idade para trabalhar tantas horas e, não se ofenda, mas acho que tenho mais

42

jeito com os clientes do que você e Fermín, que ultimamente anda assustando as pessoas, parece.

— Isso eu não posso negar.

— O que está acontecendo com o pobre? No outro dia encontrei com Bernarda na rua e ela começou a chorar. Levei-a para uma das leiterias da rua Petritxol e, depois de entupi-la de bolo suíço, ela contou que Fermín anda muito estranho. Pelo que entendi, nos últimos dias ele se negou a preencher os papéis da paróquia para o casamento. Estou com o pressentimento que esse aí não vai casar. Ele disse alguma coisa?

— Notei alguma coisa — menti. — Talvez Bernarda esteja forçando as coisas um pouco demais...

Bea olhou para mim em silêncio.

— O que foi? — perguntei afinal.

— Bernarda pediu que não contasse a ninguém.

— Que não contasse o quê?

Bea olhou para mim fixamente.

— Que está atrasada esse mês.

— Atrasada? Está com trabalho acumulado?

Bea olhou para mim como se eu fosse idiota e a luz acendeu.

— *Bernarda está grávida?*

— Fale baixo que Julián vai acordar de novo.

— Está grávida ou não? — repeti num fio de voz.

— É provável.

— E Fermín já sabe?

— Não sei se ela já contou. Tem medo que ele fuja.

— Fermín nunca faria uma coisa dessas.

— Todos os homens fariam, se pudessem.

Fiquei surpreso com a aspereza de sua voz, que ela tratou de adoçar com um sorriso meigo que não convenceria ninguém.

— Você nos conhece tão pouco...

Levantou na penumbra e, sem dizer uma palavra, tirou a camisola, deixando-a cair de um lado da cama. Se deixou contemplar durante alguns segundos e depois, lentamente, se inclinou para mim e começou a lamber meus lábios sem nenhuma pressa.

— Conheço vocês tão mal... — sussurrou.

10

No dia seguinte, o efeito atrativo do presépio iluminado confirmou sua eficácia e vi meu pai sorrir pela primeira vez em semanas, enquanto anotava algumas vendas no livro de contabilidade. Desde a primeira hora da manhã, foram pingando alguns velhos clientes que não vinham à livraria havia um bom tempo e novos leitores que nos visitavam pela primeira vez. Deixei que meu pai atendesse a todos com sua mão experiente. Dava gosto vê-lo desfrutar, recomendando títulos, despertando curiosidades e intuindo gostos e interesses. Aquele prometia ser um bom dia, o primeiro em muitas semanas.

— Daniel, devíamos expor as coleções de clássicos ilustrados para crianças. Aquelas das edições Vértice, com a capa azul.

— Acho que estão no porão. Está com as chaves?

— Bea me pediu emprestado no outro dia para guardar sei lá o quê das coisas de Julián. Não me lembro se devolveu. Veja na gaveta.

— Aqui não estão. Vou subir um instante para pegá-las.

Deixei meu pai atendendo um senhor que acabava de entrar e estava interessado em adquirir um livro sobre a história dos cafés de Barcelona e saí pelos fundos até a escada. O andar que eu e Bea ocupávamos era alto e, além de mais luz, oferecia subidas e descidas de escadas que tonificavam o ânimo e os músculos. No caminho, cruzei com Edelmira, uma viúva do terceiro andar que tinha sido bailarina e agora pintava virgens e santos à mão em sua casa para ganhar a vida. Muitos anos no palco do teatro Arnau tinham pulverizado seus joelhos e agora precisava se agarrar no corrimão com as duas mãos para vencer um simples lance de escadas. Mesmo assim, tinha sempre um sorriso nos lábios e algo amável para dizer.

— Como está aquela formosura de sua mulher, Daniel?

— Não tão linda quanto a senhora, dona Edelmira. Quer ajuda para descer?

Como sempre, Edelmira declinou minha oferta e mandou lembranças para Fermín, que a enchia de elogios e fazia propostas indecentes sempre que cruzava com ela.

Quando abri a porta do apartamento, o interior ainda recendia ao perfume de Bea e àquela mistura de cheiros característicos dos bebês e de seus objetos. Bea costumava madrugar e ir passear com Julián no resplandecente carrinho que todos conheciam como *o Mercedes*.

— Bea? — chamei.

O apartamento era pequeno e o eco de minha voz retornou antes que eu fechasse a porta às minhas costas. Bea já tinha saído. Parei na sala de jantar tentando reconstruir o processo mental de minha esposa para tentar descobrir onde ela teria guardado as chaves do porão. Bea era muito mais organizada e metódica do que eu. Comecei repassando as gavetas do móvel da sala, onde ela costumava guardar recibos, cartas pendentes e moedas soltas. De lá, passei às mesinhas, fruteiras e estantes.

A parada seguinte foi a cozinha, onde havia uma pequena estante envidraçada, na qual Bea costumava colocar bilhetes e lembretes. A sorte não sorriu para mim e acabei no quarto, de pé diante da cama, olhando ao redor com espírito analítico. Bea ocupava cerca de setenta e cinco por cento do armário, gavetas e demais móveis do quarto. Seu argumento era de que eu me vestia sempre igual e que um cantinho do guarda-roupa era mais do que suficiente. A sistemática de suas gavetas era de uma sofisticação que me assombrava. Uma sensação de culpa me assaltou ao invadir os espaços reservados de minha mulher, mas depois de revistar sem sucesso todos os móveis à vista, continuava sem encontrar as chaves.

"Relembremos os fatos", disse a mim mesmo. Recordava vagamente que Bea havia falado em descer uma caixa com a roupa de verão, uns dois dias atrás. Se não me falhava a memória, naquele dia Bea estava com o casaco cinza que lhe dei de presente em nosso primeiro aniversário. Sorri diante dos meus dotes dedutivos e abri o armário para procurar o casaco no meio de suas roupas. Lá estava ele. Se tudo o que tinha aprendido lendo Conan Doyle e seus discípulos era correto, as chaves de meu pai estariam num dos bolsos daquele casaco. Enfiei a mão no lado direito e topei com algumas moedas e balas de menta daquelas que as farmácias dão de brinde. Passei para o outro bolso e fiquei satisfeitíssimo ao confirmar minha tese. Meus dedos roçaram o molho de chaves.

E algo mais.

Havia uma folha de papel no bolso. Tirei as chaves e, hesitando, resolvi tirar o papel também. Provavelmente, era uma das listas de tarefas que Bea costumava fazer para não esquecer nenhum detalhe.

Ao examiná-lo com atenção, vi que se tratava de um envelope. Uma carta. Endereçada a Beatriz Aguilar, carimbada com a data de uma semana atrás. Tinha sido enviada para o endereço dos pais de Bea, não para o apartamento de Santa Ana. Virei o envelope e, ao ler o nome do remetente, as chaves do porão caíram da minha mão:

Pablo Cascos Buendía

Sentei na beira da cama e fiquei olhando para aquele envelope, desconcertado. Pablo Cascos Buendía era o namorado de Bea na época em que começamos a flertar. Filho de uma família abastada, dona de vários estaleiros e indústrias em El Ferrol, o personagem, que nunca foi um santo de minha devoção, nem eu da dele, estava fazendo o serviço militar como primeiro-tenente. Desde que Bea tinha escrito uma carta rompendo seu compromisso com ele, nunca mais tive notícias. Até agora.

O que fazia uma carta recente do antigo namorado de Bea no bolso de seu casaco? O envelope estava aberto, mas durante um minuto meus princípios me impediram de abri-lo. Tinha me dado conta de que era a primeira vez que espionava pelas costas de Bea e quase devolvi a carta a seu lugar de origem e saí correndo de lá. Meu momento de virtude durou apenas uns segundos e toda a sensação de culpa e vergonha se evaporou antes que chegasse ao final do primeiro parágrafo.

Querida Beatriz:

Espero encontrá-la bem e feliz em sua nova vida em Barcelona. Durante todos esses meses não recebi nenhuma resposta para as cartas que mandei e às vezes me pergunto se fiz alguma coisa para que não queira mais saber de mim. Compreendo que você agora é uma mulher casada, com um filho e que talvez não seja apropriado continuar lhe escrevendo, mas devo confessar que, por mais que o tempo passe, não consigo esquecê-la, embora tenha tentado muito, e não sinto vergonha ao confessar que continuo apaixonado por você.

Minha vida também tomou um novo rumo. Já faz um ano que comecei a trabalhar como diretor comercial de uma importante empresa editorial. Sei que os livros significam muito para você e poder trabalhar no meio deles faz com que me sinta mais próximo. Meu escritório fica na sede de Madri, mas viajo com frequência por toda a Espanha, a trabalho.

Penso em você constantemente, na vida que poderíamos ter compartilhado, nos filhos que poderíamos ter tido juntos... me pergunto todos os dias se seu marido sabe fazê-la feliz e se você não acabou se casando com ele por força das circunstâncias. Não posso acreditar que a vida modesta que ele pode oferecer seja tudo o que você deseja, pois a conheço muito bem. Fomos colegas e amigos e nunca houve segredos entre nós. Lembra aquelas tardes que passamos juntos na praia de San Pol? Lembra os projetos, os sonhos que dividimos, as promessas que fizemos um ao outro? Nunca me senti com ninguém como me sentia com você. Desde que rompemos nosso noivado, saí com algumas moças, mas agora sei que nenhuma delas pode se comparar a você. Cada vez que beijo outros lábios, penso nos seus; cada vez que acaricio outra pele, penso na sua.

Dentro de um mês, viajarei a Barcelona para visitar os escritórios da editora e discutir com o pessoal a respeito de uma futura reestruturação da empresa. Na verdade, poderia ter resolvido essas questões pelo correio ou por telefone. O verdadeiro motivo de minha viagem não é outro senão a esperança de revê-la. Sei que vai pensar que enlouqueci, mas prefiro isso a imaginar que pensa que a esqueci. Chegarei dia 20 de janeiro e ficarei hospedado no Hotel Ritz da Gran Vía. Por favor, peço que se encontre comigo, nem que seja só um momentinho, para que possa dizer pessoalmente tudo o que guardo no coração. Fiz uma reserva no restaurante do hotel para o dia 21, às duas. Estarei lá, esperando por você. Se vier, fará de mim o homem mais feliz do mundo e saberei que meus sonhos de recuperar o seu amor podem acalentar esperanças.

De quem a ama desde sempre,

PABLO

Fiquei ali, imóvel durante alguns segundos, sentado na cama que tinha compartilhado com Bea apenas algumas horas antes. Recoloquei a carta dentro do envelope e, quando levantei, senti como se tivessem me dado um soco no estômago. Corri até o banheiro e vomitei o café da manhã na pia. Deixei a água fria escorrer e molhei o rosto. O rosto daquele Daniel de dezesseis anos, cujas mãos tremiam da primeira vez que acariciaram Bea, olhava para mim de dentro do espelho.

11

Quando desci de novo para a livraria, meu pai me lançou um olhar interrogativo e consultou seu relógio de pulso. Imaginei que se perguntava onde eu tinha me metido na última meia hora, mas não me disse nada. Entreguei-lhe a chave do porão, tentando não deixar meus olhos cruzarem com os dele.

— Mas não era você mesmo quem ia descer para pegar os livros? — perguntou ele.

— Claro. Desculpe. Estou indo agora mesmo.

Meu pai me observava de rabo de olho.

— Está tudo bem, Daniel?

Fiz que sim, fingindo espanto com a pergunta. Antes que ele pudesse repeti-la, desci para o porão a fim de buscar as caixas que tinha pedido. O acesso ao porão ficava no fundo do hall do edifício. Uma porta metálica fechada com cadeado e situada embaixo do primeiro lance da escada dava para uma espiral de degraus que se perdiam na escuridão e cheiravam a umidade e a uma coisa indefinida que fazia pensar em terra batida e flores mortas. Uma pequena fila de lâmpadas de brilho anêmico pendia do teto e conferia ao local a aparência de um refúgio antiaéreo. Desci a escada até o porão e, uma vez lá, apalpei a parede em busca do interruptor.

Uma luz amarelada acendeu acima da minha cabeça revelando o contorno daquilo que não era mais do que um depósito com mania de grandeza. As múmias de velhas bicicletas sem dono, quadros velados por teias de aranha e caixas de papelão empilhadas em estantes de madeira amolecidas pela umidade formavam um quadro que não convidava a ficar mais tempo do que o justo necessário ali embaixo. Foi só depois de contemplar aquele panorama que comecei a achar estranho que Bea tivesse vindo pessoalmente até aqui em vez de me pedir que o fizesse. Examinei o labirinto de despojos e velharias e me perguntei que outros segredos ela teria escondido ali.

Quando me dei conta do que estava fazendo, suspirei. As palavras daquela carta caíam em minha mente como gotas de ácido. Obriguei-me a prometer a mim mesmo que não ia começar a remexer nas caixas em busca de maços de cartas perfumadas daquele sujeitinho. E trairia minha promessa em poucos minutos, se não tivesse ouvido passos descendo a escada. Levantei os olhos e encontrei Fermín, que contemplava a cena com cara de enjoado.

— Isso aqui está com um tremendo cheiro de morto. Será que não guardaram a mãe da Merceditas numa dessas caixas, embalsamada entre moldes de crochê?

— Já que está aqui, por que não me ajuda a levar as caixas que meu pai me pediu?

Fermín arregaçou as mangas, pronto para entrar em ação. Apontei para um par de caixas com o selo da editora Vértice e subimos, cada um com uma.

— Daniel você está com uma cara pior do que a minha. Aconteceu alguma coisa?

— Deve ser o cheiro ruim desse porão.

Fermín não se deixou enganar por minha tentativa de fazer graça. Larguei a caixa no chão e sentei em cima.

— Posso fazer uma pergunta, Fermín?

Fermín largou sua caixa e também a fez de banquinho. Olhei para ele, disposto a falar, mas incapaz de pronunciar uma palavra.

— Problemas de relacionamento?

Fiquei vermelho ao comprovar como meu amigo me conhecia bem.

— Por aí.

— A senhora Bea, bendita seja entre todas as mulheres, não tem muita disposição para as batalhas ou ao contrário tem disposição demais e você mal dá conta dos deveres conjugais? Pense que as mulheres, quando têm um filho, é como se lhes tivessem soltado uma bomba atômica de hormônios. Um dos grandes mistérios da natureza é como é possível que não fiquem loucas nos vinte segundos depois do parto. Sei tudo isso porque a obstetrícia, depois do verso livre, é uma das minhas paixões.

— Não, não é isso. Que eu saiba.

Fermín me examinou estranhando.

— Devo lhe pedir que não conte a ninguém o que vou lhe dizer.

Fermín fez, solene, o sinal da cruz.

— Meia hora atrás, encontrei uma carta no bolso do casaco de Bea, por acaso.

Minha pausa não pareceu impressioná-lo.

— E?

— A carta era do antigo noivo.

— O maricas? Mas ele não tinha ido para o Ferrol del Caudillo para protagonizar uma espetacular carreira de filhinho de papai?

— Era o que eu pensava. Mas acontece que resolveu escrever cartas de amor para minha mulher nas horas vagas.

Fermín levantou num salto.

— Grandessíssimo filho da puta que o pariu — berrou, mais furioso do que eu.

Tirei a carta do bolso e passei para ele. Antes de abrir, Fermín cheirou a carta.

— Sou eu ou esse safado escreve cartas em papel perfumado? — perguntou.

— Não tinha reparado, mas não estranharia nem um pouco. É bem o tipo. Mas o melhor vem depois. Leia, leia...

Fermín leu, murmurando e resmungando para si.

— Além de baixo e miserável, o sujeito é afetado até a raiz dos cabelos. Essa história de "beijar outros lábios" devia ser suficiente para que ele passasse uma noite no xadrez.

Guardei a carta e meu olhar ficou passeando pelo chão.

— Não vai me dizer que suspeita da sra. Bea? — perguntou Fermín, incrédulo.

— Não, claro que não.

— Mentiroso.

Levantei e comecei a dar voltas pelo porão.

— E o que você faria se encontrasse uma carta dessas no bolso da Bernarda?

Fermín avaliou o assunto detidamente.

— O que faria era confiar na mãe do meu filho.

— Confiar nela?

Fermín confirmou.

— Não se ofenda, Daniel, mas você está com o problema clássico dos homens que se casam com uma mulher de fechar o comércio. A sra. Bea, que para mim é uma santa, segundo o vernáculo popular, é uma mulher para quatrocentos talheres. Consequentemente, é previsível que crápulas, infelizes, galãs de beira de piscina e todo tipo de conquistadores baratos andem atrás dela. Dane-se se tem marido e filho, porque isso excita o símio vestido que chamamos generosamente de *Homo sapiens*. Talvez você não perceba, mas eu apostaria as calças que sua santa esposa atrai mais moscas que um pote de mel na Feira de Abril. Esse cretino não passa de um carniceiro que atira pedras no ar para ver se alguma coisa cai no seu colo. Ouça as minhas palavras, uma mulher com a cabeça e as anáguas no lugar reconhece essa gentalha de longe.

— Tem certeza?

— A dúvida ofende. Acredita mesmo que, se dona Beatriz quisesse dar seus pulinhos, ela precisaria esperar que um babão de meia-tigela tentasse engambelá-la com boleros requentados? Se não aparecem pelo menos dez pretendentes cada vez que leva seu bebê e seu corpinho para passear, então eu sou mico de circo. Preste atenção porque sei muito bem o que digo.

— Pois agora que falou, nem sei se isso é um grande consolo.

— Olhe, o que tem de fazer é colocar essa carta de volta no bolso do casaco onde a encontrou e esquecer o assunto. E que nem lhe passe pela cabeça dizer alguma coisa à sua mulher.

— É isso que você faria?

— O que faria era ir ao encontro desse babaca para lhe dar um chute tão grande nos colhões que quando tentassem retirá-los pela garganta, ele não teria mais nenhuma vontade de se meter a galã. Mas eu sou eu e você é você.

Senti a angústia se espalhar dentro de mim como uma gota de azeite na água clara.

— Não tenho certeza de que tenha me ajudado, Fermín.

Ele deu de ombros e, levantando sua caixa, se perdeu escadas acima.

Passamos o resto da manhã ocupados com os afazeres da livraria. Depois de um par de horas ruminando o assunto da carta, cheguei à conclusão de que Fermín tinha razão. O que não conseguia decidir é se tinha razão quando disse que devia confiar e calar ou quando disse que iria atrás daquele desgraçado para esculpir uma cara nova para ele. O calendário em cima do balcão indicava que era dia 20 de dezembro. Eu tinha um mês para resolver.

O dia transcorreu animado e com vendas modestas, mas constantes. Fermín não perdia nenhuma oportunidade de louvar para meu pai as glórias do presépio e da compra acertada daquele menino Jesus com cara de levantador de peso basco.

— E como vejo que o senhor é mesmo um ás das vendas, vou para o fundo da loja arrumar a coleção que a viúva do outro dia deixou em consignação.

Aproveitei a oportunidade para ir atrás dele e fechar a cortina às minhas costas. Fermín olhou para mim meio alarmado e ofereci um sorriso conciliador.

— Se quiser, posso ajudar.

— Como quiser, Daniel.

Durante vários minutos, descarregamos as caixas de livros e começamos a organizá-los em pilhas por gênero, estado e tamanho. Fermín não abriu a boca e evitou meu olhar.

— Fermín...

— Já disse que não precisa se preocupar com essa história de carta. Sua esposa não é uma mulher qualquer, e no dia em que resolver abandoná-lo, queira Deus que isso nunca aconteça, vai dizer na sua cara e sem intrigas de novela.

— Mensagem recebida, Fermín. Mas não é isso.

Fermín levantou os olhos com uma expressão angustiada, vendo que me aproximava.

— Pensei que hoje, depois de fechar, podíamos ir jantar juntos, eu e você — comecei. — Para falar das nossas coisas, da visita de outro dia. E disso que está preocupando você e que desconfio que tem tudo a ver com ela.

Fermín largou o livro que estava limpando em cima da mesa, olhou para mim desanimado e suspirou.

— Estou metido numa encrenca, Daniel — murmurou por fim. — Uma encrenca da qual não sei como sair.

Pousei a mão em seu ombro e, por baixo do jaleco, só apalpei pele e ossos.

— Então me deixe ajudar. A dois, os problemas parecem menores.

Ficou me olhando, perdido.

— Tenho certeza de que eu e você já saímos de apertos piores.

Sorriu com tristeza, pouco convencido acerca do meu diagnóstico.

— Você é um grande amigo, Daniel.

Nem a metade da grandeza que ele merecia, pensei comigo.

12

Naquela época, Fermín ainda vivia na velha pensão da rua Joaquín Costa e eu soube de fonte segura que os outros inquilinos, em estreita e secreta colaboração com Rociíto e suas irmãs de ofício, estavam lhe preparando uma despedida de solteiro para ficar na história. Fermín já estava me esperando na porta quando passei para pegá-lo logo depois das nove.

— A verdade é que não estou com muita fome — anunciou ao me ver.

— Pena, pois pensei em ir ao Can Lluís — propus. — Essa noite tem grão de bico com *cap i pota**...

— Bem, também não preciso me precipitar — concordou Fermín. — Um bom jantar é como uma moça em flor: quem não sabe apreciá-los é um canalha.

Tomando como lema essa pérola da coleção de pensamentos do hábil don Fermín Romero de Torres, fomos passeando até um dos restaurantes favoritos do meu amigo em toda Barcelona e em boa parte do mundo conhecido. O Can Lluís ficava no número 49 da rua de la Cera, no limiar do filé-mignon do Raval. Emoldurado por uma aparência modesta e com certo ar mambembe, impregnado dos mistérios da velha Barcelona, o Can Lluís oferecia uma cozinha requintada, um serviço como reza a cartilha e uma lista de preços que até Fermín e eu podíamos pagar. Nas noites do meio da semana, reunia-se ali uma boemia de gente de teatro, das letras e outras criaturas de viver incerto, brindando entre si.

* * *

* Literalmente cabeça e pata: trata-se de uma espécie de guisado preparado com carne da cabeça e dos pés do porco e grão-de-bico ou batatas. (N. da T.)

Ao entrar, encontramos um freguês da livraria jantando no balcão e folheando um jornal. Era o professor Albuquerque, sábio local, professor da faculdade de Letras, crítico refinado e articulista que tinha no restaurante a sua segunda casa.

— Que figura difícil o senhor se tornou, professor — disse eu ao passar a seu lado. — Quem sabe não nos faz uma visita para renovar seus estoques: nem só de artigos do *La Vanguardia* vive o homem.

— Bem que gostaria. São essas teses de quinta categoria. De tanto ler as bobagens que esses moleques recém-chegados escrevem, acho que estou com um princípio de dislexia.

Nesse momento, o garçom serviu a sobremesa: um gordo pudim que balançava chorando lágrimas de açúcar queimado e cheirando a baunilha fina.

— Tudo isso passa, meu caro senhor — comentou Fermín —, com uma boa colherada desse prodígio que, em seu tremor caramelado, lembra muito o busto de dona Margarita Xirgu.*

O ilustre professor contemplou a sobremesa à luz daquele comentário e concordou embevecido. Deixamos o sábio saboreando as belezas açucaradas da diva dos palcos e nos refugiamos numa mesa de canto, na sala do fundo onde em pouco tempo nos serviram um magnífico jantar que Fermín limpou com a voracidade e o ímpeto de uma motosserra.

— Pensei que estava sem apetite — cutuquei.

— São os músculos pedindo calorias — explicou Fermín, enquanto lustrava o prato com o último pedaço de pão que restava na cesta. Achei que aquilo era pura ansiedade a consumi-lo.

Pere, o garçom que nos atendia, aproximou-se para ver como andavam as coisas e, à vista da terra arrasada deixada por Fermín, estendeu o cardápio das sobremesas.

— Uma sobremesa para arrematar os trabalhos, mestre?

— Perfeitamente. Não há como dizer não a um par de pudinzinhos da casa, como aquele que vi na entrada, se possível com uma amora bem madura em cada um — disse Fermín.

Pere fez que sim e contou que o dono, ao ouvir Fermín comparar a consistência e o ímpeto metafórico da receita, tinha resolvido batizar os pudins de *margaritas*.

— Para mim, basta um café pingado — disse.

— O chefe mandou dizer que a sobremesa e o café são por conta da casa — informou Pere.

---

* Margarita Xirgu (1888-1969), famosa atriz espanhola. (N. da E.)

Levantamos as taças de vinho em direção ao proprietário, que estava atrás do balcão conversando com o professor Albuquerque.

— Gente boa — murmurou Fermín. — Às vezes a gente esquece que nem todos nesse mundo são miseráveis.

A dureza e a amargura do seu tom me surpreenderam.

— Por que diz isso, Fermín?

Meu amigo deu de ombros. Logo chegaram os dois pudins, balançando tentadores com duas amoras reluzentes no topo.

— Devo lembrar que em poucas semanas o senhor se casa e então, adeus às margaritas — zombei.

— Pobre de mim — disse Fermín. — Não sou de nada. Não sou mais o que era antes.

— Ninguém é o que era antes.

Fermín degustou seus dois pudins com prazer.

— Não me lembro de onde foi que li que no fundo nunca fomos o que éramos antes, que só lembramos o que nunca aconteceu... — disse Fermín.

— No início de um romance de Julián Carax — respondi.

— É verdade. Por onde andará o amigo Carax? Nunca se pergunta isso?

— Todos os dias.

Fermín sorriu lembrando de nossas aventuras de outros tempos. Apontou para o meu peito, com uma expressão indagadora.

— Ainda dói?

Desabotoei dois botões da camisa e mostrei a cicatriz que a bala do inspetor Fumero tinha deixado ao atravessar meu peito naquele dia longínquo, nas ruínas de El Ángel de Bruma.

— De vez em quando.

— As cicatrizes nunca desaparecem, não é?

— Elas vão e voltam, acho eu. Fermín, olhe nos meus olhos.

O olhar fugidio de Fermín pousou no meu.

— Não vai me contar o que está acontecendo?

Ele hesitou alguns segundos.

— Sabia que Bernarda está esperando? — perguntou.

— Não — menti. — É isso que o preocupa?

Fermín negou, comendo a última colherada do segundo pudim e sorvendo a calda que tinha sobrado.

— Ela ainda não me contou, pobrezinha, porque está preocupada. Mas isso vai fazer de mim o homem mais feliz do mundo.

Examinei-o detidamente.

— Pois para dizer a verdade, nesse momento e assim de perto, você não está com a menor pinta de felicidade. É por causa do casamento? Está preocupado com essa história de casar na igreja e tudo o mais?

— Não, Daniel. Na verdade, estou muito contente, apesar de ter padre no meio. Casaria com a Bernarda todos os dias.

— E então?

— Sabe qual é a primeira coisa que pedem a uma pessoa quando quer casar?

— O nome — disse eu, sem pensar.

Fermín concordou lentamente. Não tinha me ocorrido pensar naquele assunto até então. De repente, compreendi o dilema que meu bom amigo enfrentava.

— Lembra do que lhe contei anos atrás, Daniel?

Lembrava perfeitamente. Durante a guerra civil e graças aos sinistros préstimos do inspetor Fumero que, na época, antes de se juntar aos fascistas, atuou como matador profissional contratado pelos comunistas, meu amigo tinha ido parar na prisão, onde quase perdeu o juízo e a vida. Quando conseguiu sair, vivo por puro milagre, resolveu adotar outra identidade e apagar seu passado. Moribundo, pegou emprestado um nome num velho cartaz de uma tourada na Plaza Monumental. Assim nasceu Fermín Romero de Torres, um homem que inventava sua história dia após dia.

— É por isso que não queria preencher os papéis da igreja — concluí. — Porque não pode usar o nome de Fermín Romero de Torres.

Fermín concordou.

— Olhe, tenho certeza de que vamos encontrar um modo de conseguir novos documentos para você. Lembra do tenente Palacios, que saiu da polícia? Agora dá aulas de educação física num colégio em Bonanova, mas passou algumas vezes pela livraria e, conversa vai, conversa vem, um dia me contou que existia todo um mercado clandestino de novas identidades para as pessoas que estavam voltando ao país depois de anos no exterior. Disse que conhecia um sujeito com um escritório perto das Atarazanas que tinha contatos na polícia e que, por cem pesetas, conseguia uma nova carteira de identidade para qualquer um e ainda registrava no ministério.

— Eu sei, se chamava Heredia. Um artista.

— Chamava?

— Foi encontrado boiando no porto uns dois meses atrás. Disseram que caiu de um barco durante um passeio até o quebra-mar. Com as mãos amarradas nas costas. Humor de fascistas.

— Chegou a conhecê-lo?

— Fizemos alguns negócios.

— Então você tem papéis que provam que é Fermín Romero de Torres...

— Heredia conseguiu esses papéis em 39, perto do final da guerra. Na época as coisas eram mais fáceis, aquilo parecia um caldeirão fervente e quando perceberam que o barco ia afundar, as pessoas começaram a vender por dois tostões até o brasão de família.

— Mas então, por que não pode usar seu nome?

— Porque Fermín Romero de Torres morreu em 1940. Eram tempos difíceis, Daniel, muito piores que hoje. O coitado não durou nem um ano.

— Morreu? Onde? Como?

— Na prisão do castelo de Montjuic. Na cela número 13.

Relembrei a inscrição que o estranho deixou para Fermín no exemplar de *O conde de Montecristo*.

Para Fermín Romero de Torres, que regressou de entre os mortos e tem a chave do futuro.
13

— Naquela noite, só lhe contei uma pequena parte da história.

— Pensei que confiasse em mim.

— Colocaria minha vida em suas mãos de olhos fechados. Não é isso. Só contei uma parte da história para proteger você.

— Proteger? A mim? Proteger de quê?

Fermín abaixou os olhos, arrasado.

— Da verdade, Daniel... Da verdade.

Segunda parte

DE ENTRE
os MORTOS

1

Barcelona, 1939

Os novos prisioneiros eram trazidos à noite, em carros ou furgões negros que cruzavam a cidade em silêncio desde o comissariado de Vía Layetana, sem que ninguém desse ou quisesse dar atenção a eles. Os veículos da Brigada Social subiam a velha estrada que escala a montanha de Montjuic e mais de um preso contou que, ao vislumbrar a silhueta do castelo recortado lá no alto contra as nuvens negras que deslizavam desde o mar, pensou que nunca sairia de lá com vida.

A fortaleza estava encravada no topo da rocha, suspensa entre o mar, ao leste, o tapete de sombras que Barcelona desenrolava ao norte e a infinita cidade dos mortos ao sul: o velho cemitério de Montjuic, cujo fedor escalava a rocha e se infiltrava entre as fendas da pedra e as grades das celas. Em outros tempos, os canhões do castelo foram utilizados para bombardear a cidade, mas, alguns meses depois da queda de Barcelona em janeiro e da derrota final em abril, a morte se aninhou ali em silêncio e os barcelonenses, presos na mais longa noite de sua história, preferiam não erguer os olhos para o céu para não reconhecer a silhueta da prisão no alto do monte.

Ao entrar, os presos da polícia política recebiam um número, em geral o mesmo da cela que iriam ocupar e na qual provavelmente morreriam. Para a maioria dos inquilinos, como alguns dos carcereiros gostavam de se referir a eles, a viagem até o castelo era só de ida. Chovia muito na noite em que o inquilino número 13 chegou a Montjuic. Pequenas veias de água enegrecida sangravam pelas paredes de pedra e o ar fedia a terra remexida. Dois oficiais o escoltaram até uma sala onde não havia mais do que uma mesa metálica e uma cadeira. Uma lâmpada nua pendia do teto e piscava quando a voltagem do gerador vacilava. Permaneceu ali por cerca de meia hora, esperando de pé, com as roupas ensopadas e sob a vigilância de uma sentinela armada de fuzil.

Finalmente, ouviram-se passos e um homem jovem, que não devia ter chegado aos trinta anos, entrou. Usava um terno de lã recém-passado e cheirava a colônia. Não tinha o aspecto marcial de um militar de carreira, nem de um oficial de polícia. Seus traços eram suaves e a expressão amável. O prisioneiro pensou que tinha maneiras de rapaz bem-nascido e emanava aquele ar condescendente de quem se sente bem acima do lugar que ocupa e do cenário que compartilha. O traço de seu rosto que mais chamava atenção eram os olhos. Azuis, penetrantes e afiados pela cobiça e pela desconfiança. Somente eles, por trás daquela fachada de elegância estudada e modos cordiais, revelavam sua natureza.

Um par de óculos de lentes redondas aumentavam seu olhar, e o cabelo gomalinado, penteado para trás, lhe conferia um ar vagamente afetado e em desacordo com aquele cenário sinistro. O sujeito sentou-se na cadeira atrás da mesa e abriu uma pasta que tinha na mão. Depois de uma análise sumária de seu conteúdo, juntou as mãos apoiando as pontas dos dedos sob o queixo e olhou longamente para o prisioneiro.

— Desculpe, mas penso que houve uma confusão...

O murro no estômago cortou sua respiração e o prisioneiro caiu no chão feito um novelo.

— Fale apenas quando o senhor diretor perguntar — indicou o guarda.

— De pé — ordenou o diretor, com voz trêmula, ainda pouco acostumado a mandar.

O prisioneiro conseguiu levantar e enfrentou o olhar incômodo do senhor diretor.

— Nome?

— Fermín Romero de Torres.

O prisioneiro examinou os olhos azuis e leu apenas desprezo e desinteresse.

— Que tipo de nome é esse? Pensa que sou idiota? Vamos: seu nome, o verdadeiro.

O prisioneiro, um homenzinho raquítico, estendeu seus papéis ao senhor diretor. O guarda arrancou-os de sua mão e colocou na mesa. O senhor diretor deu uma simples olhadela e estalou a língua, sorrindo.

— Mais um do Heredia... — murmurou antes de jogar os documentos na lixeira. — Esses papéis não valem nada. Vai me dizer como se chama ou vamos ter que falar a sério?

O inquilino número 13 tentou pronunciar umas palavras, mas seus lábios tremiam e só foi capaz de balbuciar uma coisa ininteligível.

— Não tenha medo, homem, nós não comemos ninguém. O que andaram lhe contando? Tem muito comunista de merda que se dedica a espalhar calúnias por aí, mas se a pessoa colabora, nós a tratamos bem, como um cidadão espanhol. Vamos, tire a roupa.

O inquilino pareceu hesitar um instante. O senhor diretor abaixou os olhos, como se todo aquele procedimento o incomodasse e somente a teimosia do prisioneiro o prendesse naquele lugar. Um segundo depois o guarda presenteou-o com mais um soco, dessa vez nos rins, que voltou a derrubá-lo.

— Já ouviu o senhor diretor. Em pelo. Não temos a noite inteira.

O inquilino número 13 conseguiu ficar de joelhos e assim foi tirando as roupas ensanguentadas e sujas que o cobriam. Assim que ficou completamente nu, o guarda inseriu o cano do rifle sob seu ombro e obrigou-o a levantar. O senhor diretor levantou os olhos da escrivaninha e esboçou uma careta de desgosto ao contemplar as queimaduras que cobriam suas costas, nádegas e boa parte das coxas.

— Parece que o campeão aqui é um velho conhecido de Fumero — comentou o guarda.

— Cale-se — ordenou o diretor, com pouca convicção.

Olhou para o prisioneiro com impaciência e verificou que estava chorando.

— Vamos, não chore, diga-me como se chama.

O prisioneiro sussurrou seu nome novamente.

— Fermín Romero de Torres...

O senhor diretor suspirou, aborrecido.

— Veja bem, minha paciência está começando a se esgotar. Quero ajudá-lo e não gostaria de ter de avisar Fumero que você está aqui...

O prisioneiro começou a gemer como um cão ferido e a tremer tão violentamente, que o senhor diretor, que definitivamente não apreciava a cena e queria acabar com aquele procedimento o mais rápido possível, trocou um olhar com o guarda e, sem dizer uma palavra, limitou-se a anotar no registro o nome dado pelo prisioneiro e a praguejar baixinho.

— Merda de guerra — murmurou consigo mesmo quando levaram o prisioneiro para sua cela, arrastando-o completamente nu pelos túneis encharcados.

2

A cela era um retângulo escuro e úmido com um pequeno orifício escavado na rocha pelo qual corria um ar frio. As paredes estavam cobertas de riscos e marcas gravadas pelos antigos inquilinos. Alguns anotavam seus nomes, datas ou deixavam algum indício de que tinham existido. Um deles tinha se entretido escavando crucifixos na escuridão, mas o céu não parecia ter reparado nele. As grades que fechavam a cela eram de ferro oxidado e deixavam um véu de ferrugem nas mãos.

Fermín tinha se encolhido num catre, tentando cobrir sua nudez com um pedaço de tecido esfarrapado que achou que servia de cobertor, colchão e travesseiro. A penumbra tinha um matiz acobreado, como o alento de uma vela mortiça. Depois de um tempo, os olhos se acostumavam àquelas trevas perpétuas e o ouvido se apurava para perceber leves movimentos de corpos entre a cantilena de goteiras e ecos trazidos pela corrente de ar que se infiltrava do exterior.

Fermín já estava ali havia meia hora, quando notou que na outra extremidade da cela havia um vulto mergulhado na sombra. Levantou e se aproximou lentamente para descobrir que se tratava de um saco de lona suja. O frio e a umidade tinham começado a penetrar em seus ossos e, embora o cheiro proveniente daquele embrulho salpicado de manchas escuras não provocasse hipóteses felizes, Fermín pensou que talvez o saco guardasse o uniforme de prisioneiro que ninguém tinha se preocupado em lhe dar e, com sorte, algum cobertor para se cobrir. Ajoelhou diante dele e desfez o nó que fechava uma das pontas.

Ao retirar a lona, o brilho trêmulo dos lampiões que piscavam no corredor revelou algo que, num primeiro momento, pensou que fosse o rosto de um boneco, um manequim como aqueles que os alfaiates colocam nas vitrines para exibir suas criações. O fedor e a náusea o fizeram compreender que não se tratava de boneco algum. Cobrindo o nariz e a boca com a mão, retirou o resto da lona e foi recuando até esbarrar na parede da cela.

O cadáver parecia ser de um adulto de idade indeterminada, entre quarenta e setenta e cinco anos, e não devia pesar mais de cinquenta quilos. Uma longa cabeleira e uma barba branca cobriam boa parte do torso esquelético. As mãos ossudas, com unhas longas e retorcidas, pareciam as garras de um pássaro. Tinha os olhos abertos e as córneas estavam enrugadas como frutas maduras. A boca entreaberta mostrava a língua, inchada e escura, que tinha ficado presa entre os dentes podres.

— Tire a roupa antes que o levem — disse uma voz vinda da cela que ficava do outro lado do corredor. — Ninguém vai lhe dar outra até o mês que vem.

Fermín examinou as sombras e registrou dois olhos brilhantes que o encaravam do catre da outra cela.

— Não tenha medo, o pobre infeliz já não pode lhe fazer nenhum mal — assegurou a voz.

Fermín fez que sim e de novo se aproximou do saco, perguntando-se como ia levar a cabo tal operação.

— Desculpe — murmurou ao defunto. — Descanse em paz e que Deus o tenha em sua glória.

— Era ateu — informou a voz da cela em frente.

Fermín balançou a cabeça e abandonou as cerimônias. O frio que inundava o cubículo cortava até os ossos e parecia dizer que as cortesias eram supérfluas naquele lugar. Prendeu a respiração e pôs mãos à obra. A roupa fedia tanto quanto o morto. O *rigor mortis* tinha começado a tomar conta do corpo e a tarefa de despir o cadáver mostrou-se bem mais difícil do que parecia. Depois de privar o defunto de suas vestes, Fermín tratou de cobri-lo outra vez com o saco, que fechou com um nó de marinheiro que nem o grande Houdini conseguiria abrir. Finalmente, vestido com aquela muda esfarrapada e pestilenta, Fermín se encolheu no catre e ficou se perguntando quantos usuários já tinham vestido aquele uniforme.

— Obrigado — disse por fim.

— Não há de quê — respondeu a voz do outro lado do corredor.

— Fermín Romero de Torres, para servi-lo.

— David Martín.

Fermín franziu as sobrancelhas. Aquele nome parecia familiar. Ficou revisando lembranças e ecos por quase cinco minutos até que uma luz se acendeu e ele recordou as tardes roubadas num canto da biblioteca do Carmen, devorando uma série de livros com capas e títulos de tom intenso.

— Martín, o escritor? Autor de *A cidade dos malditos*?

Um suspiro na sombra.

— Ninguém mais respeita os pseudônimos nesse país.

— Desculpe a indiscrição. É que minha devoção pelos seus livros era religiosa. É por isso que sei que era o senhor quem manejava a pluma do ilustre Ignatius B. Samson...

— Para servi-lo.

— Saiba, sr. Martín, que é um prazer conhecê-lo, mesmo que seja nessas circunstâncias infelizes. Sou seu admirador há anos e...

— Tratem de calar a boca, pombinhos, que aqui tem gente querendo dormir — gritou uma voz áspera que parecia vir da cela ao lado.

— Falou a alegria da casa — atalhou uma segunda voz, um pouco mais distante no corredor. — Não dê ouvidos, Martín. Aqui basta cochilar para ser comido vivo pelos piolhos, a começar pelas partes pudendas. Vamos, Martín, por que não conta uma história? Uma de Chloé...

— Isso, para você ficar tocando punheta feito um mico — respondeu a voz hostil.

— Caro amigo Fermín — informou Martín de sua cela. — Tenho o prazer de lhe apresentar o número 12, que reclama de tudo, seja o que for, e o número 15, insone, muito culto e ideólogo oficial da galeria. O resto fala muito pouco, sobretudo o número 14.

— Só falo quando tenho o que dizer — interveio uma voz grave e gelada que Fermín supôs que pertencesse ao número 14. — Se todos aqui fizessem o mesmo, teríamos noites mais tranquilas.

Fermín considerou tão estranha comunidade.

— Boa noite a todos. Meu nome é Fermín Romero de Torres e é um prazer conhecê-los.

— O prazer é todo seu — respondeu o 12.

— Seja bem-vindo. Espero que sua estadia seja breve — disse o 14.

Fermín deu outra olhada para o saco que abrigava o cadáver e engoliu em seco.

— Era o Lucio, o antigo número 13 — explicou Martín. — Não sabemos nada sobre ele porque o coitado era mudo. Uma bala perfurou sua laringe na batalha do Ebro.

— Pena que era o único — comentou o número 19.

— Morreu de quê? — perguntou Fermín.

— Nesse lugar, a gente morre só de estar aqui — respondeu o 12. — Não precisa muito mais.

3

A rotina ajudava. Uma vez por dia, durante uma hora, conduziam os prisioneiros das duas primeiras galerias ao pátio do fosso, para tomar sol, chuva ou o que se apresentasse. A comida era um tigelão meio cheio de um grude frio, gorduroso e acinzentado de natureza indeterminada e gosto rançoso ao qual, passados alguns dias e diante das câimbras no estômago de tanta fome, a pessoa se acostumava. Era servida no meio da tarde e com o tempo os prisioneiros aprendiam a desejar sua chegada.

Uma vez por mês, os prisioneiros entregavam suas roupas sujas e recebiam outras que, pelo menos em princípio, tinham sido mergulhadas durante um minuto num caldeirão com água fervente, embora os piolhos não dessem mostras de confirmar tal providência. Aos domingos, celebrava-se a missa, com assistência altamente recomendada e que ninguém se atrevia a perder, pois o padre passava uma lista e, caso faltasse algum nome, denunciava. Duas ausências significavam uma semana de jejum. Três, férias de um mês numa das celas de isolamento que havia na torre.

Os corredores, pátios e espaços pelos quais os prisioneiros transitavam eram fortemente vigiados. Um corpo de guardas armados de fuzis e pistolas patrulhava a prisão e, quando os internos estavam fora de suas celas, era impossível olhar em qualquer direção sem ver pelo menos uma dúzia deles, apito e arma em punho. A eles se juntavam, de forma menos ameaçadora, os carcereiros. Nenhum deles tinha aparência militar e a opinião generalizada entre os presos era de que se tratava de um grupo de infelizes que não conseguiram encontrar emprego melhor naqueles dias de miséria.

Cada galeria tinha o seu carcereiro que, armado de um molho de chaves, fazia turnos de doze horas sentado numa cadeira na extremidade do corredor.

A maioria evitava confraternizar com os presos ou até dirigir a palavra ou o olhar a eles além do estritamente necessário. A única exceção era um pobre-diabo apelidado de Bebo e que tinha perdido um olho num bombardeio aéreo quando era vigia noturno numa fábrica de Pueblo Seco.

Corria o boato de que Bebo tinha um irmão gêmeo preso em alguma cadeia de Valência e que, talvez por isso, tratava os detentos com certa amabilidade e, quando ninguém estava olhando, costumava fornecer água potável, algum pão seco e tudo o que conseguisse surrupiar da pilhagem que os guardas faziam nos pacotes enviados pelas famílias dos presos. Bebo gostava de arrastar sua cadeira para perto da cela de David Martín para ouvir as histórias que ele às vezes contava aos outros presos. Naquele inferno particular, Bebo era o que havia de mais parecido com um anjo.

Era costume que, depois da missa dos domingos, o senhor diretor dirigis-se algumas palavras edificantes aos presos. Tudo o que se sabia a seu respeito era o nome, Mauricio Valls, e que antes da guerra tinha sido um modesto aspirante a escritor, trabalhando como secretário e leva e traz de um autor local de certa fama e eterno rival do fracassado don Pedro Vidal. Nas horas livres, traduzia um pouco de clássicos gregos e latinos, editava junto com um par de almas gêmeas um pasquim de alta ambição cultural e baixa circulação e organizava saraus, onde um batalhão de eminências do mesmo quilate deplorava o estado de coisas e profetizava que, se algum dia eles conseguissem pegar o touro pelos chifres, o mundo iria subir ao olimpo.

Sua vida parecia encaminhada para aquela existência cinzenta e amarga dos medíocres a quem Deus, em sua infinita crueldade, abençoou com os de-lírios de grandeza e a arrogância dos Titãs. No entanto, a guerra reescreveu seu destino, assim como o de muitos outros, e sua sorte mudou quando, numa história a meio caminho entre o acaso e o golpe do baú, Mauricio Valls, até então apaixonado apenas por seu prodigioso talento e seu elevado refinamento, se casou com a filha de um poderoso industrial cujos tentáculos sustentavam boa parte do orçamento do general Franco e suas tropas.

A noiva, oito anos mais velha do que Mauricio, vivia presa a uma cadeira de rodas desde os treze anos, consumida por uma doença congênita que lhe devorava os músculos e a vida. Nenhum homem nunca olhou nos seus olhos nem tocou sua mão para dizer que era bonita e perguntar seu nome. Mauricio, que, como todos os literatos sem talento, era no fundo tão prático quanto vai-doso, foi o primeiro e o último a fazê-lo. Um ano depois o casal contraía matrimônio em Sevilha, com a presença estelar do general Queipo de Llano e outros ilustres da administração nacional.

— Você vai fazer carreira, Valls — prognosticou Serrano Súñer em pessoa, numa audiência privada em Madri, na qual Valls mendigou o posto de diretor da Biblioteca Nacional.

— A Espanha vive momentos difíceis e todo espanhol bem-nascido deve emprestar seu ombro para conter as hordas do marxismo, que ambicionam corromper nossa reserva espiritual — anunciou o cunhado do Caudilho, flamejante em seu uniforme de almirante de opereta.

— Conte comigo, excelência — ofereceu Valls. — Para o que der e vier.

"O que der e vier" veio a ser um posto de diretor, mas não da prestigiosa Biblioteca Nacional, como ele desejava, mas de uma prisão de reputação sinistra ancorada num penhasco que pairava sobre a cidade de Barcelona. A lista de agregados e protegidos que esperavam uma colocação em postos de prestígio era longa e tediosa, e Valls, apesar de seus esforços, estava no terço inferior dela.

— Tenha paciência, Valls. Seus esforços serão recompensados.

Foi assim que Mauricio Valls aprendeu sua primeira lição na complexa arte nacional de manobrar e ascender depois de qualquer mudança de regime: milhares de assessores e convertidos tinham se juntado à escalada e a competição era duríssima.

4

Essa era, pelo menos, a lenda: um amontoado não confirmado de suspeitas, suposições e boatos de terceira mão, que tinha chegado aos ouvidos dos presos graças às artes do antigo diretor, deposto depois de duas breves semanas de comando e envenenado pelo ressentimento contra aquele novato que lhe roubou o título pelo qual lutou durante toda a guerra. O exonerado carecia de conexões familiares e arrastava o fatídico precedente de ter sido visto bêbado e fazendo comentários zombeteiros sobre o generalíssimo de todas as Espanhas e sua surpreendente semelhança com o personagem do Grilo Falante. Antes de ser desterrado para o posto de subdiretor de uma prisão em Ceuta, dedicou-se a espalhar maledicências sobre don Mauricio a quem quisesse ouvir.

O que pairava acima de qualquer dúvida era o fato de que ninguém tinha permissão para se referir a Valls sob nenhum outro nome que não fosse senhor diretor. A versão oficial, promulgada pelo próprio, contava que don Mauricio era um homem de letras de reconhecido prestígio, possuidor de um intelecto cultivado e de uma fina erudição acumulada em anos de estudo em Paris e que, depois daquela estadia temporária no setor penitenciário do regime, tinha como destino e missão, com a ajuda de um seleto círculo de intelectuais próximos, educar o povo simples daquela Espanha devastada e ensiná-lo a pensar.

Seus discursos costumavam incluir extensas citações dos escritos, poemas e artigos pedagógicos que publicava com frequência na imprensa nacional, sobre literatura, filosofia e o necessário renascimento do pensamento no Ocidente. Se os presos aplaudissem com vigor ao final dessas sessões magistrais, o senhor diretor exibia uma expressão magnânima e os carcereiros distribuíam cigarros, velas ou algum outro luxo retirado do lote de pacotes e doações das famílias para os presos. Os artigos mais interessantes já tinham sido previamente garimpados pelos carcereiros, que os levavam para casa ou, às vezes, vendiam entre os próprios detentos, mas era melhor que nada.

Os falecidos por causas naturais ou vagamente induzidas, normalmente de um a três por semana, eram recolhidos à meia-noite, com exceção dos fins de semana e feriados: nesse caso, o corpo permanecia na cela até segunda-feira ou o próximo dia útil, em geral fazendo companhia ao novo inquilino. Quando um dos prisioneiros avisava que um companheiro tinha passado desta para a melhor, um carcereiro se aproximava, verificava a pulsação ou a respiração e colocava o corpo num dos sacos de lona usados para este fim. Uma vez amarrado, o saco ficava jogado no chão da cela à espera que o serviço funerário do cemitério vizinho de Montjuic passasse para recolhê-lo. Ninguém sabia o que faziam com eles e, quando perguntaram a Bebo, ele se negou a responder e abaixou os olhos.

A cada quinze dias, realizava-se um julgamento militar sumaríssimo e os condenados eram fuzilados ao amanhecer. Quando o pelotão de fuzilamento não conseguia acertar nenhum órgão vital por causa do mau estado dos fuzis ou da munição, os lamentos de agonia dos fuzilados caídos no fosso eram ouvidos durante horas. Algumas vezes, ouvia-se uma explosão e os lamentos silenciavam bruscamente. A teoria que circulava entre os presos era de que algum dos oficiais completava o serviço com uma granada, mas ninguém tinha certeza de que essa explicação fosse correta.

Outro dos boatos que circulavam entre os presos era de que o senhor diretor costumava receber mulheres, filhas ou noivas ou até tias e avós dos presos em seu gabinete nas sextas-feiras de manhã. Desprovido de sua aliança de casado, que guardava na primeira gaveta da escrivaninha, ele ouvia suas súplicas, avaliava seus pedidos, oferecia um lenço para enxugar seus prantos e aceitava os presentes, além de favores de outra índole, concedidos sob a promessa de uma melhor alimentação ou tratamento ou ainda de revisão de nebulosas sentenças que nunca chegava a nenhuma conclusão.

Em outras ocasiões, Mauricio Valls simplesmente servia doces confeitados e uma tacinha de moscatel que, diante das misérias da época e da má nutrição, ainda eram bons de ver e beliscar, lia alguns de seus escritos, confessava que seu casamento com uma doente era um calvário de santidade, se desfazia em palavras sobre o modo como detestava aquele posto de carcereiro e narrava a humilhação que era confinarem um homem de tão alta cultura, refinamento e requinte naquele posto enganador, quando seu destino natural era fazer parte das elites do país.

Os veteranos do lugar aconselhavam a não mencionar o senhor diretor e, se possível, não pensar nele. A maioria dos presos preferia falar das famílias que tinham deixado para trás, de suas mulheres e da vida que recordavam. Alguns tinham fotos de namoradas ou esposas, que entesouravam e defendiam com a vida se alguém tentasse roubá-las. Mais de um preso disse a Fermín que o pior eram os três primeiros meses. Depois, uma vez perdida toda a esperança, o tempo começava a correr depressa e os dias sem sentido adormeciam a alma.

5

Aos domingos, depois da missa e do discurso do senhor diretor, alguns presos se reuniam num canto ensolarado do pátio para dividir algum cigarro e ouvir as histórias que David Martín contava, quando tinha sanidade para tanto. Fermín, que conhecia quase todas depois de ler a série inteira de *A cidade dos malditos*, se juntava a eles e deixava a imaginação voar. Mas com frequência Martín não parecia ter condições nem de contar até cinco, de modo que os outros o deixavam em paz, falando sozinho pelos cantos. Fermín o observava detidamente e às vezes o seguia de perto, pois havia algo naquele pobre-diabo que lhe dava um aperto no coração. Com artes e intrigas quase circenses, Fermín tentava lhe conseguir cigarros ou até alguns torrões de açúcar, que ele adorava.

— Você é um bom homem, Fermín. Tente esconder isso.

Martín levava sempre consigo uma velha fotografia que gostava de contemplar por longos momentos. Retratava um homem vestido de branco de mãos dadas com uma menina de dez anos. Ambos contemplavam o pôr do sol da ponta de um pequeno cais de madeira que se estendia sobre uma praia, como uma passarela sobre águas transparentes. Quando Fermín fazia perguntas sobre a fotografia, Martín guardava silêncio e se limitava a sorrir antes de pôr a imagem no bolso.

— Quem é a menina da foto, sr. Martín?

— Não tenho certeza, Fermín. Minha memória às vezes falha. Não acontece com você?

— Claro. Acontece com todo mundo.

Dizia-se que Martín não estava em seu juízo perfeito, mas depois de conviver um pouco mais com ele, Fermín tinha começado a suspeitar que o pobre estava ainda mais fora de si do que supunha o resto dos prisioneiros. De vez em quando, parecia mais lúcido que qualquer um, mas muitas vezes não sabia bem onde estava e falava de lugares e pessoas que, ao que tudo indicava, só existiam em sua imaginação ou em suas lembranças.

Com frequência, Fermín acordava de madrugada e ouvia Martín falando sozinho em sua cela. Quando se aproximava em silêncio das grades e apurava o ouvido, podia ouvir nitidamente que Martín discutia com alguém a quem chamava de "sr. Corelli", que, pelo teor das palavras trocadas, parecia um personagem altamente sinistro.

Numa daquelas noites, Fermín tinha acendido o que restava de sua última vela e erguido na direção da cela em frente para conferir se Martín estava sozinho e se as duas vozes, dele e do tal Corelli, saíam dos mesmos lábios. Martín caminhava em círculos e, quando seus olhos se cruzaram, Fermín percebeu que seu companheiro de galeria olhava sem ver: era como se as paredes da prisão não existissem e sua conversa com aquele estranho personagem estivesse acontecendo muito longe dali.

— Não dê atenção — murmurou o número 15 do meio das sombras. — Faz a mesma coisa toda noite. Está completamente pirado. Feliz dele.

Na manhã seguinte, quando Fermín perguntou sobre o tal Corelli e suas conversas à meia-noite, Martín olhou para ele com estranheza e se limitou a sorrir, confuso. Numa outra noite em que não conseguia conciliar o sono por causa do frio, Fermín se aproximou de novo das grades e ouviu Martín falando com mais um de seus amigos invisíveis. Naquela noite Fermín se atreveu a interrompê-lo.

— Martín? É Fermín, seu vizinho da frente. Está tudo bem com você?

Martín chegou às grades e Fermín viu seu rosto coberto de lágrimas.

— Sr. Martín, quem é Isabella? O senhor estava falando dela uns minutos atrás.

Martín encarou-o longamente.

— Isabella é a única coisa boa que resta nesse mundo de merda — respondeu com uma aspereza que não era habitual. — Se não fosse por ela, valeria a pena tocar fogo nele e deixar queimar até que não restassem nem as cinzas.

— Desculpe, Martín. Não queria perturbá-lo.

Martín se retirou para as sombras. No dia seguinte, foi encontrado tremendo numa poça de sangue. Bebo tinha adormecido na cadeira e Martín tinha aproveitado para raspar os pulsos na pedra até abrir as veias. Quando foi levado na maca estava tão pálido que Fermín pensou que nunca mais fosse vê-lo.

— Não se preocupe com seu amigo, Fermín — disse o 15. — Se fosse outro, ia direto para o saco, mas o senhor diretor não deixa Martín morrer. Ninguém sabe o motivo.

A cela de David Martín ficou vazia durante cinco semanas. Quando Bebo o trouxe de volta, enfiado num pijama branco e carregado no colo como se fosse uma criança, as bandagens cobriam seus braços até o cotovelo. Não se lembrava de ninguém e passou sua primeira noite falando sozinho e rindo. Bebo colocou a cadeira em frente à cela e cuidou dele a noite inteira, passando torrões de açúcar que tinha roubado do quarto dos oficiais e escondido nos bolsos.

— Por favor, sr. Martín, não diga essas coisas que Deus castiga — sussurrava o carcereiro entre os torrões.

No mundo real, o número 12 tinha sido o dr. Román Sanahuja, chefe do Serviço de Medicina Interna do hospital Clínico, homem íntegro e imunizado contra delírios e inflamações ideológicas, a quem a consciência e a recusa de delatar os próprios colegas tinham enviado para o castelo. Era regra geral que, dentro daqueles muros, não se reconhecia aos prisioneiros nem ofício nem benefício. Exceto quando o dito ofício pudesse trazer algum benefício para o senhor diretor. No caso do dr. Sanahuja, sua utilidade não demorou a se manifestar.

— Lamentavelmente, não disponho aqui dos recursos médicos que seriam desejáveis — explicou o senhor diretor. — A realidade é que o regime tem outras prioridades e pouco importa se alguns de vocês apodrecem de gangrena dentro das celas. Depois de muita luta, consegui que me enviassem um estojo com poucos remédios e um doutor que não seria aceito nem para varrer a faculdade de veterinária. Mas é o que temos. Consta aqui que, antes de sucumbir ao fingimento da neutralidade, o senhor era um médico de certo renome. Por motivos que não vêm ao caso, tenho um interesse particular em garantir que o preso David Martín não nos deixe antes da hora. Se concordar em colaborar e ajudar a mantê-lo num estado de saúde pelo menos razoável, garanto que, considerando as circunstâncias, farei com que sua estadia entre nós seja mais leve e tratarei pessoalmente de pedir revisão do seu caso com vistas a encurtar sua pena.

O dr. Sanahuja concordou.

— Chegou a meus ouvidos que alguns presos dizem que Martín não anda muito bem da bola, como dizem vocês. É verdade? — perguntou o senhor diretor.

— Não sou psiquiatra, mas em minha modesta opinião, acho que Martín está visivelmente desequilibrado.

O senhor diretor avaliou aquela consideração.

— E em sua opinião médica, quanto o senhor diria que vai se manter? — perguntou. — Quer dizer, vivo.

— Não sei. As condições da prisão são insalubres e...

O senhor diretor interrompeu com uma expressão irritada, concordando.

— E sua saúde mental? Por quanto tempo o senhor acha que Martín conseguirá conservar as faculdades mentais?

— Não muito, suponho.

— Entendo.

O senhor diretor ofereceu um cigarro, que o doutor recusou.

— Gosta dele, não é mesmo?

— Mal o conheço — respondeu o médico. — Parece um bom homem.

O diretor sorriu.

— E um péssimo escritor. O pior que esse país já viu.

— O senhor diretor é o especialista em literatura internacional. Eu não entendo do assunto.

O senhor diretor olhou para ele friamente.

— Já mandei homens para o isolamento por três meses por impertinências menores... Poucos sobrevivem, e os que conseguem voltam em condições piores que as de seu amigo Martín. Não pense que seu diploma lhe dá algum privilégio. Sua sorte e a de sua família dependem da utilidade que demonstrar. Fui suficientemente claro?

O dr. Sanahuja engoliu em seco.

— Sim, senhor diretor.

— Obrigado, *doutor*.

Periodicamente, o diretor pedia a Sanahuja que desse uma olhada em Martín, pois as más línguas diziam que não confiava muito no médico residente da prisão, um charlatão trapaceiro que, de tanto redigir atestados de óbito, parecia ter esquecido a noção de cuidados preventivos e que foi dispensado um pouco mais tarde.

— Como está o paciente, doutor?

— Fraco.

— Claro. E seus demônios? Continua falando sozinho e imaginando coisas?

— Não houve mudanças.

— Li no *ABC* um magnífico artigo de meu bom amigo Sebastián Jurado a respeito da esquizofrenia, mal dos poetas.

— Não estou capacitado para fazer esse diagnóstico.

— Mas sim para mantê-lo vivo, não é mesmo?

— Estou tentando.

— Pois faça algo mais do que tentar. Pense em suas filhas. Tão jovens... Tão desprotegidas e com tanta gente desalmada e tanto comunista escondido por aí.

Com o passar dos meses, o dr. Sanahuja acabou se afeiçoando a Martín e um dia, dividindo as guimbas de cigarro que tinham, contou a Fermín tudo o que sabia sobre a história daquele homem, a quem alguns, zombando de suas loucuras e de sua condição de maluco oficial da prisão, resolveram dar o apelido de "o Prisioneiro do Céu".

6

—Se quer que lhe diga a verdade, acho que, quando o trouxeram para cá, David Martín já estava mal havia um bom tempo. Já ouviu falar de esquizofrenia, Fermín? É uma das novas palavras favoritas do senhor diretor.

— É aquilo que os civis gostam de chamar de "variando das ideias".

— Não é brincadeira, Fermín. É uma doença muito grave. Não é a minha especialidade, mas conheci alguns casos e muitas vezes os pacientes ouvem vozes e recordam pessoas ou acontecimentos que nunca existiram... A mente vai se deteriorando pouco a pouco e os pacientes já não conseguem distinguir entre realidade e ficção.

— Como setenta por cento dos espanhóis, aliás... Acha mesmo que o pobre Martín sofre dessa doença, doutor?

— Não posso dizer com certeza. Como eu disse, não é a minha especialidade, mas acho que apresenta alguns dos sintomas mais comuns.

— Pelo menos nesse caso, a doença é uma bênção...

— Nunca é uma bênção, Fermín.

— Ele tem consciência de que está, digamos, esquisito?

— Os loucos sempre acham que os loucos são os outros.

— Exatamente o que eu dizia de setenta por cento dos espanhóis...

Um guarda vigiava os dois do alto de uma guarita, como se quisesse ler seus lábios.

— Fale baixo, que ainda vamos arrumar problemas.

O doutor convidou Fermín a dar uma volta e os dois se encaminharam para a outra extremidade do pátio.

— Nos tempos que correm, até as paredes têm ouvidos — disse o médico.

— Quem dera que elas tivessem meio cérebro entre os ouvidos e talvez a gente conseguisse escapar — respondeu Fermín.

— Sabe o que Martín me disse da primeira vez que o examinei a pedido do senhor diretor?

"— *Doutor, acho que descobri a única maneira de sair dessa prisão.*

— *Como?*

— *Morto.*

— *Não tem um método mais prático?*

— *O senhor já leu* O conde de Montecristo, *doutor?*

— *Quando garoto. Quase nem lembro.*

— *Pois trate de reler. Está tudo lá.*"

Não quis lhe contar que o senhor diretor tinha mandado retirar da biblioteca da prisão todos os livros de Alexandre Dumas, junto com os de Dickens, Galdós e muitos outros, porque considerava que eram puro lixo para entreter a plebe com o prazer, mas sem educar. Foram substituídos por uma coleção de romances e relatos inéditos de sua própria autoria e de alguns de seus amigos, devidamente encadernados em couro por Valentí, um preso que vinha das artes gráficas. Depois que o infeliz terminou o trabalho, deixou que morresse de frio obrigando-o a ficar no pátio embaixo de chuva durante cinco noites geladas de janeiro, pois teve a ousadia de zombar da qualidade primorosa de sua prosa. Valentí conseguiu sair daqui pelo método de Martín: morto.

Depois de tanto tempo ouvindo as conversas dos carcereiros, descobri que David Martín veio para cá graças aos esforços do próprio senhor diretor. Estava preso na penitenciária Modelo, acusado de uma série de crimes aos quais acho que ninguém dava muito crédito. Entre outras coisas, diziam que, louco de ciúmes, tinha assassinado seu mentor e melhor amigo, um sujeito endinheirado chamado Pedro Vidal, escritor como ele, e sua esposa Cristina. E que também tirou a vida de vários policiais e não sei mais quem a sangue frio. Ultimamente acusam tanta gente de tanta coisa que já não se sabe o que pensar. Para mim, é difícil acreditar que Martín seja um assassino, mas também é verdade que nos anos da guerra vi muita gente dos dois bandos tirar a máscara e mostrar sua verdadeira cara. Vá saber... Todo mundo atira a pedra e trata de acusar o vizinho.

— Se eu lhe contasse... — comentou Fermín.

— O caso é que o pai do tal Vidal é um empresário influente e cheio de dinheiro, dizem inclusive que foi um dos banqueiros que financiou o bando nacionalista. Por que será que todas as guerras são ganhas pelos banqueiros? Enfim, consta que o poderoso Vidal pediu pessoalmente que o Ministério da Justiça prendesse Martín, com a garantia de que ia apodrecer na cadeia por conta do que tinha feito a seu filho e à nora. Pelo que soube, nosso amigo estava escondido fora do país havia quase três anos quando o encontraram perto da fronteira. Imagino que não podia estar em seu juízo perfeito para retornar a uma Espanha onde só queriam crucificá-lo. E ainda por cima nos últimos dias da guerra, quando milhares de pessoas estavam cruzando as fronteiras em sentido contrário.

— Às vezes a pessoa se cansa de fugir — disse Fermín. — O mundo é muito pequeno quando não se tem aonde ir.

— Suponho que foi isso que Martín pensou. Não sei como fez para atravessar, mas alguns moradores do povoado de Puigcardá avisaram a Guarda Civil depois de vê-lo vagando pela cidade durante dias, vestindo farrapos e falando sozinho. Foi visto por alguns pastores no caminho de Bolvir, a uns dois quilômetros do povoado. Havia ali um antigo casarão chamado La Torre del Remei, que durante a guerra serviu como hospital para os feridos na frente de batalha. Era administrado por um grupo de mulheres que provavelmente ficaram com pena de Martín e, tomando-o por um miliciano, ofereceram abrigo e alimento. Mas quando chegaram para prendê-lo, ele não estava mais lá. Foi encontrado na mesma noite no meio do lago gelado, tentando abrir um buraco no gelo com uma pedra. No princípio pensaram que queria se suicidar e o levaram para o sanatório de Villa San Antonio. Parece que um dos médicos o reconheceu, não me pergunte como, e, quando seu nome chegou aos ouvidos da capitania, ele foi transferido para Barcelona.

— Para a boca do lobo.

— Exatamente. Devo dizer que o julgamento não durou nem dois dias. A lista de acusações contra ele era interminável, mas quase não havia indícios ou provas para sustentá-las; no entanto, por algum estranho motivo, o promotor conseguiu arregimentar várias testemunhas que depuseram contra ele. Dezenas de pessoas que odiavam Martín com uma intensidade que surpreendeu até o juiz apareceram no tribunal. Provavelmente, tinham sido pagas pelo velho Vidal. Antigos colegas dos tempos em que trabalhou num jornal de pouca importância, *La Voz de la Industria*, literatos de botequim, infelizes e invejosos de todo tipo saíram dos esgotos para jurar que Martín era culpado de todas a acusações e de outras mais. Você sabe como funcionam essas coisas. Por ordem do juiz, e conselho de Vidal pai, confiscaram todas as suas obras, que foram queimadas como material subversivo e contrário à moral e aos bons costumes.

Quando Martín declarou em juízo que o único bom costume que defendia era o de ler e que o resto era problema de cada um, o juiz acrescentou mais dez anos à longa pena que já ia receber. Parece que durante o julgamento, em vez de ficar calado, Martín respondeu sem papas na língua a tudo que perguntaram e acabou cavando a própria sepultura.

— Tudo se perdoa nessa vida, menos dizer a verdade.

— O caso é que foi condenado à prisão perpétua. *La Voz de la Industria*, propriedade do velho Vidal, publicou uma extensa matéria detalhando seus crimes e, como se não bastasse, um editorial. Adivinhe quem era o autor.

— O excelentíssimo senhor diretor, Mauricio Valls.

— O próprio. O editorial o qualificava como "o pior escritor da história" e comemorava que seus livros tivessem sido destruídos, pois eram "uma afronta à humanidade e ao bom gosto".

— Foi o mesmo que disseram do Palau de la Música — precisou Fermín. — Temos aqui a flor e a nata da intelectualidade internacional. Já dizia Unamuno: que eles inventem, e nós julgaremos.

— Inocente ou não, depois de ser humilhado publicamente e de assistir à queima de todas e cada uma das páginas que escreveu, Martín foi parar numa cela da Modelo, na qual provavelmente morreria em questão de semanas, não fosse a intervenção do senhor diretor, que tinha seguido o caso com grande interesse e, por algum estranho motivo, estava obcecado por Martín. Ele teve acesso ao processo e solicitou sua transferência para cá. Martín me contou que no dia em que chegou ao castelo, Valls mandou que o levassem a seu gabinete e presenteou-o com um de seus discursos:

"Martín, embora você seja um criminoso condenado e com certeza um subversivo convicto, há uma coisa que nos une. Os dois somos homens de letras e, embora você tenha dedicado sua malograda carreira a escrever porcarias para a massa ignorante e desprovida de guias intelectuais, creio que talvez possa me ajudar, redimindo-se assim de seus erros. Tenho uma coleção de romances e poemas em que tenho trabalhado nos últimos anos. São de altíssimo nível literário, mas lamentavelmente não creio que, nesse país de analfabetos, existam mais de trezentos leitores capazes de compreender e apreciar seu valor. Por isso, pensei que talvez possa me ajudar, com seu ofício prostituído e sua intimidade com essa plebe que lê nos bondes, a fazer algumas pequenas mudanças para aproximar minha obra do triste nível dos leitores desse país. Se aceitar colaborar, garanto que posso tornar sua existência bem mais agradável. Talvez até possa reabrir seu caso. Sua amiguinha... Como se chama? Ah, sim, Isabella. Uma preciosidade, se me permite o comentário. Enfim, sua amiguinha veio me ver e disse que contratou um jovem advogado, um tal

Brians, e conseguiu juntar o dinheiro necessário para a sua defesa. Não vamos nos enganar: ambos sabemos que seu caso não tinha nenhuma base e que foi condenado graças a testemunhos bastante discutíveis. Você parece ter uma facilidade enorme para fazer inimigos, inclusive entre pessoas cuja existência tenho certeza que você desconhece. Não cometa o erro de me transformar num novo inimigo, Martín. Não sou mais um desses infelizes. Aqui, entre essas paredes, em termos bem simples, eu sou Deus."

— Não sei se Martín aceitou ou não a proposta do senhor diretor, mas tudo leva a crer que sim, pois continua vivo e é claro que o nosso Deus particular continua interessado em manter as coisas nesse pé, pelo menos por enquanto. Até mandou papel e instrumentos de escrita para sua cela, com certeza para que reescreva as tais obras-primas e o nosso senhor diretor consiga entrar para o olimpo da fama e da fortuna literária que tanto ambiciona. Para dizer a verdade, não sei o que pensar. Minha impressão é de que o pobre Martín não está em condições de reescrever nem o próprio nome e passa a maior parte do tempo preso numa espécie de purgatório que construiu em sua cabeça, onde está sendo comido vivo pelo remorso e pela dor. Mas sou apenas um clínico-geral e não seria a pessoa certa para fazer esse tipo de diagnóstico...

7

A história relatada pelo bom doutor intrigou Fermín. Fiel à sua adesão eterna às causas perdidas, resolveu pesquisar por conta própria e investigar o máximo que pudesse a respeito de David Martín além de aperfeiçoar, de passagem, a ideia da fuga *via mortis* ao estilo de don Alexandre Dumas. Quanto mais pensava no assunto, mais achava que, pelo menos nesse particular, o Prisioneiro do Céu não estava tão doido quanto diziam. Sempre que tinha um momento livre no pátio, Fermín dava um jeito de se aproximar de Martín e de puxar conversa com ele.

— Fermín, estou começando a pensar que somos quase namorados. Cada vez que me viro, dou de cara com você.

— Mil perdões, sr. Martín, mas tem uma coisa que me deixa muito intrigado.

— E qual seria o motivo de tanta curiosidade?

— Indo diretamente ao assunto, é o seguinte: não entendo como um homem decente como o senhor se prestou a ajudar essa almôndega nojenta e vaidosa que é o senhor diretor em suas armações para se transformar num literato de salão.

— Ora, não gosta mesmo de rodeios. Parece que não há segredos nessa casa.

— É que tenho um dom especial para assuntos de alta intriga e outros ofícios detetivescos.

— Então deve saber também que não sou um homem decente, mas um criminoso.

— Foi o que disse o juiz.

— E um exército e meio de testemunhas sob juramento.

— Compradas por um facínora e sofrendo de prisão de ventre devido à inveja e a outras mesquinharias.

— Diga-me, Fermín, tem alguma coisa que ainda não saiba?

— Montes de coisas. Mas a que não me sai da cabeça é o motivo pelo qual o senhor aceitou cooperar com esse cretino endeusado. Gente como ele é a gangrena desse país.

— Gente como ele se encontra em qualquer lugar, Fermín. Ninguém detém a patente.

— Mas só são levados a sério aqui.

— Não julgue tão rápido, Fermín. Em toda essa opereta, o senhor diretor é um personagem mais complicado do que parece. Esse cretino endeusado, como você disse, é, para começar, um homem muito poderoso.

— Deus, segundo ele mesmo.

— Apenas nesse purgatório particular, não se engane.

Fermín enrugou o nariz. Não gostava do que estava ouvindo. Tinha a impressão de que Martín estava saboreando o vinho de sua própria derrota.

— Ele o ameaçou? Foi isso? O que mais ele pode lhe fazer?

— A mim nada, a não ser rir. Mas pode fazer muito mal a outras pessoas, fora daqui.

Fermín guardou um longo silêncio.

— Desculpe, sr. Martín. Não queria ofendê-lo. Não tinha pensado nisso.

— Não me ofendeu, Fermín. Ao contrário. Penso que tem uma visão demasiado generosa das minhas circunstâncias. Sua boa-fé fala mais de você do que de mim.

— É aquela senhorita, não? Isabella.

— Senhora.

— Não sabia que era casado.

— Não sou. Isabella não é minha esposa. Nem minha amante, se é o que está pensando.

Fermín ficou em silêncio. Não queria duvidar das palavras de Martín, mas só de ouvi-lo pronunciar aquele nome, não restava a menor dúvida de que aquela senhora ou senhorita era a coisa que o pobre homem mais amava nesse mundo, provavelmente a única que o mantinha vivo naquele vale de lágrimas. E o mais triste era que, provavelmente, ele nem se dava conta disso.

— Isabella e seu marido possuem uma livraria, um lugar que sempre teve um significado muito especial para mim, desde criança. O senhor diretor me disse que, se não fizesse o que pedia, daria um jeito de forjar uma acusação de venda de material subversivo e de fazer com que expropiassem a loja e prendessem os dois, afastando-os do filho, que não tem mais de três anos.

— Filho de uma grandessíssima puta — murmurou Fermín.

— Não, Fermín — disse Martín. — Essa não é a sua guerra. É a minha. E é o que mereço por ter feito o que fiz.

— Você não fez nada, Martín.

— Você não me conhece, Fermín. Nem precisa conhecer. Tem é que se concentrar num modo de fugir daqui.

— Essa é a outra coisa que queria perguntar. Ouvi dizer que você tem um método experimental em desenvolvimento para escapar dessa latrina. Se precisar de uma cobaia, um porquinho-da-índia magro de carnes, mas transbordante de entusiasmo, estou à sua inteira disposição.

Martín olhou para ele, pensativo.

— Já leu Dumas?

— De cabo a rabo.

— Tem cara. Se é assim, deve saber para que lado sopram os ventos. Ouça bem.

8

Fermín estava completando seis meses de cativeiro quando uma série de acontecimentos mudaram substancialmente aquilo que era a sua vida até então. O primeiro deles foi que, naqueles dias, quando o regime ainda acreditava que Hitler, Mussolini e companhia iam ganhar a guerra e que a Europa logo teria a mesma cor das cuecas do Generalíssimo, uma maré impune e raivosa de matadores, dedos-duros e comissários políticos recém-convertidos fez com que o número de cidadãos presos, detidos, processados e em processo de desaparecimento atingisse cifras históricas.

As prisões do país já não davam conta e as autoridades militares tinham ordenado à direção da prisão que dobrasse ou até triplicasse o número de presos para absorver parte da massa de réus que afogava aquela Barcelona derrotada e miserável de 1940. Para tanto, o senhor diretor, em seu floreado discurso de domingo, informou aos presos que a partir de então todos teriam um companheiro de cela. O dr. Sanahuja ficou na cela de Martín, provavelmente para que o mantivesse sob vigilância e a salvo de qualquer acesso suicida. Fermín teve de dividir a cela 13 com seu antigo vizinho do lado, o número 14, e assim sucessivamente. Todos os presos da galeria foram reunidos em duplas para abrir lugar para os recém-chegados que eram trazidos em furgões vindo da Modelo ou do Campo de la Bota.

— Não faça essa cara, pois estou achando ainda menos graça do que você — avisou o número 14 ao se mudar para a cela de seu novo companheiro.

— Devo avisar que hostilidade me causa aerofagia — ameaçou Fermín.

— Portanto, deixe de bravatas tipo Buffalo Bill e faça um esforço para ser gentil e mijar de frente para a parede sem pingar ou do contrário vai acordar um belo dia coberto de fungos.

O antigo número 14 passou cinco dias sem lhe dirigir a palavra. Finalmente, derrotado pelos ventos sulfúricos que Fermín lhe dedicava de madrugada, mudou de estratégia.

— Eu avisei — disse Fermín.

— Está bem. Eu me rendo. Meu nome é Sebastián Salgado. Profissão, sindicalista. Vamos apertar as mãos e seremos amigos, mas, por tudo o que mais ama, pare com esses peidos, porque já comecei a ter alucinações e a sonhar com o *Noi del Sucre** dançando charleston.

Fermín apertou a mão de Salgado e percebeu que não tinha o dedo mindinho e o anular.

— Fermín Romero de Torres, encantado em conhecê-lo finalmente. Profissão, serviços secretos de inteligência do setor Caribe da Generalitat de Catalunya, atualmente desativado, mas de vocação bibliógrafo e amante das belas letras.

Salgado olhou para o novo companheiro de sina e revirou os olhos.

— E depois dizem que o louco é o Martín.

— Louco é quem se acha sensato e pensa que não tem nada a ver com a categoria dos tolos.

Salgado concordou, derrotado.

A segunda circunstância se produziu alguns dias depois, quando dois guardas foram buscá-lo ao anoitecer. Bebo abriu a cela, tentando disfarçar sua preocupação.

— Levante-se, magrela — mastigou um dos guardas.

Por um instante, Salgado pensou que suas preces tinham sido atendidas e que estavam levando Fermín para fuzilá-lo.

— Coragem, Fermín — animou sorridente. — Morrer por Deus e pela Espanha é o que há de melhor.

Depois de algemar suas mãos e seus pés, os dois guardas saíram arrastando Fermín diante do olhar aflito de toda a galeria e das gargalhadas de Salgado.

— Dessa você não escapa nem a peido — disse rindo o seu companheiro.

---

* *Noi del Sucre* (Menino do Açúcar) era o apelido de Salvador Seguí (1886-1923), um dos mais destacados líderes do movimento anarcossindicalista da Catalunha no início do século XX. O apelido vem de seu gosto por torrões de açúcar. (N. da T.)

9

Foi conduzido através de um labirinto de galerias até um longo corredor em cuja extremidade se via um grande portão de madeira. Fermín sentiu náuseas e pensou que a miserável viagem de sua vida acabava ali e que, atrás daquela porta, Fumero esperava por ele com um maçarico e a noite livre. Para sua surpresa, ao chegar à porta um dos guardas lhe tirou as algemas enquanto o outro batia com delicadeza.

— Entre — respondeu uma voz familiar.

Foi assim que Fermín se encontrou no gabinete do senhor diretor, uma sala luxuosamente decorada com tapetes subtraídos de algum casarão da Bonanova e mobiliário de categoria. Arrematavam o cenário uma bandeirona espanhola com águia, escudo e legenda, um retrato do Caudilho mais retocado do que foto publicitária de Marlene Dietrich e o próprio senhor diretor, don Mauricio Valls, sorridente atrás de sua escrivaninha, saboreando um cigarro importado e uma taça de brandy.

— Sente-se. Não tenha medo — convidou.

Fermín reparou que a seu lado havia uma bandeja com um prato de carne, ervilhas e um purê de batatas fumegante que espalhava um cheiro de manteiga quente.

— Não é miragem — disse suavemente o senhor diretor. — É o seu jantar. Espero que goste.

Fermín, que não via um espetáculo igual desde 1936, se lançou sobre a comida e devorou tudo antes que desaparecesse. O senhor diretor o olhava comer com uma expressão de nojo e desprezo por baixo do sorriso forçado, encadeando um cigarro no outro e alisando a brilhantina do penteado a cada minuto. Quando terminou o jantar, Valls ordenou aos dois guardas que se retirassem. A sós, o senhor diretor parecia muito mais sinistro do que com escolta armada.

— Fermín, não é mesmo? — perguntou casualmente.

Fermín concordou lentamente.

— Deve estar se perguntando por que mandei chamá-lo.

Fermín se encolheu na cadeira.

— Nada que possa preocupá-lo. Muito pelo contrário. Mandei chamá-lo porque pretendo melhorar suas condições de vida e, quem sabe, pedir revisão de seu processo, pois os dois sabemos que as acusações contra você não se sustentavam. São os tempos: as águas estão muito revoltas e os justos acabam pagando pelos pecadores. É o preço do renascimento nacional. Além dessas considerações, quero que saiba que estou do seu lado. De certa forma, também sou um prisioneiro desse lugar. Com certeza os dois queremos sair daqui o quanto antes e pensei que poderíamos nos ajudar mutuamente. Cigarro?

Fermín aceitou timidamente.

— Se não se importa, vou guardar para depois.

— Claro. Vamos, pegue o maço.

Fermín enfiou o maço no bolso e o senhor diretor se inclinou sobre a mesa, sorridente. O zoológico tem uma serpente igualzinha, pensou Fermín, mas a deles só devora ratos.

— Que tal o seu novo companheiro de cela?

— Salgado? Aceitável.

— Não sei se sabe que, antes de ser pego, esse malnascido era um pistoleiro a mando dos comunistas.

Fermín negou.

— Ele me disse que era sindicalista.

Valls riu levemente.

— Em maio de 38, ele penetrou na casa da família Vilajoana, no Passeo de la Bonanova, e deu cabo de todos eles, inclusive dos cinco meninos, das quatro mocinhas e da avó de oitenta e seis anos. Sabe quem eram os Vilajoana?

— Bem...

— Joalheiros. Na hora do crime havia na casa um total de vinte e cinco mil pesetas em joias e dinheiro vivo. Sabe onde está esse dinheiro agora?

— Não.

— Nem você, nem ninguém. E o único que sabe é o camarada Salgado, que resolveu não entregá-lo ao proletariado como previsto e esconder o tesouro para viver à grande depois da guerra. Coisa que não vai fazer nunca, porque vamos mantê-lo aqui até abrir o bico ou até que seu amigo Fumero o corte em pedacinhos.

Fermín fez que sim, ligando os pontos.

— Já tinha notado que tem uns dedos faltando na mão esquerda e que anda esquisito.

— Um dia, peça para ele abaixar as calças e vai ver que tem outras coisas faltando, perdidas pelo caminho por causa de sua teimosia em não confessar.

Fermín engoliu em seco.

— Quero que saiba que essas selvagerias me repugnam. E essa é uma das razões pelas quais mandei que Salgado fosse transferido para sua cela. Porque acredito que é conversando que a gente se entende. Por isso, quero que investigue onde ele escondeu o saque dos Vilajoana e de todos os roubos e crimes que cometeu nos últimos anos, e que conte tudo para mim.

Fermín sentiu que seu coração se encolhia.

— E a outra razão?

— A segunda razão é que notei que ficou muito amigo de David Martín ultimamente, o que me parece ótimo. A amizade é um valor que enobrece o ser humano e ajuda a reabilitar os presos. Não sei se sabia que Martín é escritor.

— Acho que ouvi alguma coisa a respeito.

O senhor diretor lançou um olhar gelado, mas manteve o sorriso conciliador.

— O caso é que Martín não é má pessoa, mas está equivocado sobre muitas coisas. Uma delas é a ideia ingênua de que precisa proteger certas pessoas e segredos indesejáveis.

— Ele é muito esquisito, tem dessas coisas.

— Claro. Por isso achei que no mínimo seria muito bom que você ficasse a seu lado, com os olhos e os ouvidos bem abertos e me contasse o que diz, o que pensa, o que sente... Com certeza, comentou alguma coisa com você que lhe chamou atenção.

— Agora que o senhor diretor falou nisso, ultimamente ele tem se queixado de umas espinhas que saíram na virilha por causa do atrito com as cuecas.

O senhor diretor suspirou e balançou a cabeça em silêncio, visivelmente cansado de desperdiçar tanta amabilidade com um indesejável.

— Olhe aqui, palhaço, podemos fazer isso do jeito fácil ou do jeito difícil. Estou tentando ser razoável, mas basta que pegue esse telefone e seu amigo Fumero estará aqui em meia hora. Fiquei sabendo que agora, além do maçarico, ele instalou uma caixa de ferramentas de marcenaria num dos calabouços do porão e está fazendo maravilhas com elas. Fui claro?

Fermín teve que segurar as mãos para tentar disfarçar o tremor.

— Perfeitamente. Perdoe-me, senhor diretor. Fazia muito tempo que não comia carne, acho que as proteínas me subiram à cabeça. Não vai acontecer de novo.

O senhor diretor voltou a sorrir e continuou como se nada tivesse acontecido.

— O que me interessa particularmente é saber se alguma vez mencionou um cemitério dos livros esquecidos ou mortos ou algo assim. Pense bem antes de responder. Martín já falou desse lugar alguma vez?

Fermín negou.

— Juro a vossa senhoria que nunca ouvi nem o sr. Martín nem ninguém mais falar desse lugar em toda a minha vida...

O senhor diretor piscou o olho.

— Acredito. E, portanto, sei que, caso ele mencione, você vai me contar. E caso não mencione, vai puxar o assunto para averiguar onde fica.

Fermín concordou repetidas vezes.

— E outra coisa. Se Martín falar de certo encargo que lhe dei, deve convencê-lo de que é para o seu bem e sobretudo para o bem de certa dama que ele tem em alta estima, de seu marido e do filho dos dois, portanto, é melhor que se esforce e escreva logo a sua obra-prima.

— Está se referindo à sra. Isabella? — perguntou Fermín.

— Ah, vejo que ele já falou sobre ela... Precisava ver — disse enquanto limpava os óculos num lenço. — Jovem, muito jovem, com aquelas carnes firmes de colegial... Não sabe quantas vezes ficou sentada aí, onde você está agora, implorando pelo pobre infeliz do Martín. Não vou lhe dizer o que me ofereceu porque sou um cavalheiro, mas cá entre nós, a devoção que a pequena tem por Martín parece coisa de bolero. Se fosse apostar, diria que seu filho, um tal de Daniel, não é do marido, mas de Martín, que tem um gosto péssimo para literatura, mas excelente para as franguinhas.

O senhor diretor parou ao ver que o prisioneiro o observava com um olhar impenetrável que não foi de seu agrado.

— E você, o que está olhando?

Bateu com os nós dos dedos na mesa e no mesmo instante a porta se abriu atrás de Fermín. Os dois guardas o agarraram pelos braços, erguendo-o da cadeira até seus pés saírem do chão.

— Lembre-se do que falei — disse o senhor diretor. — Dentro de quatro semanas quero vê-lo sentado aí de novo. Se me trouxer algum resultado, garanto que sua estadia aqui vai mudar para melhor. Se não, vou fazer uma reserva em seu nome para o calabouço do porão, com Fumero e seus brinquedinhos. Fui claro?

— Como água.

Em seguida, com uma expressão de tédio, ordenou aos homens que levassem o prisioneiro e acabou sua taça de brandy, enojado por ser obrigado a lidar com aquela gente inculta e embrutecida dia após dia.

10

Barcelona, 1957

— **D**aniel, você está branco feito um lençol — murmurou Fermín, me despertando do transe.

O salão do Can Lluís e as ruas que tínhamos percorrido até chegar lá tinham desaparecido. Tudo o que conseguia ver era aquele gabinete no castelo de Montjuic e o rosto daquele homem falando de minha mãe com palavras e insinuações que me queimavam por dentro. Senti uma coisa fria e cortante abrir caminho dentro de mim, uma raiva como nunca tinha sentido antes. Por um instante, mais do que nada no mundo, desejei que aquele desgraçado aparecesse na minha frente para que eu pudesse torcer seu pescoço e ficar olhando as veias de seus olhos explodirem bem de pertinho.

— Daniel...

Fechei os olhos um instante e respirei fundo. Quando abri de novo, tinha voltado ao Can Lluís, e Fermín Romero de Torres olhava para mim arrasado.

— Desculpe, Daniel — disse ele.

Estava com a boca seca. Servi um copo d'água e bebi esperando que as palavras chegassem aos meus lábios.

— Não tem nada para desculpar, Fermín. Nada do que contou é culpa sua.

— Bem, para início de conversa, é por minha culpa que tive que contar tudo isso — disse ele em voz tão baixa que quase não dava para ouvir. Vi quando abaixou os olhos, como se não tivesse coragem de me encarar. Compreendi que a dor que sentia ao recordar aquele episódio e ao me revelar a verdade era tão grande que me envergonhei do rancor que tinha se apoderado de mim.

— Olhe para mim, Fermín.

Fermín só conseguiu me olhar de rabo de olho e eu sorri.

— Quero que saiba que agradeço por ter me contado a verdade e que posso entender agora por que preferiu não me contar nada disso dois anos atrás.

Fermín fez que sim debilmente, mas algo em seu olhar me deu a entender que minhas palavras não traziam consolo algum. Ao contrário. Ficamos em silêncio por alguns instantes.

— Tem mais, não é? — perguntei afinal.

Fermín concordou.

— E ainda vem coisa pior?

Fermín fez que sim de novo.

— Muito pior.

Desviei os olhos e sorri para o professor Albuquerque, que já estava de saída, mas não sem nos cumprimentar antes.

— Então por que não pedimos uma água e você me conta o resto? — consultei.

— Vinho é melhor — avaliou Fermín. — De garrafão.

11

Barcelona, 1940

Uma semana depois da entrevista de Fermín com o senhor diretor, uma dupla de sujeitos que ninguém nunca tinha visto antes e que cheiravam a Brigada Social a léguas de distância levou Salgado algemado sem dizer uma palavra.

— Sabe para onde o levaram, Bebo? — perguntou o número 12.

O carcereiro negou, mas dava para ver em seus olhos que tinha ouvido alguma coisa, mas preferia não tocar no assunto. Na falta de outras notícias, a ausência de Salgado transformou-se no principal tema de debate e especulação dos prisioneiros, que formularam teorias de todos os tipos:

— *Era um espião dos nacionalistas infiltrado para obter informações, com a história de que tinha sido preso por ser sindicalista.*

— *Claro, e para que fosse mais convincente arrancaram dois dedos da mão dele e sabe-se lá mais o quê!*

— *Deve estar no Amaya tomando um porre à moda basca com os coleguinhas e rindo da nossa cara.*

— *Pois eu acho que confessou o que queriam que confessasse e foi jogado a dez quilômetros mar adentro, com uma pedra no pescoço.*

— *Tinha cara de falangista. Ainda bem que não dei um pio, mas vocês ainda vão passar um sufoco.*

— *Claro, amigo, ainda vamos acabar na prisão!*

Na falta de outros passatempos, as discussões se prolongaram até que, dois dias depois, os mesmos sujeitos o trouxeram de volta. A primeira coisa que todos notaram foi que Salgado não se mantinha de pé e estava sendo arrastado pelo chão como um fardo. A segunda, que estava branco como um cadáver e empapado de suor frio. O prisioneiro estava quase nu e coberto por uma crosta marrom que parecia uma mistura de sangue seco e de excrementos. Largaram seu corpo na cela como se fosse um saco de estrume e foram embora sem abrir a boca.

Fermín pegou-o nos braços e colocou-o no catre. Começou a lavá-lo lentamente com pedaços de tecido que ia rasgando de sua própria camisa e um pouco d'água que Bebo trouxe às escondidas. Salgado estava consciente, mas respirava com dificuldade. Os olhos, no entanto, brilhavam como se estivessem pegando fogo por dentro. Onde dois dias antes havia a mão esquerda, agora latejava um coto de carne arroxeada cauterizada com alcatrão. Enquanto Fermín limpava seu rosto, Salgado sorriu com os poucos dentes que lhe restavam.

— Por que não diz de uma vez o que esses carniceiros querem saber, Salgado? É só dinheiro. Não sei quanto dinheiro você escondeu, mas não vale isso.

— Porra nenhuma — mastigou com o pouco alento que ainda tinha. — Esse dinheiro é meu.

— Sem querer ofender, deve ser de todos que você matou e roubou.

— Não roubei ninguém. Eles é que roubaram primeiro do povo. E sua execução era a justiça exigida pelo povo.

— Claro. Ainda bem que você chegou, o Robin Hood de Matadepera, para desfazer o erro. Belo justiceiro você se tornou.

— Esse dinheiro é o meu futuro — cuspiu Salgado.

Fermín passou o pano úmido em sua testa fria cheia de arranhões.

— O futuro não se deseja, se merece. E você não tem futuro, Salgado. Nem você, nem um país que continua a parir bestas como você e o senhor diretor e depois olha para outro lado. Nós todos arruinamos o futuro e a única coisa que nos espera é a merda, como essa que jorra de você e que já estou farto de limpar.

Salgado deixou escapar uma espécie de gemido gutural que Fermín imaginou que fosse uma gargalhada.

— Pode poupar seus discursos, Fermín. Agora só falta dar uma de herói.

— Não, tem herói sobrando. Eu sou um covarde. Nem mais nem menos — disse Fermín. — Mas pelo menos sei o que sou e assumo.

Fermín continuou a limpá-lo como dava, em silêncio. Depois, tratou de cobri-lo com o arremedo de cobertor forrado de percevejos que partilhavam e que fedia a urina. Ficou ao lado do ladrão até que fechasse os olhos e mergulhasse num sono do qual Fermín não tinha certeza de que pudesse despertar.

— E então, já morreu? — perguntou a voz do 12.

— Aceito apostas — acrescentou o número 17. — Um cigarro para quem acertar.

— Vão dormir, ou melhor, vão todos à merda — rebateu Fermín.

Encolhido no outro extremo da cela, tentou dormir, mas não demorou a perceber que ia passar a noite em claro. Em seguida, enfiou a cara entre as grades e apoiou os braços pendurados numa barra trasversal. Do outro lado do corredor, das sombras da cela em frente, dois olhos acesos pela luz de um cigarro o observavam.

— Não me disse o que Valls queria com você no outro dia — disse Martín.

— Imagine.

— Alguma exigência fora do comum?

— Quer que faça você falar sobre um tal cemitério de livros ou algo assim.

— Interessante — comentou Martín.

— Fascinante.

— Ele disse o motivo do interesse pelo assunto?

— Francamente, sr. Martín, nossa relação não é tão próxima assim. O senhor diretor se limita a ameaçar com mutilações variadas se não fizer o que ele manda em quatro semanas e eu me limito a dizer sim.

— Não se preocupe, Fermín. Daqui a quatro semanas você estará fora daqui.

— Claro, numa praia no mar do Caribe com duas mulatas bem alimentadas fazendo massagens em meus pés.

— Tenha fé.

Fermín deixou escapar um suspiro de desânimo. As cartas de seu destino tinham sido distribuídas entre loucos, assassinos e moribundos.

12

Naquele domingo, depois do discurso no pátio, o senhor diretor lançou um olhar interrogativo para Fermín, seguido de um sorriso que o deixou com gosto de bílis na boca. Assim que os guardas permitiram que os prisioneiros dispersassem, Fermín se aproximou disfarçadamente de Martín.

— Brilhante discurso — comentou Martín.

— Histórico. Cada vez que esse homem fala, a história do pensamento no ocidente realiza uma revolução copernicana.

— O sarcasmo não combina com você, Fermín. Contradiz sua ternura natural.

— Vá para o inferno.

— Já estou nele. Um cigarro?

— Não fumo.

— Dizem que ajuda a morrer mais rápido.

— Então passe para cá, não vou desperdiçar.

Mas ele não conseguiu passar da primeira tragada. Martín tirou o cigarro de seus dedos e deu uns tapinhas em seus ombros enquanto Fermín tossia, expelindo até as lembranças de sua primeira comunhão.

— Não sei como consegue tragar isso. Tem gosto de cachorro queimado.

— É o melhor que pude conseguir. Dizem que são feitos com restos de guimbas recolhidas nos corredores da Monumental.

— Ora vejam só, para mim lembra mais os banheiros.

— Respire fundo, Fermín. Está melhor?

Fermín fez que sim.

— E então, vai me falar desse tal cemitério para que eu tenha carniça para oferecer ao porco do chefão? Não precisa ser verdade. O primeiro disparate que lhe passar pela cabeça já serve.

Martín sorriu, soprando aquele fumo fétido entre os dentes.

— Como vai o seu companheiro de cela, Salgado, o defensor dos pobres?

— Pois é. Eu achava que já tinha certa idade e que já tinha visto de tudo no circo desse mundo. Mas de madrugada, quando tudo indicava que Salgado já tinha batido as botas, ouvi quando se levantou e se aproximou do meu catre parecendo um vampiro.

— Até que parece mesmo — comentou Martín.

— O caso é que chegou e ficou me olhando fixamente. Fingi que dormia e Salgado engoliu a isca. Em seguida, deslizou para o outro canto da cela e, com a única mão que lhe resta, começou a remexer naquilo que a ciência médica chama de reto ou porção terminal do intestino grosso — prosseguiu Fermín.

— O quê?

— Isso mesmo. O nosso bom Salgado, convalescente de sua mais recente sessão de tortura medieval, resolveu comemorar a primeira vez em que fica de pé explorando esse sofrido recanto da anatomia humana que a natureza escondeu da luz do sol. Incrédulo, não me atrevia nem a respirar. Um minuto se passou e Salgado continuava com seus três dedos restantes enfiados ali dentro em busca da pedra filosofal ou de alguma hemorroida muito profunda. Tudo isso acompanhado de gemidos abafados que não vou reproduzir aqui.

— Estou pasmo! — disse Martín.

— Pois espere só o *gran finale*. Depois de mais um minuto ou dois de trabalho de prospecção em território anal, o São João da Cruz dá um suspiro e acontece o milagre. Quando tirou os dedos de lá, eles traziam uma coisa brilhante que, mesmo de onde eu estava, dava para ver que não era um cagalhão comum.

— E o que era então?

— Uma chave. Não uma chave inglesa, mas uma dessas chaves pequenas, tipo de mala ou de armário de academia de ginástica.

— E depois?

— Depois ele pegou a chave, deu um brilho com saliva, pois imagino que devia cheirar a rosas silvestres, e se aproximou da parede onde, não sem antes verificar se eu continuava dormindo, o que tratei de confirmar com alguns roncos muito bem-feitos, tipo cachorro são-bernardo, escondeu a chave inserindo-a numa fenda entre as pedras que em seguida recobriu com sujeira, talvez até com algum derivado do que encontrou lá por baixo.

Martín e Fermín se olharam em silêncio.

— Está pensando o mesmo que eu? — perguntou Fermín.

Martín fez que sim.

— Quanto você acha que essa flor dos campos deve ter escondido em seu ninho de cobiça? — perguntou Fermín.

— O suficiente para acreditar que compensa a perda de dedos, mãos, parte da massa testicular e sabe-se mais o que para proteger o segredo de sua localização.

— E o que faço agora? Porque antes de deixar que o senhor diretor ponha as patas no tesourinho de Salgado para financiar a edição em couro de suas obras-primas e para comprar uma vaga na Academia de Letras, prefiro engolir a chave ou, se preciso for, enfiá-la também nas partes pouco nobres de meu trato intestinal.

— Por enquanto, não faça nada — aconselhou Martín. — Garanta que a chave continue lá e espere pelas minhas instruções. Estou ultimando os preparativos para sua fuga.

— Sem querer ofendê-lo, sr. Martín, agradeço imensamente a sua assessoria e seu apoio moral, mas temo perder o pescoço ou outro apêndice muito amado nessa história e, à luz da versão mais disseminada que diz que sua cabeça está batendo pino, a ideia de colocar minha vida em suas mãos me deixa bastante preocupado.

— Se não confiar num escritor de romances, vai confiar em quem?

Fermín viu Martín caminhar pátio afora envolto na nuvem portátil de seu cigarro feito de guimbas.

— Santa mãe de Deus — murmurou para o vento.

13

O macabro cassino de apostas organizado pelo 17 se prolongou por vários dias, durante os quais, bem na hora em que todo mundo achava que Salgado ia entregar a alma ao Criador, ele levantava e ia até as grades da cela para recitar a plenos pulmões a estrofe "Filhosdeumaéguanãovãobotaramãonumcentavodomeudinheirotôcagandonacabeçadaputaqueospariu" e variações do gênero até ficar exausto e cair duro no chão, de onde Fermín tinha que retirá-lo, de volta para o catre.

— O Cucaracha bateu as botas, Fermín? — perguntava o 17, assim que ouvia o baque de seu corpo.

Fermín nem se incomodava em dar o boletim médico de seu companheiro de cela. Se acontecesse, eles veriam passar o saco de lona.

— Olhe aqui, Salgado, se vai morrer, morra logo, mas se planeja viver, peço que faça isso em silêncio que já não aguento mais a cantilena de seus recitais de cusparadas — dizia Fermín, cobrindo-o com um pedaço de lona que, na ausência de Bebo, tinha conseguido com outro carcereiro em troca de uma suposta receita científica para se aproveitar das mocinhas em flor embebedando-as com leite merengado e bolinhos de mel.

— Não se faça de caridoso que sei muito bem que tipo de pássaro é você, igualzinho a esses carniceiros que apostam as calças na minha morte — respondia Salgado, que parecia disposto a extravasar seu mau gênio até o último momento.

— Olhe que não é vontade de contradizer um moribundo em seus últimos ou pelo menos tardios lamentos de dor, mas fique sabendo que não apostei nem um tostão furado nessa jogatina, e se um dia caísse nesse vício não seria para apostar sobre a vida de um ser humano, embora você seja tão humano quanto eu sou um coleóptero — sentenciou Fermín.

— Não pense que me engana com esse palavrório todo — replicou Salgado, malicioso. — Sei perfeitamente o que você e seu amigo Martín estão tramando com essa história de *Conde de Montecristo*.

— Não sei do que está falando, Salgado. Durma um pouco ou durma um ano, que ninguém vai sentir sua falta.

— Se pensa que vai conseguir escapar desse lugar, está tão doido quanto ele.

Fermín sentiu o suor frio descer pelas costas. Salgado exibiu seu sorriso desdentado pelos golpes.

— Eu sabia — disse.

Fermín negou baixinho e foi para o seu canto, tão longe quanto podia de Salgado. A paz durou apenas um minuto.

— Meu silêncio tem um preço — anunciou Salgado.

— Devia tê-lo deixado morrer quando chegou — murmurou Fermín.

— Como prova de gratidão, estou disposto a fazer um desconto — disse Salgado. — Só peço que me faça um último favor e guardarei seu segredo.

— E como vou saber que será o último?

— Porque vão pegá-lo assim como pegaram todos os outros que tentaram sair por conta própria e, depois de brincar um pouquinho com você, vão pendurá-lo pelo pescoço no meio do pátio como espetáculo edificante para os demais e não poderei lhe pedir mais nada. O que acha? Um pequeno favor e minha total cooperação. Dou minha palavra de honra.

— Sua palavra de honra? Nossa, por que não me disse antes! Isso muda tudo!

— Venha cá.

Fermín hesitou um segundo, mas concluiu que não tinha nada a perder.

— Sei que aquele babaca do Valls encarregou você de descobrir onde guardei o dinheiro — disse. — Não perca tempo em negar.

Fermín se limitou a dar de ombros.

— Quero que diga — instruiu Salgado.

— O que você mandar. Onde está o dinheiro?

— Diga ao diretor que tem que ir sozinho, pessoalmente. Se levar alguém, não vai botar a mão num tostão. Diga que tem que ir à antiga fábrica Vilardell, no Pueblo Nuevo, atrás do cemitério. À meia-noite. Nem antes, nem depois.

— Isso está parecendo um novelão de mistério de don Carlos Arniches, Salgado...

— Ouça bem. Diga que tem que entrar na fábrica e procurar a antiga guarita do guarda, junto à sala dos teares. Quando estiver lá dentro, deve bater na porta e quando perguntarem quem é, responder: "Durruti vive!"

Fermín reprimiu uma gargalhada.

— Essa é a maior palhaçada que já ouvi desde o último discurso do diretor.

— Limite-se a repetir o que eu disse.

— E como sabe que não vou no lugar dele e pego o dinheiro, com a ajuda de seus enredos e senhas de folhetim barato?

A cobiça ardia nos olhos de Salgado.

— Não precisa responder: porque estarei morto — completou Fermín.

O sorriso de réptil de Salgado transbordava dos lábios. Fermín estudou aqueles olhos consumidos pela sede de vingança e compreendeu o que Salgado pretendia.

— É uma armadilha, não?

Salgado não respondeu.

— E se Valls sobreviver? Não parou para pensar o que vão fazer com você?

— Nada que já não tenham feito.

— Poderia dizer que tem colhões de aço, se não soubesse que só sobrou um e que se esse tiro sair pela culatra nem isso você vai ter — aventurou Fermín.

— Isso é problema meu — atalhou Salgado. — Como ficamos então, Montecristo? Trato fechado?

Salgado ofereceu a única mão que tinha. Depois de examiná-la um instante, Fermín a apertou muito a contragosto.

14

Fermín teve que esperar o tradicional discurso de domingo depois da missa e o pequeno intervalo livre no pátio para se aproximar de Martín e contar o que Salgado tinha lhe pedido.

— Não vai interferir no plano — garantiu Martín. — Faça o que ele pede. Não pode nos dedurar justo agora.

Fermín, que passava seus dias entre a náusea e a taquicardia, secou o suor frio que brotava de sua testa.

— Não é que desconfie, Martín, mas se esse plano que está bolando é mesmo tão bom, por que você mesmo não o usa para sair daqui?

Martín concordou, como se estivesse esperando por aquela pergunta há dias.

— Porque eu mereço estar aqui e, mesmo que fosse diferente, não há lugar para mim fora desses muros. Não tenho aonde ir.

— Tem Isabella...

— Isabella está casada com um homem dez vezes melhor do que eu. A única coisa que ia conseguir se saísse daqui era torná-la infeliz.

— Mas ela está fazendo tudo o que pode para tirá-lo daqui...

Martín balançou a cabeça.

— Tem que me prometer uma coisa, Fermín. É a única que peço em troca de ajudá-lo a fugir.

Esse é o mês dos pedidos, pensou Fermín, concordando de bom grado.

— Tudo o que pedir.

— Se conseguir sair, quero que cuide dela no que estiver a seu alcance. À distância, ela não pode saber, nem desconfiar da sua existência. Cuide dela e de seu filho, Daniel. Fará isso por mim, Fermín?

— É claro.

Martín sorriu com tristeza.

— Você é um bom sujeito, Fermín.

— Já é a segunda vez que me diz isso e soa cada vez pior.

Martín tirou um de seus cigarros empestados e acendeu.

— Não temos muito tempo. Brians, o advogado que Isabella contratou para acompanhar meu caso, esteve aqui ontem. Cometi o erro de contar o que Valls pretende de mim.

— Reescrever aquela porcaria dele...

— Exatamente. Pedi que não dissesse nada a Isabella, mas conheço a peça muito bem e sei que, cedo ou tarde, ele vai contar. E ela, que conheço ainda melhor, vai ficar furiosa e virá aqui, ameaçando Valls de espalhar seu segredo aos quatro ventos.

— Não pode detê-la?

— Tentar deter Isabella é como tentar deter um trem de carga: missão impossível.

— Quanto mais fala dela, mais vontade tenho de conhecê-la. Mulheres de caráter forte me...

— Lembre-se de sua promessa, Fermín.

Fermín pousou a mão no coração e concordou solenemente. Martín continuou.

— Como eu ia dizendo, se isso acontecer, Valls pode perder a cabeça. É um homem movido pela vaidade, pela inveja e pela cobiça. Se ele se sentir encurralado, vai dar um passo em falso. Não sei o quê, mas tenho certeza de que vai tentar alguma coisa. É importante que você já esteja fora daqui nesse momento.

— Não é que tenha muita vontade de ficar, na verdade...

— Não está entendendo. Temos que adiantar o plano.

— Adiantar? Para quando?

Martín olhou para ele longamente, através da cortina de fumaça que subia de seus lábios.

— Para hoje à noite.

Fermín tentou engolir saliva, mas sua boca parecia cheia de pó.

— Mas ainda nem sei qual é o plano...

— Abra bem os ouvidos.

15

Naquela tarde, antes de voltar para sua cela, Fermín abordou um dos guardas que o levaram ao gabinete de Valls.

— Diga ao senhor diretor que preciso falar com ele.

— Sobre o que, pode-se saber?

— Diga que consegui os resultados que esperava. Ele vai saber do que estou falando.

Em menos de uma hora, o guarda e seu colega apareceram na porta da cela número 13 para pegar Fermín. Salgado o observava com uma expressão canina, deitado no catre, massageando o coto. Fermín piscou o olho e partiu sob a vigilância dos dois guardas.

O senhor diretor o recebeu com um sorriso animado e um prato de doces da Casa Escribá.

— Meu caro Fermín, que prazer voltar a vê-lo para uma conversa inteligente e produtiva. O senhor se sente, por favor, e experimente à vontade essa fina seleção de doces trazidos pela esposa de um dos presos.

Fermín, que havia dias não conseguia engolir nem um grão de alpiste, pegou uma rosquinha para não contradizer Valls e segurou com a ponta dos dedos como se fosse um amuleto. Percebeu também que o senhor diretor tinha parado de tratá-lo com familiaridade e desconfiou que aquele jeito cerimonioso só podia ser um mau sinal. Valls serviu uma taça de brandy para si mesmo e se deixou cair na poltrona de general.

— E então? Suponho que tem boas notícias para mim — incentivou o senhor diretor.

Fermín fez que sim.

— No capítulo das Belas Letras, posso confirmar à sua excelência que Martín está mais do que convencido e motivado para fazer o trabalho de barba, cabelo e bigode que o senhor solicitou. E mais: disse que o material que lhe entregou é de alta qualidade e fineza, o que torna a sua tarefa muito simples, basta colocar os pingos nos is da genialidade do senhor diretor para obter uma obra-prima digna do mais seleto Paracelso.

Valls parou para absorver o caudaloso palavrório de Fermín, mas concordou gentilmente, sem abandonar o sorriso gelado.

— Não precisa dourar a pílula, Fermín. Só preciso saber que Martín vai fazer o que deve fazer. Todos sabemos que o trabalho não é de seu agrado, mas me alegra que ouça a razão e compreenda que facilitar as coisas será bom para todos nós. Mas, e a respeito dos outros dois pontos...

— Estava chegando lá. Quanto ao campo-santo dos volumes assombrados...

— Cemitério dos Livros Esquecidos — corrigiu Valls. — Conseguiu arrancar alguma coisa de Martín?

Fermín fez que sim com convicção.

— Pelo que pude apurar, o dito ossário fica escondido atrás de um labirinto de túneis e câmaras embaixo do mercado do Borne.

Valls avaliou a revelação, visivelmente surpreso.

— E a entrada?

— Ainda não consegui chegar lá, senhor diretor. Imagino que esteja em algum alçapão oculto pela aparelhagem e pelo fedor desestimulante dos postos de venda de verdura no atacado. Martín não quis falar no assunto e achei que era melhor não pressionar ou ele ficaria ainda mais fechado.

Valls concordou lentamente.

— Fez bem. Prossiga.

— E para finalizar, quanto ao terceiro pedido de vossa senhoria, aproveitando os gemidos e as agonias mortais do famigerado Salgado, consegui fazer com que confessasse, em seu delírio, o esconderijo do vultoso produto de sua vida de crimes a serviço da maçonaria e do marxismo.

— Então acha que ele vai morrer?

— A qualquer momento. Acho que já encomendou a alma a São Leon Trotski e está à espera do suspiro final para elevar-se ao politburo da posteridade.

Valls negou silenciosamente.

— Bem que eu disse a esses animais que à força não iam conseguir arrancar nada.

— Tecnicamente, arrancaram um testículo e algum membro, mas concordo com o senhor diretor: com bestas como Salgado, o único caminho é a psicologia aplicada.

— E então? Onde ele escondeu o dinheiro?

Fermín se dobrou para a frente e adotou um tom confidencial.

— É complicado de explicar.

— Não venha com rodeios ou mando você ao porão para refrescar a oratória.

Fermín começou então a tentar vender o enredo maluco saído dos lábios de Salgado. O senhor diretor ouvia com incredulidade.

— Fermín, aviso que se estiver mentindo, vai se arrepender. O que fizeram com Salgado não será nem um aperitivo do que vão fazer com você.

— Garanto a vossa senhoria que só estou repetindo o que Salgado disse, palavra por palavra. Se quiser, posso jurar sobre o retrato fiel do Caudilho que, pela graça de Deus, vela sobre sua escrivaninha.

Valls olhou bem dentro de seus olhos. Fermín sustentou o olhar sem pestanejar, tal como tinha ensinado Martín. Finalmente, o senhor diretor retirou o sorriso e, uma vez obtida a informação desejada, o prato de doces. Sem nenhuma pretensão de cordialidade, estalou os dedos e os dois guardas entraram para levar Fermín de volta para a cela.

Dessa vez, Valls nem se deu ao trabalho de ameaçar Fermín. Enquanto o arrastavam corredor abaixo, Fermín cruzou com o secretário de Valls, que parou em seguida na entrada do gabinete do senhor diretor.

— Senhor diretor, Sanahuja, o médico da cela de Martín...

— Sim, o que tem ele?

— Disse que Martín teve um desmaio e que pode ser grave. Pediu permissão para ir à farmácia pegar algumas coisas...

Valls levantou, furioso.

— E o que está esperando? Vá de uma vez. Leve-o e que pegue tudo o que precisar.

16

Por ordem do senhor diretor, um carcereiro ficou de guarda na frente da cela de Martín, enquanto o dr. Sanahuja fazia o atendimento. Era um jovem de não mais de vinte anos, novo no turno. Pensavam que Bebo estaria no turno da noite, mas, sem explicações, em seu lugar apareceu aquele novato simplório que não parecia capaz nem de lidar com o molho de chaves e que estava mais nervoso do que qualquer um dos prisioneiros. Eram cerca de nove da noite quando o doutor, visivelmente cansado, se aproximou das grades e falou com o carcereiro.

— Preciso de mais gaze limpa e de água oxigenada.

— Não posso abandonar o posto.

— Nem eu posso abandonar um paciente. Por favor. Gazes e água oxigenada.

O carcereiro se agitou, nervoso.

— O senhor diretor não gosta que suas ordens deixem de ser seguidas ao pé da letra.

— E vai gostar menos ainda se acontecer alguma coisa com Martín porque você não me deu ouvidos.

O jovem carcereiro avaliou a situação.

— Ora, chefe, a gente não vai atravessar as paredes nem comer as grades... — argumentou o médico.

O carcereiro deixou escapar uma maldição e saiu às pressas. Enquanto ele se afastava rumo à farmácia, Sanahuja esperou na frente das grades. Salgado estava dormindo havia horas, respirando com dificuldade. Fermín se aproximou silenciosamente do corredor e trocou um olhar com o médico. Sanahuja lhe jogou um pacote que não chegava ao tamanho de um baralho, embrulhado num farrapo e amarrado com um barbante. Quando o carcereiro voltou com a encomenda de Sanahuja, aproximou-se das grades e examinou a silhueta de Salgado.

— Está nas últimas — disse Fermín. — Acho que não dura até amanhã.

— Trate de mantê-lo vivo até as seis. Que não venha foder minha vida e trate de morrer no turno de outro.

— Farei o que for humanamente possível — replicou Fermín.

17

Naquela noite, enquanto, na cela, Fermín desfazia o pacote que o dr. Sanahuja tinha jogado através do corredor, um Studebaker preto conduzia o senhor diretor pela estrada que descia de Montjuic para as ruas escuras que ladeavam o porto. Jaime, o motorista, estava atento para evitar freadas ou qualquer outro contratempo que pudesse incomodar seu passageiro ou interromper o ritmo de seus pensamentos. O novo diretor não era como o antigo. O outro costumava puxar conversa quando estava no carro e algumas vezes até sentou na frente, junto com ele. O diretor Valls não lhe dirigia a palavra a não ser para dar ordens e raramente cruzava os olhos com ele, a menos que tivesse cometido um erro, passado por cima de uma pedra ou entrado numa curva com muita pressa. Então seus olhos brilhavam no espelho retrovisor e seu rosto refletia desdém. O diretor Valls não permitia que ligasse o rádio, pois dizia que os programas que costumava ouvir insultavam sua inteligência. Também não permitia que colocasse no painel as fotos de sua esposa e sua filha.

Felizmente, não havia trânsito naquela hora da noite e o caminho deslizou sem sobressaltos. Em alguns minutos, o carro desceu as Atarazanas, rodeou o monumento a Colón e pegou as Ramblas. Em dois minutos, chegou à frente do café da Ópera e parou. O público do Teatro del Liceo, do outro lado da rua, já tinha entrado para a sessão da noite e as Ramblas estavam quase desertas. O motorista desceu e, depois de verificar que não havia ninguém por perto, abriu a porta para Mauricio Valls. O senhor diretor desceu e contemplou o passeio sem interesse. Arrumou a gravata e espanou os ombros da jaqueta com as mãos.

— Espere aqui — disse ao motorista.

Quando o senhor diretor entrou, o café estava quase deserto. O relógio que havia atrás do balcão marcava cinco para as dez da noite. O senhor diretor respondeu ao cumprimento do garçom com um gesto de cabeça e escolheu uma mesa no fundo. Tirou as luvas lentamente e pegou a piteira de prata, presente do sogro no primeiro aniversário de casamento. Acendeu um cigarro e examinou o velho café. O garçom se aproximou com a bandeja na mão e limpou a mesa com um pano úmido que cheirava a água sanitária. O senhor diretor deu uma olhada de desprezo, que o empregado ignorou.

— O que vai beber?

— Dois chás de camomila.

— Na mesma taça?

— Não. Em taças separadas.

— O cavalheiro está esperando alguém?

— É evidente.

— Muito bem. Deseja mais alguma coisa?

— Mel.

— Sim, senhor.

O garçom partiu sem pressa e o senhor diretor murmurou algo em tom depreciativo. De um rádio em cima do balcão chegavam os ecos de um consultório sentimental, intercalado com anúncios dos cosméticos Bella Aurora, cujo uso diário garantia juventude, beleza e frescor. Quatro mesas adiante, um homem mais velho parecia ter adormecido com um jornal na mão. As outras mesas estavam vazias. As duas taças fumegantes chegaram cinco minutos depois. O garçom colocou-as na mesa com infinita lentidão, acompanhadas por um pote de mel.

— Isso é tudo, cavalheiro?

Valls fez que sim. Esperou que o garçom voltasse para o balcão para retirar o frasco que trazia no bolso. Desenroscou a tampa e deu uma olhada no outro freguês, que continuava nocauteado pela imprensa. O garçom estava de costas atrás do balcão, secando copos.

Valls pegou o frasco e despejou seu conteúdo na taça que estava do outro lado da mesa. Em seguida, serviu uma dose generosa de mel e começou a mexer o chá com a colherinha até que estivesse completamente diluído. No rádio, o locutor lia a angustiada carta de uma senhora de Betanzos cujo marido, aborrecido porque ela tinha queimado a refeição de Todos os Santos, não ficava mais em casa, vivia no bar com os amigos para ouvir o futebol e nem frequentava mais a missa. Seu conselho foi oração, firmeza e que usasse suas armas de mulher, sempre dentro dos estritos limites da família cristã. Valls consultou o relógio novamente. Eram dez e quinze.

18

Às dez e vinte, Isabella Sempere entrou pela porta. Vestia um casaco simples e estava com o cabelo preso e sem maquiagem. Assim que a viu, Valls levantou a mão. Isabella ficou um instante olhando para ele e foi se aproximando lentamente da mesa. Valls levantou e ofereceu a mão, sorrindo afavelmente. Isabella ignorou a mão e sentou.

— Tomei a liberdade de pedir dois chás de camomila. É o que combina melhor com uma noite inclemente como essa.

Isabella fez que sim, evitando os olhos de Valls. O senhor diretor a examinou detidamente. A mulher de Sempere, como sempre acontecia quando se encontravam, exibia uma aparência descuidada, tentando esconder sua beleza. Valls observou o desenho de seus lábios, a pulsação em sua garganta e a curva de seus seios sob o casaco.

— Como quiser — disse Isabella.

— Antes de mais nada, permita que lhe agradeça por ter comparecido a esse encontro marcado tão às pressas. Recebi seu bilhete hoje à tarde e concluí que era melhor discutirmos o assunto fora do meu gabinete e da prisão.

Isabella se limitou a concordar. Valls provou o chá e lambeu os lábios.

— Muito bom. O melhor de Barcelona. Experimente.

Isabella ignorou seu convite.

— Como deve saber, toda discrição é pouca. Posso perguntar se contou a alguém que estaria aqui essa noite?

Isabella negou.

— Talvez a seu marido?

— Meu marido está fazendo o inventário dos livros na livraria. Só vai chegar em casa de madrugada. Ninguém sabe que estou aqui.

— Quer que peça outra coisa? Não gostou da camomila?

Isabella negou e pegou a taça com as duas mãos.

— Está bem assim.

Valls sorriu serenamente.

— Como ia dizendo, recebi sua carta. Entendo sua indignação e queria explicar que tudo isso não passa de um mal-entendido.

— Está chantageando um pobre doente mental, seu prisioneiro, para que escreva um livro com o qual o senhor espera obter fama e prestígio. Penso que, até aqui, entendi tudo muito bem.

Valls deslizou a mão até Isabella.

— Isabella... Posso chamá-la pelo nome?

— Não me toque.

Valls retirou a mão, exibindo uma expressão conciliadora.

— Está bem, mas vamos conversar com calma.

— Não há nada para conversar. Se o senhor não deixar David em paz, vou levar sua história e sua fraude até Madri ou até onde seja necessário. E todos ficarão sabendo que tipo de pessoa e que tipo de escritor é o senhor. Nada nem ninguém vai me deter.

As lágrimas brotaram nos olhos de Isabella e a taça de chá tremeu em suas mãos.

— Por favor, Isabella. Beba um pouco. Vai lhe fazer bem.

Isabela bebeu dois goles, ausente.

— Assim, com um toquezinho de mel, é o que há de melhor — acrescentou Valls.

Isabela bebeu mais dois ou três goles.

— Devo lhe dizer que a admiro, Isabella — disse Valls. — Poucas pessoas teriam a coragem de defender um pobre infeliz como Martín... alguém que todos abandonaram e traíram. Todos menos a senhora.

Isabella olhou nervosamente para o relógio no balcão. Eram dez e trinta e cinco. Com mais dois golinhos, a taça de camomila ficou vazia.

— Deve gostar muito dele — aventurou Valls. — Às vezes me pergunto se, com o tempo, quando puder me conhecer melhor, tal como realmente sou, poderá gostar de mim tanto quanto gosta dele.

— Você me dá nojo, Valls. Você e toda a escória de sua laia.

— Eu sei, Isabella. Mas é a escória como eu que sempre comandou esse país, enquanto as pessoas como você permanecem na sombra. Não importa que bando tenha as rédeas.

— Dessa vez não. Dessa vez os seus superiores vão saber o que está fazendo.

— E o que a faz pensar que irão se importar ou que eles também não fazem o mesmo ou até mais do que eu, que sou apenas um amador?

Valls sorriu e extraiu uma folha dobrada do bolso do paletó.

— Isabella, quero que saiba que não sou como você pensa. E para demonstrar isso, aqui está a ordem de libertação de David Martín, com data de amanhã.

Valls lhe mostrou o documento. Isabella o examinou, incrédula. Valls pegou a caneta e, sem dizer nada, assinou o documento.

— Aí está. David Martín é, tecnicamente, um homem livre. Graças a você, Isabella. Graças a você...

Isabella lhe devolveu um olhar vidrado. Valls observou que as pupilas se dilatavam lentamente e uma película de suor aflorava sobre o lábio superior.

— Você está bem? Está pálida...

Isabella levantou cambaleando e se agarrou na cadeira.

— Está se sentindo mal, Isabella? Quer que a acompanhe a algum lugar?

Isabella retrocedeu alguns passos e tropeçou no garçom em seu caminho para a saída. Valls ficou na mesa, saboreando seu chá até o relógio marcar dez e quarenta e cinco. Então, deixou algumas moedas sobre a mesa e se encaminhou lentamente para a porta. O carro esperava por ele e o motorista segurava a porta aberta.

— O senhor diretor deseja ir para casa ou para o castelo?

— Para casa, mas primeiro faremos um parada em Pueblo Nuevo, na antiga fábrica Vilardell — ordenou.

A caminho do tesouro prometido, Mauricio Valls, futuro maioral das letras espanholas, contemplou o desfile de ruas negras e desertas daquela Barcelona maldita que tanto detestava e derramou algumas lágrimas por Isabella e por tudo que poderia ter sido e não foi.

19

Quando Salgado despertou de sua letargia e abriu os olhos, a primeira coisa que viu foi que havia alguém imóvel olhando para ele ao pé do catre. Sentiu um princípio de pânico e por um instante acreditou que ainda estava na sala do porão. Uma cintilação da luz emitida pelos lampiões do corredor desenhou traços conhecidos.

— É você, Fermín? — perguntou.

A figura na sombra concordou e Salgado respirou fundo.

— Estou com a boca seca. Ainda tem água?

Fermín se aproximou lentamente. Segurava uma coisa na mão: um pano e um frasco de vidro.

Salgado viu que Fermín ensopava o pano com o líquido do frasco.

— O que é isso, Fermín?

Fermín não respondeu. Seu rosto não demonstrava nenhuma emoção. Inclinou-se sobre Salgado e olhou-o no fundo dos olhos.

— Não, Fermín...

Antes que pudesse pronunciar mais alguma coisa, Fermín colocou o pano sobre seu rosto, tapando a boca e o nariz, e apertou com força, empurrando sua cabeça contra a cama. Salgado se debatia com a pouca força que lhe restava. Fermín manteve o pano em seu rosto. Salgado olhava para ele aterrorizado. Segundos mais tarde, perdeu os sentidos. Fermín não tirou o pano. Só fez isso depois de contar cinco segundos. Sentou no catre de costas para Salgado e esperou alguns minutos. Em seguida, como tinha indicado Martín, aproximou-se da porta da cela.

— Carcereiro! — chamou.

Ouviu os passos do novato se aproximando pelo corredor. O plano de Martín previa que Bebo estivesse no posto naquela noite, como sempre, e não aquele cretino.

— O que houve agora? — perguntou o carcereiro.

— O Salgado. Bateu as botas.

O carcereiro sacudiu a cabeça e exibiu uma expressão de raiva.

— Filho de uma puta. E agora?

— Traga o saco.

O carcereiro amaldiçoou sua sorte.

— Se quiser, eu mesmo coloco o corpo — ofereceu Fermín.

O carcereiro concordou com um gesto de gratidão.

— Se me trouxer o saco agora, enquanto eu vou colocando o corpo, você pode avisar e eles recolhem antes da meia-noite — acrescentou Fermín.

O carcereiro fez que sim e partiu em busca do saco de lona. Fermín ficou na porta da cela. Do outro lado do corredor, Martín e Sanahuja o observavam em silêncio.

Dez minutos depois, o carcereiro retornou segurando o saco pela ponta, incapaz de disfarçar o nojo que aquele fedor de carniça podre lhe causava. Fermín se retirou para o fundo de cela, sem esperar instruções. O carcereiro abriu a grade e jogou o saco no interior.

— Vá avisar, chefe, que assim eles levam o presunto antes da meia-noite. Do contrário, vai ficar aqui conosco a noite inteira.

— Tem certeza de que pode colocá-lo aí dentro sozinho?

— Não se preocupe, chefe, tenho prática.

O carcereiro concordou de novo, não muito convencido.

— Vamos ver se temos sorte, pois o coto está começando a supurar e isso vai feder tanto que nem lhe conto...

— Merda — disse o carcereiro se afastando a toda pressa.

Assim que ouviu seus passos no final do corredor, Fermín começou a despir Salgado e a tirar também as suas roupas. Vestiu os farrapos pestilentos do ladrão e pôs os seus nele. Colocou Salgado de lado no catre, de cara para a parede, e cobriu-o com o cobertor escondendo metade do rosto. Pegou o saco de lona e entrou nele. Já ia fechar quando se lembrou de uma coisa.

Saiu apressado e se aproximou da parede. Raspou com as unhas entre as duas pedras em que Salgado tinha escondido a chave até aparecer uma ponta. Tentou pegá-la com os dedos, mas a chave escorregava, presa entre as pedras.

— Ande rápido — disse a voz de Martín do outro lado do corredor.

Fermín cravou as unhas na chave e puxou com força. A unha do anular se soltou e uma pontada de dor o cegou por alguns minutos. Fermín sufocou um grito e levou o dedo aos lábios. O sabor do próprio sangue, salgado e metálico, encheu sua boca. Abriu os olhos de novo e viu que um centímetro de chave sobressaía na parede. Dessa vez, conseguiu retirá-la com facilidade.

Voltou a se enfiar no saco de lona e, de dentro para fora, deu um nó do jeito que dava, deixando uma abertura de quase um palmo. Conteve as ânsias de vômito que subiam por sua garganta e se estendeu no chão, amarrando os cordões de dentro do saco até deixar apenas uma fenda do tamanho de um punho. Apertou o nariz com os dedos e preferiu respirar seu próprio fedor do que aquele cheiro de podre. Agora só precisava esperar, pensou consigo mesmo.

20

As ruas de Pueblo Nuevo estavam mergulhadas numa escuridão espessa e úmida que se arrastava desde a cidadela de barracos e cabanas da praia do Somorrostro. O Studebacker do senhor diretor atravessava os véus de névoa lentamente, avançando entre os canhões de trevas formados por fábricas, armazéns e hangares escuros e decrépitos. As luzes do carro desenhavam dois túneis de claridade à sua frente. Em pouco tempo, a silhueta da antiga fábrica têxtil Vilardell despontou na névoa. As chaminés e cristas dos pavilhões e oficinas abandonados se perfilaram no fundo da rua. O grande portão era ladeado por uma grade de lanças de ferro. Por trás dela, adivinhava-se um matagal labiríntico, onde despontavam esqueletos de caminhões e carroças abandonados. O motorista parou diante da entrada da velha fábrica.

— Deixe o motor ligado — ordenou o senhor diretor.

Os feixes de luz dos faróis penetravam na escuridão além do portão, revelando a ruína da fábrica bombardeada durante a guerra e abandonada como tantas outras estruturas em toda a cidade.

De um lado, viam-se barracões fechados com tábuas de madeira e, diante de uma garagem que parecia ter sido devorada pelas chamas, erguia-se uma casa que Valls supôs que fosse a antiga residência dos vigias. O brilho avermelhado de uma vela ou lampião a óleo lambia o contorno de uma das janelas fechadas. O senhor diretor observou a cena sem pressa, sentado no banco de trás do carro. Depois de vários minutos de espera, inclinou-se para a frente e falou com o motorista.

— Jaime, está vendo aquela casa à esquerda, na frente da garagem?

Era a primeira vez que o senhor diretor lhe dirigia a palavra usando seu nome de batismo. Alguma coisa naquele tom repentinamente amável e cálido o fez preferir o jeito frio e distante de sempre.

— Está falando daquela casinha?

— Ela mesma. Quero que vá até lá e bata na porta.

— Quer que entre ali? Na fábrica?

O senhor diretor deu um suspiro de impaciência.

— Na fábrica não. Ouça bem. Está vendo a casa, não está?

— Sim, senhor.

— Muito bem. Vá até a cerca, passe pela abertura entre as barras, aproxime-se da casa a bata na porta. Até aí tudo claro?

O motorista concordou com pouco entusiasmo.

— Muito bem, depois de bater, alguém vai abrir a porta. E então você vai dizer: "Durruti vive."

— Durruti?

— Não me interrompa. Repita o que lhe disse. Vão lhe entregar uma coisa. Provavelmente uma maleta ou um pacote. Traga para cá e pronto. Simples, não?

O motorista estava pálido e não parava de olhar pelo retrovisor, como se esperasse que alguém ou alguma coisa surgisse das sombras a qualquer momento.

— Fique tranquilo, Jaime. Não vai acontecer nada e é um favor pessoal que lhe peço. Diga-me, você é casado?

— Faz três anos que casei, senhor diretor.

— Ah, que ótimo. E já tem filhos?

— Uma menina de dois anos e minha esposa está esperando outro, senhor diretor.

— A família é o que há de mais importante, Jaime. Você é um bom espanhol. Se quiser, como presente de batismo antecipado e prova do meu agradecimento por seu excelente trabalho, lhe darei cem pesetas. E se me fizer esse pequeno favor, vou recomendá-lo para uma promoção. O que acha de um emprego no escritório da Câmara dos Deputados? Tenho bons amigos lá que disseram que estão à procura de homens de caráter para tirar o país do buraco em que os bolcheviques o deixaram.

A menção ao dinheiro e às boas perspectivas trouxe um leve sorriso aos lábios do motorista.

— Não é perigoso ou...?

— Jaime, sou eu, o senhor diretor. Acha que ia lhe pedir para fazer algo perigoso ou ilegal?

O motorista olhou para ele em silêncio. Valls sorriu.

— Vamos, repita o que precisa fazer.

— Vou até a porta da casa e bato. Quando abrirem, digo: "Viva Durruti."

— Durruti vive.

— Isso. Durruti vive. Pego a maleta e trago para cá.

— E nós vamos para casa. Fácil assim.

O motorista fez que sim e depois de um instante de hesitação, saiu do carro e se aproximou da cerca. Valls viu sua silhueta atravessar o feixe de luz dos faróis e chegar ao portão. Lá, parou um segundo e se virou para olhar o carro.

— Vamos, imbecil, entre — murmurou Valls.

O motorista se enfiou entre as barras e, desviando dos escombros e do mato, se aproximou lentamente da porta da casa. O senhor diretor tirou o revólver do bolso interno do casaco e armou o percussor. O motorista chegou à porta e parou. Valls o viu bater duas vezes e esperar. Quase um minuto se passou sem que nada acontecesse.

— Outra vez — murmurou Valls consigo mesmo.

Agora o motorista estava olhando para o carro, como se não soubesse o que fazer. De repente, um clarão de luz amarelada se desenhou onde um segundo antes estava a porta fechada. Valls viu o motorista dizer a senha e virar mais uma vez para o carro, sorrindo. O disparo, à queima-roupa, arrebentou sua têmpora e atravessou o crânio. Uma neblina de sangue brotou do outro lado e o corpo, já cadáver, se sustentou um instante de pé, envolto numa auréola de pólvora, antes de desabar no chão como um boneco quebrado.

Valls desceu do banco traseiro às pressas e sentou ao volante do Studebaker. Segurando o revólver apoiado no painel e apontando para a entrada da fábrica com a mão esquerda, engatou a marcha a ré e pisou no acelerador. O carro retrocedeu para as trevas, tropeçando nos buracos e poças que pontilhavam a rua. Enquanto se afastava, ainda pôde ver o brilho de vários disparos na porta da fábrica, mas nenhum deles atingiu o carro. Só quando chegou a duzentos metros de lá, manobrou para dar a volta e, pisando no acelerador até o fundo, se afastou mordendo os lábios de raiva.

21

Preso dentro do saco, Fermín só ouvia as vozes.

— Tivemos sorte, cara? — disse o novo carcereiro.

— Fermín já dormiu — disse o dr. Sanahuja de sua cela.

— Alguns têm essa sorte — disse o carcereiro. — Aí está, podem levar.

Fermín ouviu passos a seu redor e sentiu um tranco repentino quando um dos coveiros refez o nó, apertando com força. Em seguida, levantaram o saco entre os dois e, sem cuidado, o arrastaram pelo corredor de pedra. Fermín não se atreveu a mover um músculo sequer.

As batidas em degraus, esquinas, portas e desníveis golpeavam seu corpo sem piedade. Enfiou o punho na boca e mordeu para não gritar de dor. Depois de um longo trajeto, sentiu uma queda brusca da temperatura e a perda daquele eco claustrofóbico que existia no interior de todo o castelo. Estavam do lado de fora. Foi arrastado vários metros por um pavimento calçado e cheio de poças d'água. O frio começou a penetrar rapidamente no interior do saco.

Por fim, sentiu que o levantavam e o lançavam no vazio. Aterrissou em algo que parecia uma superfície de madeira. Os passos se afastaram um pouco. Fermín respirou fundo. O interior do saco fedia a excremento, carne podre e gasolina. Ouviu o motor do caminhão arrancar e, depois de uma sacudidela, sentiu o movimento do veículo e a pressão de uma ladeira que fez o saco rolar. Entendeu que o veículo se afastava montanha abaixo num lento balanço, pelo mesmo caminho que tinha percorrido meses atrás, quando chegou. Lembrava que a subida da montanha tinha sido longa e cheia de curvas. Em seguida, no entanto, sentiu que o veículo girava e seguia por outro caminho num terreno plano e áspero, sem asfalto. Tinham pego um desvio e Fermín teve certeza de que estavam percorrendo a montanha em vez de descer para a cidade. Algo tinha dado errado.

Foi então que lhe veio à mente a possibilidade de que Martín não tivesse calculado tudo, que algum detalhe tivesse escapado. Afinal, ninguém sabia com certeza absoluta o que faziam com os cadáveres dos presos. Talvez Martín não tivesse parado para pensar que, no mínimo, se livravam dos corpos jogando-os numa caldeira. Imaginou Salgado, acordando do seu sono de clorofórmio, rindo e dizendo que, antes de arder no inferno, Fermín Romero de Torres, ou como diabos se chamasse, tinha ardido em vida.

O caminho se prolongou alguns minutos. Em breve, quando o veículo começou a diminuir a marcha, Fermín sentiu pela primeira vez: era um fedor que nunca tinha sentido antes. Seu coração se apertou e, enquanto aquele vapor indizível o fazia vomitar, desejou não ter dado ouvidos àquele louco do Martín e ter ficado em sua cela.

22

Quando o senhor diretor chegou no castelo de Montjuic, desceu do carro e se dirigiu correndo para seu gabinete. Seu secretário estava parado em sua pequena escrivaninha diante da porta, datilografando a correspondência do dia com dois dedos.

— Largue isso e mande trazerem o filho de uma cadela do Salgado — ordenou.

O secretário olhou para ele espantado, sem saber se devia abrir a boca.

— Não fique aí parado. Mexa-se.

O secretário levantou e evitou o olhar furioso do senhor diretor.

— Salgado morreu, senhor. Essa noite mesmo...

Valls fechou os olhos e respirou fundo.

— Senhor diretor...

Sem se dar ao trabalho de explicar, Valls correu e não parou até chegar à cela número 13. Ao vê-lo, o carcereiro saiu da sonolência e esboçou uma saudação militar.

— Excelência, o que...

— Abra. Rápido.

O carcereiro abriu a cela e Valls entrou sem contemplações. Foi até o catre e, segurando o ombro do corpo que jazia na cama, puxou com força. Salgado ficou estendido de boca aberta. Valls se inclinou sobre o corpo e farejou seu hálito. Virou então para o carcereiro, que olhava para ele aterrorizado.

— Onde está o corpo?

— O pessoal da funerária levou...

Valls lhe deu uma bofetada que o derrubou. Dois guardas tinham aparecido no corredor, à espera das instruções do diretor.

— Quero ele vivo — disse.

Os dois guardas concordaram e saíram correndo. Valls ficou ali, apoiado contra as grades da cela que Martín e o dr. Sanahuja dividiam. O carcereiro, que tinha se levantado e não se atrevia nem a respirar, teve a impressão de que o senhor diretor estava rindo.

— Ideia sua, suponho, não é mesmo, Martín? — perguntou finalmente Valls.

O senhor diretor fez um arremedo de reverência e, enquanto se afastava pelo corredor, aplaudiu lentamente.

23

Fermín notou que o caminhão diminuía a marcha e contornava os últimos pedregulhos da estrada de terra. Depois de uns dois minutos de buracos e lamentos do caminhão, o motor parou. O fedor que atravessava o tecido do saco era indescritível. Os dois coveiros se aproximaram da traseira do caminhão. Ouviu o rangido da alavanca abrindo a carroceria e depois, de repente, um forte puxão no saco e uma queda no vazio.

Fermín bateu no chão de lado. Uma dor surda se estendeu por seu ombro. Antes que pudesse reagir, os coveiros pegaram o saco do solo pedregoso e, segurando cada um de um lado, o levaram costa acima por alguns metros. Deixaram o saco cair de novo e Fermín percebeu que um deles ajoelhava no chão e começava a desfazer o nó que fechava o saco. Os passos do outro se afastaram um par de metros e ele notou que estava pegando alguma coisa metálica. Fermín tentou tomar ar, mas aquela fedentina queimava sua garganta. Fechou os olhos. O ar frio roçou seu rosto. O coveiro pegou o saco pela ponta fechada e puxou com força. O corpo de Fermín rodou sobre as pedras e o terreno encharcado.

— Vamos, no três — disse um deles.

Quatro mãos o pegaram pelos tornozelos e pelos punhos. Fermín lutou para conter a respiração.

— Olhe, não está suando?

— Como é que um morto vai suar, sua besta? Deve ter sido uma poça. Vamos, um, dois, e...

Três. Fermín balançou no ar. Um segundo depois estava voando e se abandonou a seu destino. Abriu os olhos em pleno voo e o que pôde ver antes do impacto foi que estava caindo no fundo de um buraco cavado na montanha. A claridade da lua só o deixou ver que eram pedras e, serenamente, no meio segundo que demorou para cair, resolveu que não se importava de morrer.

A aterrissagem foi suave. Fermín sentiu que seu corpo tinha caído em algo mole e úmido. Cinco metros acima, um dos coveiros sustentava uma pá que sulcou o ar. Uma poeira esbranquiçada espalhou uma neblina brilhante que acariciou sua pele e, um segundo depois, começou a devorá-la como se fosse ácido. Os dois coveiros se afastaram e Fermín levantou para descobrir que estava numa fossa aberta na terra e repleta de cadáveres cobertos de cal viva. Tentou sacudir aquela poeira de fogo e trepou por entre os corpos até chegar a uma parede de terra. Escalou, enfiando as mãos no barro e ignorando a dor.

Quando chegou lá em cima, conseguiu se arrastar até uma poça de água suja para limpar a cal. Levantou em seguida e pôde ver que as luzes do caminhão se afastavam na noite. Virou um instante para olhar para trás e viu que a fossa se estendia a seus pés como um oceano de cadáveres trançados entre si. A náusea o atingiu com violência e ele caiu de joelhos, vomitando bílis e sangue sobre as próprias mãos. O fedor de morte e o pânico mal permitiam que respirasse. Então ouviu um barulho ao longe. Levantou os olhos e viu os faróis de dois carros se aproximando. Saiu correndo até a encosta e chegou a uma pequena esplanada de onde podia ver o mar ao pé da montanha e o farol do porto na ponta dos rochedos.

No alto, o castelo de Montjuic se erguia entre nuvens negras que deslizavam, mascarando a lua. O barulho dos carros se aproximava. Sem pensar duas vezes, Fermín se jogou ladeira abaixo, caindo e rolando entre troncos, pedras e mato, que o feriam e arrancavam sua pele em farrapos. Não sentiu mais dor, nem medo, nem cansaço até chegar à estrada, de onde começou a correr em direção aos hangares do porto. Correu sem pausas e sem fôlego, sem noção do tempo, nem consciência das feridas que cobriam seu corpo.

24

A aurora despontava quando chegou ao labirinto infinito de casebres que cobriam a praia de Somorrostro. A névoa do amanhecer deslizava desde o mar e serpenteava entre os telhados. Fermín penetrou nas vielas e passagens subterrâneas da cidade dos pobres até cair entre duas pilhas de escombros. Foi encontrado por dois meninos esfarrapados que arrastavam umas caixas de madeira e que pararam para admirar aquela figura esquelética que parecia sangrar por todos os poros de sua pele.

Fermín sorriu para eles e fez o signo da vitória com os dedos. Os meninos se olharam entre si. Um deles disse algo que ele não ouviu. Entregue ao cansaço e com os olhos entreabertos, viu que quatro pessoas o levantavam do chão, deitando-o num catre junto ao fogo. Sentiu o calor na pele e recuperou lentamente a sensação nos pés, mãos e braços. A dor veio depois, como uma maré lenta, mas inexorável. A seu redor, vozes apagadas de mulheres murmuravam palavras incompreensíveis. Tiraram os poucos farrapos que ainda cobriam seu corpo. Panos ensopados de água quente e cânfora acariciaram com imensa delicadeza o seu corpo nu e alquebrado. Entreabriu os olhos ao sentir a mão de uma senhora sobre sua testa, o olhar cansado e sábio sobre o seu.

— De onde veio? — perguntou a mulher que Fermín, em seu delírio, pensou que era sua mãe.

— De entre os mortos, mãe — murmurou. — Retornei de entre os mortos.

Terceira parte

NASCER
de NOVO

1

Barcelona, 1940

O incidente da velha fábrica Vilardell nunca chegou aos jornais. Não interessava a ninguém que aquela história viesse à tona. Só quem estava presente poderá recordar o que aconteceu. Na mesma noite em que Mauricio Valls regressou ao castelo para comprovar que o prisioneiro número 13 tinha fugido, o inspetor Fumero da Brigada Social recebeu o aviso de que um dos presos tinha feito uma delação. Fumero e seus homens estavam já a postos antes que o sol nascesse.

O inspetor colocou dois de seus homens vigiando as redondezas e concentrou o resto na entrada principal, da qual, tal como tinha dito Valls, se via a casinha. O corpo de Jaime Montoya, o heroico motorista do diretor da prisão, que se ofereceu como voluntário para verificar sozinho a veracidade das denúncias sobre elementos subversivos apresentadas por um dos presos, continuava lá, estendido entre os escombros. Pouco antes do amanhecer, Fumero deu ordem a seus homens de invadir a velha fábrica. Cercaram a casinha e quando os ocupantes, dois homens e uma mulher jovem, detectaram sua presença, só houve um contratempo: a moça, que tinha uma arma de fogo, acertou o braço de um dos policiais. Foi apenas um ferimento de raspão sem importância. Apesar daquele pequeno deslize, em trinta segundos Fumero e seus homens tinham dominado os rebeldes.

O inspetor ordenou então que colocassem todos na casa e que também arrastassem o corpo do motorista lá para dentro. Fumero não pediu nomes nem documentos. Ordenou a seus homens que amarrassem pés e mãos dos rebeldes com arame numas cadeiras de metal enferrujado que estavam jogadas num canto. Depois que foram imobilizados, Fumero ordenou aos homens que o deixassem sozinho e tomassem posição na porta da casinha e da fábrica, esperando instruções. Sozinho com os presos, fechou a porta e sentou diante deles.

— Não dormi a noite inteira e estou cansado. Quero ir para casa. Se me disserem onde estão o dinheiro e as joias que esconderam para um tal de Salgado não vai acontecer nada aqui, certo?

Os prisioneiros olhavam para ele com uma mistura de perplexidade e terror.

— Não sabemos nada de joias nem de Salgado — disse o homem mais velho.

Fumero fez que sim com certo ar de tédio. Passeava os olhos lentamente pelos três prisioneiros, como se pudesse ler seus pensamentos e eles fossem tremendamente aborrecidos. Depois de hesitar alguns instantes, escolheu a mulher e puxou a cadeira para ficar a apenas dois palmos dela. A mulher estava tremendo.

— Deixe-a em paz, filho da puta — cuspiu o outro homem, mais jovem. — Se tocar nela, juro que o mato.

Fumero sorriu melancolicamente.

— Sua namorada é muito bonita.

Navas, o oficial de guarda na porta da casinha, sentiu o suor frio empapar sua roupa. Ignorava os gritos que vinham do interior e, quando seus companheiros lançaram olhares velados para ele do portão da fábrica, Navas negou com a cabeça.

Ninguém disse uma só palavra. Fumero já estava lá dentro havia cerca de meia hora quando finalmente a porta se abriu às suas costas. Navas se afastou e evitou olhar diretamente para as manchas úmidas sobre as roupas negras do inspetor. Com lentidão, Fumero se afastou até a saída e Navas, depois de uma olhada sumária ao interior da casa, conteve a ânsia de vômito e fechou a porta. A um sinal de Fumero, dois dos homens se aproximaram carregando dois latões de gasolina e regaram contornando as paredes da casa. Não ficaram lá para vê-la queimar.

Fumero esperava por eles sentado no banco do passageiro quando voltaram ao carro. Partiram em silêncio, enquanto uma coluna de fumaça e chamas se erguia entre as ruínas da velha fábrica, deixando um rastro de cinzas que se espalhavam ao vento. Fumero abriu a janela e estendeu a palma da mão para o ar frio e úmido. Tinha sangue nos dedos. Navas dirigia com os olhos cravados à frente, mas só via o olhar de súplica da mulher, ainda viva, antes que ele fechasse a porta. Percebeu que Fumero o observava e apertou as mãos no volante para esconder o tremor.

Da calçada, um grupo de meninos esfarrapados contemplava a passagem do carro. Um deles, imitando uma pistola com os dedos, fingiu que atirava neles. Fumero sorriu e respondeu com o mesmo gesto um pouco antes de o carro se perder no emaranhado de ruas que cercavam a selva de chaminés e armazéns, como se nunca tivesse estado ali.

2

Fermín passou sete dias delirando no interior da cabana. Nenhum pano úmido conseguia diminuir a febre; nenhum unguento era capaz de acalmar o mal que, diziam, o devorava por dentro. As velhas do lugar, que muitas vezes faziam turnos para cuidar dele e administrar fortificantes na esperança de mantê-lo vivo, diziam que o estranho tinha um demônio dentro dele, o demônio dos remorsos, e que sua alma podia fugir para o fim da galeria e descansar no vazio da escuridão.

No sétimo dia, o homem a quem todos chamavam de Armando e cuja autoridade naquele lugar ficava uns poucos centímetros abaixo daquela de Deus, chegou ao barraco e sentou ao lado do doente. Examinou seus ferimentos, levantou suas pálpebras com os dedos e leu os segredos inscritos em suas pupilas dilatadas. As velhas que cuidavam do doente tinham se reunido num semicírculo atrás dele e esperavam num silêncio respeitoso. Logo em seguida, Armando fez que sim para si mesmo e abandonou a cabana. Dois jovens que esperavam na porta o seguiram até a linha de espuma na beira do mar, onde as ondas se espraiam, e ouviram suas instruções com atenção. Armando ficou olhando enquanto se afastavam e ficou lá, sentado nos destroços de um barco de pescadores que o temporal jogou na areia e ficou encalhado entre a praia e o purgatório.

Acendeu um cigarro e saboreou à brisa do amanhecer. Enquanto fumava e refletia sobre o que faria, Armando pegou um pedaço de página do *La Vanguardia* que estava em seu bolso havia dias. Nele, enterrada entre os anúncios e tijolinhos da programação de espetáculos do Paralelo, despontava uma notícia sucinta informando sobre a fuga de um prisioneiro da penitenciária de Montjuic. O texto tinha aquele sabor estéril das histórias que reproduzem palavra por palavra os comunicados oficiais. A única liberdade que o redator se permitiu foi uma nota onde afirmava que até então não havia ninguém que tivesse conseguido fugir daquela fortaleza inexpugnável.

Armando levantou os olhos e contemplou a montanha de Montjuic, que se erguia ao sul. O castelo, um perfil de torres denteadas entre a neblina, sobrevoava Barcelona. Armando sorriu com amargura e, usando a brasa do cigarro, queimou o recorte de jornal e ficou olhando enquanto ele se desfazia em cinzas na brisa. Os jornais, como sempre, escondiam a verdade como se sua vida dependesse disso, e talvez com razão. Tudo naquela notícia cheirava a meias verdades e a detalhes deixados de lado. Entre eles, o fato de que até então ninguém tinha conseguido fugir da prisão de Montjuic. Mas ao fim e ao cabo, pensou ele, talvez fosse mesmo verdade, pois ele, o homem a quem chamavam de Armando, só era alguém naquele mundo invisível da cidade dos pobres e dos intocáveis. Há épocas e lugares em que ser ninguém é muito mais digno do que ser alguém.

3

Os dias se arrastavam sem pressa. Armando passava uma vez por dia na cabana para saber do estado do moribundo. A febre dava tímidos indícios de que estava cedendo e os véus de pancadas, cortes e feridas que cobriam seu corpo davam mostra de que começavam a cicatrizar lentamente sob o efeito dos unguentos. O ferido passava a maior parte do dia dormindo e murmurando palavras incompreensíveis, entre a vigília e o sono.

— Vai viver? — perguntava Armando às vezes.

— Ainda não decidiu — respondia aquela matrona desfeita pelos anos que o infeliz tinha confundido com sua mãe.

Os dias se transformaram em semanas e logo ficou evidente que ninguém ia aparecer para perguntar pelo estranho, porque ninguém pergunta por uma coisa que prefere ignorar. Normalmente, a polícia e a Guarda Civil não entravam no Somorrostro. Uma lei do silêncio determinava claramente que a cidade e o mundo terminavam nas portas do povoado de casebres e interessava aos dois lados manter aquela fronteira invisível. Armando sabia que, do outro lado, muita gente rezava, aberta ou secretamente, para que um dia a tempestade varresse para sempre a cidade dos pobres, mas enquanto esse dia não chegasse, todos preferiam olhar para o outro lado, dar as costas ao mar e àquelas pessoas que sofriam entre a água e a selva de fábricas de Pueblo Nuevo. Ainda assim, Armando tinha suas dúvidas. A história que intuía por trás daquele estranho inquilino que tinham acolhido podia acabar rompendo a lei do silêncio.

Em poucas semanas, uma dupla de policiais novatos se aproximou para perguntar se alguém tinha visto um homem parecido com o estranho. Armando ficou em estado de alerta por alguns dias, mas quando ninguém mais veio procurá-lo, ele entendeu que ninguém estava verdadeiramente interessado em encontrar aquele homem. Talvez tivesse morrido e nem ele mesmo soubesse.

Um mês e meio depois de chegar lá, as feridas de seu corpo tinham cicatrizado. Quando o homem abriu os olhos e perguntou onde estava, as mulheres o ajudaram a levantar para tomar um caldo, mas não disseram nada.

— Você precisa descansar.

— Estou vivo? — perguntou.

Ninguém confirmou se estava ou não. Seus dias se passavam entre o sono e um cansaço que nunca o abandonava. Cada vez que fechava os olhos e se entregava àquela canseira, viajava para o mesmo lugar. Em seu sonho, que se repetia noite após noite, escalava as paredes de uma fossa infinita, cheia de cadáveres. Quando chegava lá em cima e virava para olhar para trás, via aquela maré de corpos espectrais se movendo como um redemoinho de enguias. Os mortos abriam os olhos e escalavam as paredes, seguindo seus passos. Eles o seguiam pela montanha e penetravam nas ruas de Barcelona, buscando seus antigos lares, batendo às portas de seus entes queridos. Alguns iam em busca de seus assassinos e percorriam a cidade sedentos de vingança, mas a maioria só queria voltar para casa, apertar nos braços os filhos, as esposas e os amantes que tinham deixado para trás. No entanto, ninguém abria as portas para eles, ninguém segurava suas mãos, ninguém queria beijar seus lábios e o moribundo, coberto de suor, acordava na escuridão, com o estrondo ensurdecedor do choro dos mortos na alma.

Um estranho costumava visitá-lo com frequência. Cheirava a tabaco e colônia, duas substâncias de pouca circulação naquela época. Sentava numa cadeira e o observava com olhos impenetráveis. Tinha cabelos negros como azeviche e traços afilados. Quando percebia que o paciente estava acordado, sorria.

— Quem é você, Deus ou o diabo? — perguntou o convalescente certa vez.

O estranho deu de ombros e pensou na resposta.

— Um pouco dos dois — respondeu afinal.

— Eu, em princípio, sou ateu — informou o paciente. — Mas na verdade, tenho muita fé.

— Como muita gente. Trate de descansar agora, amigo, que o céu pode esperar. E o inferno é pequeno demais.

4

Entre as visitas do estranho personagem de cabelos cor de azeviche, o convalescente se deixava alimentar, lavar e vestir com roupas limpas, grandes demais para ele. Quando foi capaz de se manter de pé e dar os primeiros passos, foi levado até a beira-mar e pôde molhar os pés e deixar a luz do Mediterrâneo acariciar sua pele. Um dia, passou a manhã inteira olhando uns meninos de cara suja, vestidos de farrapos, brincando na areia e pensou que tinha vontade de viver, pelo menos um pouco mais. Com o tempo, as lembranças e a raiva começaram a aflorar e, com eles, o desejo e também o medo de voltar à cidade.

Pernas, braços e demais engrenagens começaram a funcionar mais ou menos normalmente. Recuperou o raro prazer de urinar ao vento sem ardores nem surpresas embaraçantes e pensou que um homem que conseguia mijar de pé e sem ajuda era um homem em condições de enfrentar suas responsabilidades. Naquela mesma noite, de madrugada, levantou sigilosamente e se afastou pelas vielas estreitas daquela cidadela, até os limites representados pela linha do trem. Do outro lado, erguia-se o bosque de chaminés e a crista de anjos e mausoléus do cemitério. Mais adiante, num lençol de luzes que escalava as colinas, jazia Barcelona. Ouviu alguns passos às suas costas e quando virou topou com o olhar sereno do homem de cabelo cor de azeviche.

— Você nasceu de novo — disse ele.

— Vamos ver se dessa vez me saio melhor do que da primeira. Tenho uma carreira que...

O homem do cabelo cor de azeviche sorriu.

— Permita que lhe dê um presente. Sou Armando, o cigano.

Fermín apertou sua mão.

— Fermín Romero de Torres, não cigano, mas relativamente confiável.

138

— Amigo Fermín, tenho a impressão de que está pensando em voltar a viver com eles.

— A cabra volta ao monte — sentenciou Fermín. — Deixei algumas coisas pelo meio.

Armando concordou.

— Entendo, mas ainda não, meu amigo — disse ele. — Tenha paciência. Fique conosco mais uma temporada.

O medo daquilo que o esperava quando retornasse e a generosidade daquelas pessoas o mantiveram ali, até que, numa manhã de domingo, pegou emprestado um jornal com um dos rapazes, que o encontrou na lixeira de um quiosque na praia da Barceloneta. Era difícil determinar há quanto tempo o jornal estava no lixo, mas a data era de três meses depois da noite de sua fuga. Percorreu as páginas em busca de algum indício, de um sinal ou menção, mas não havia nada. Naquela tarde, quando já tinha decidido que voltaria para Barcelona ao amanhecer, Armando chegou e informou que um de seus homens tinha passado pela pensão onde ele morava.

— Fermín, acho melhor não ir pegar suas coisas pessoalmente.

— Como é que sabe o meu endereço?

Armando sorriu, ignorando a pergunta.

— A polícia disse que você está morto. Uma nota sobre seu falecimento apareceu nos jornais há algumas semanas. Não quis lhe contar porque acho que ler sobre a própria morte não ajuda em nada a quem está convalescente.

— E morri de quê?

— Causas naturais. Caiu por um barranco quando tentava escapar da justiça.

— Então estou morto?

— Como a polca.

Fermín avaliou as implicações de seu novo status.

— O que faço agora? Vou para onde? Não posso ficar aqui para sempre, abusando de sua bondade e colocando todo mundo em risco.

Armando sentou a seu lado e acendeu um dos cigarros que ele mesmo enrolava e que cheiravam a eucalipto.

— Você não existe, Fermín, então pode fazer o que bem entender. Quase, quase lhe digo para ficar entre nós, pois agora é um dos nossos, gente que não tem nem nome nem cara em lugar nenhum. Somos fantasmas. Invisíveis. Mas sei que precisa voltar e resolver as coisas que deixou para trás. Lamentavelmente, depois que sair daqui, não posso lhe oferecer proteção.

— Já fez mais do que o suficiente por mim.

Armando deu uma palmadinha em seu ombro e estendeu uma folha de papel dobrada que tirou do bolso.

— Saia da cidade por um tempo. Deixe passar um ano e, quando voltar, comece por aqui — disse ao se afastar.

Fermín desdobrou a página e leu:

FERNANDO BRIANS

Advogado

Calle de Caspe, 12

Cobertura 1

Barcelona, Telefone 564375

— Como poderei retribuir tudo o que fizeram por mim?

— Quando tiver resolvido seus assuntos, passe por aqui um dia e pergunte por mim. Iremos ver Carmem Amaya dançar e então poderá me contar como conseguiu fugir lá de cima. Tenho curiosidade... — disse Armando.

Fermín encarou aqueles olhos negros e concordou lentamente.

— Em que cela você estava, Armando?

— Na 13.

— As marcas de cruzes na parede eram suas?

— Ao contrário de você, Fermín, sou um crente, mas já não tenho fé.

Ao anoitecer, ninguém impediu sua partida nem se despediu. Partiu, mais um entre os invisíveis, para as ruas de Barcelona que cheiravam a eletricidade. Viu as torres da catedral Sagrada Familia ao longe, encalhadas num manto de nuvens vermelhas que ameaçavam uma tempestade de proporções bíblicas e continuou andando. Seus passos o levaram à estação de ônibus da calle Trafalgar. Encontrou dinheiro nos bolsos do casaco que ganhou de Armando. Comprou a passagem com o trajeto mais longo que havia e passou a noite no ônibus, percorrendo estradas desertas sob a chuva. No dia seguinte, fez o mesmo e assim, depois de dias inteiros em trens, caminhadas e ônibus da meia-noite, chegou a um lugar onde as ruas não tinham nome e as casas não tinham número e onde nada nem ninguém se lembrava dele.

Teve cem profissões e nenhum amigo. Fez dinheiro, que logo gastou. Leu livros que falavam de um mundo no qual não acreditava mais. Começou a escrever cartas que nunca soube como terminar. Viveu contra a lembrança e o remorso. Mais de uma vez, foi até o meio de uma ponte ou de um barranco e contemplou o abismo com serenidade. No último momento, a promessa feita e o olhar do Prisioneiro do Céu sempre lhe voltavam à memória. Um ano depois, deixou o quarto alugado em cima de um bar e, sem nenhuma bagagem além de um exemplar de *A cidade dos malditos* encontrado num mercadinho local, provavelmente o único dos livros de Martín que não tinha sido queimado e que ele já tinha lido dúzias de vezes, andou dois quilômetros até a estação de trem e comprou a passagem que esteve esperando durante todos aqueles meses.

— Uma para Barcelona, por favor.

O bilheteiro preencheu e entregou a passagem com um olhar de desprezo:

— Eu é que não ia — disse. — Com aquele monte de polacos de merda.

5

Barcelona, 1941

Anoitecia quando Fermín desceu do trem na estação de Francia. A locomotiva tinha cuspido uma nuvem de vapor e fuligem que rastejava pela plataforma e escondia os passos dos passageiros que desciam depois do longo percurso. Fermín se juntou à marcha silenciosa até a saída, no meio de uma gente com roupas esfarrapadas, arrastando malas presas por correias, velhos prematuros que carregavam todos os seus pertences num embrulho e crianças com o olhar e os bolsos vazios.

Uma dupla de agentes da Guarda Civil policiava a entrada da plataforma e Fermín notou que seus olhos passeavam entre os passageiros e que paravam alguns ao acaso para pedir documentos. Fermín continuou andando em linha reta para um deles. Quando faltavam apenas dez metros para alcançá-lo, viu que o guarda estava olhando em sua direção. No romance de Martín que foi sua companhia durante todos aqueles meses, um dos personagens afirmava que o melhor modo de desarmar uma autoridade é dirigir-lhe a palavra antes que ela o faça. Antes que o agente o interpelasse, Fermín se encaminhou diretamente para ele e falou com voz serena:

— Boa noite, chefe. Poderia fazer a gentileza de informar onde fica o hotel Porvenir? Soube que fica na plaza Palacio, mas quase não conheço a cidade.

O guarda-civil o examinou em silêncio, meio incomodado. Seu colega se aproximou e cobriu seu lado direito.

— Vai ter que perguntar na saída — disse ele num tom pouco amigável.

Fermín fez que sim educadamente.

— Desculpe o incômodo. Vou perguntar.

Tinha começado a caminhar em direção ao hall da estação, quando o outro agente segurou seu braço:

— A plaza Palacio fica à esquerda, ao sair. Na frente do Quartel.

— Muito obrigado. Tenham uma boa noite.

O guarda-civil largou seu braço e Fermín se afastou lentamente, medindo seus passos até chegar ao hall e de lá à rua.

Um céu escarlate cobria uma Barcelona negra e pontilhada de silhuetas escuras e afiladas. Um bonde semivazio se arrastava projetando uma luz mortiça sobre os paralelepípedos. Fermín esperou que passasse para atravessar para o outro lado. Evitando os trilhos espelhados, contemplou a perspectiva desenhada pelo Paseo Colón tendo ao fundo a montanha de Montjuic com o castelo que pairava sobre a cidade. Abaixou os olhos e pegou a rua Comercio em direção ao mercado do Borne. As ruas estavam desertas e uma brisa fria soprava entre as vielas. Não tinha para onde ir.

Lembrou que Martín tinha dito que morava perto dali, anos atrás, num velho casarão incrustado no estreito desfiladeiro de sombras da rua Flassaders, ao lado da fábrica de chocolate Mauri. Foi para lá, mas ao chegar viu que o edifício e a casa a seu lado tinham sido bombardeados durante a guerra. As autoridades nem tinham se dado ao trabalho de retirar os escombros, e os vizinhos, provavelmente para circular numa rua que era mais estreita que o corredor de algumas casas da zona nobre, tinham se limitado a empilhar o entulho dos lados da passagem.

Fermín olhou ao redor. Mal dava para ver a claridade das lâmpadas e velas que espalhavam uma luminosidade mortiça a partir das sacadas. Penetrou entre as ruínas, evitando pedras, monstruosas calhas quebradas e vigas trançadas em nós impossíveis. Procurou um buraco entre os destroços e se encolheu ao abrigo de uma pedra, na qual ainda dava para ler o número 17, o antigo domicílio de David Martín. Dobrou o casaco e os jornais velhos que usava sob a roupa. Enrolado como um novelo, fechou os olhos e tentou conciliar o sono.

Tinha se passado meia hora e o frio começava a doer nos ossos. Um vento carregado de umidade lambia as ruínas, buscando esquinas e frestas. Fermín abriu os olhos e levantou. Estava procurando um canto mais abrigado quando percebeu que uma silhueta o observava da rua. Ficou imóvel. A figura deu alguns passos em direção a ele.

— Quem é? — perguntou.

A figura se aproximou um pouco mais e o eco de um lampião distante desenhou seu perfil. Era um homem alto e volumoso, vestido de preto. Fermín examinou o colarinho. Um padre. Levantou as mãos em sinal de paz.

— Já estou indo, padre. Por favor, não chame a polícia.

O sacerdote o examinou de cima a baixo. Tinha o olhar severo e o ar de quem tinha passado a vida carregando sacos no porto e não cálices.

— Está com fome? — perguntou ele.

Fermín, que comeria qualquer pedra daquelas se alguém as regasse com duas gotas de azeite de oliva, negou.

— Acabei de jantar no Las Siete Puertas e me empanturrei de arroz de lulas *en su tinta* — disse.

O sacerdote esboçou um sorriso. Deu meia-volta e começou a andar:

— Venha comigo — ordenou.

6

Padre Valera morava no sótão de um edifício situado no final do Paseo del Borne, que dava diretamente para os telhados do mercado. Fermín deu conta com entusiasmo de três pratos de sopa e vários pedaços de pão seco, mais um par de copos de vinho diluído em água que o padre colocou diante dele enquanto o observava com curiosidade.

— Não vai jantar, padre?

— Não tenho o hábito de jantar. Aproveite que pelo jeito a sua fome está atrasada desde 1936.

Enquanto tomava a sopa ruidosamente e engolia os pedaços de pão, Fermín ia passeando os olhos pela sala de jantar. A seu lado, uma cristaleira exibia uma coleção de pratos e jarras, vários santos e o que parecia ser um modesto faqueiro de prata.

— Eu também li *Os miseráveis*, de modo que nem pense nisso — avisou o padre.

Fermín negou, envergonhado.

— Como se chama?

— Fermín Romero de Torres, um seu criado.

— Está sendo procurado, Fermín?

— Depende do ponto de vista. É um assunto complicado.

— Não é assunto meu, se não quer me contar. Mas não pode andar por aí com essa roupa. Vai acabar na prisão antes de chegar à Vía Layetana. Estão prendendo um monte de gente que andava escondida. É preciso muito cuidado.

— Assim que localizar uma conta bancária que mantive em estado de hibernação, pensei em entrar no El Dique Flotante e sair de lá vestido como um príncipe.

— Vamos ver, levante um pouco.

Fermín soltou a colher e levantou. O padre o examinou detalhadamente.

— Ramón era duas vezes você, mas acho que algumas das roupas que usava quando era jovem vão cair bem.

— Ramón?

— Meu irmão. Foi morto lá embaixo, na rua, bem na porta do edifício, em maio de 38. Estavam atrás de mim, mas ele os deteve. Era músico. Tocava na banda municipal. Primeiro trompete.

— Sinto muito, padre.

Ele deu de ombros.

— Alguns mais, outros menos, todos perdemos alguém, seja do bando que for.

— Não sou de bando nenhum — devolveu Fermín. — E tem mais: para mim, as bandeiras são trapos coloridos que cheiram a ranço, e quando vejo alguém se enrolar numa delas e encher a boca de hinos, escudos e discursos, já me dá caganeira. Sempre achei que quem se apega muito ao rebanho tem alguma coisa de ovelha ou cordeiro.

— Deve passar muito mal nesse país.

— O senhor nem sabe quanto. Mas sempre me digo que o acesso direto a um divino presunto compensa tudo. E as coisas andam feias por todo lado.

— Isso é verdade. Diga, Fermín, quanto tempo faz que não come um bom presunto serrano?

— Desde 6 de março de 1934. Los Caracoles, rua Escudellers. Outra vida.

O padre sorriu.

— Você pode passar a noite aqui, Fermín, mas amanhã terá que ir embora. As pessoas falam. Posso lhe dar algum dinheiro para uma pensão, mas saiba que todas elas exigem identidade e inscrevem os hóspedes na lista do comissariado.

— Nem precisava dizer, padre. Amanhã, antes que o sol saia, desapareço daqui mais rápido que a boa vontade. E mais, não vou aceitar nem um centavo, já abusei o suficiente de...

O padre ergueu a mão sem concordar.

— Vamos ver como vai ficar com as coisas de Ramón — disse, levantando da mesa.

O padre Valera fez questão de dar a Fermín um par de sapatos em condições medianas, um terno de lã modesto, mas limpo, um par de mudas de roupas de baixo e alguns produtos de higiene pessoal, que colocou numa maleta. Numa das estantes, havia um trompete reluzente e várias fotografias de dois homens jovens e bem-apessoados, sorrindo no que parecia ser a grande festa popular do bairro de Gracia. Era preciso olhar bem para ver que um deles era o padre Valera, que agora parecia trinta anos mais velho.

— Não tenho água quente. E não enchem a cisterna antes da manhã, de modo que pode esperar ou pegar do jarro.

Enquanto Fermín se lavava como podia, padre Valera preparou uma cafeteira com uma espécie de chicória misturada com outras substâncias de aspecto vagamente suspeito. Não havia açúcar, mas aquela xícara de água suja estava quente e a companhia era das melhores.

— Poderia pensar que estamos na Colômbia, saboreando finos grãos selecionados — disse Fermín.

— Você é um sujeito peculiar, Fermín. Posso lhe fazer uma pergunta pessoal?

— Protegida pelo segredo confessional?

— Digamos que sim.

— Mande.

— Já matou alguém? Na guerra, quero dizer.

— Não — respondeu Fermín.

— Pois eu já.

Fermín ficou imóvel, a xícara parada no meio do caminho. O padre abaixou os olhos.

— Nunca tinha dito isso a ninguém.

— Considere segredo de confissão — garantiu Fermín.

O padre esfregou os olhos e suspirou. Fermín ficou se perguntando há quanto tempo aquele homem estava lá sozinho, tendo como única companhia aquele segredo e a lembrança do irmão morto.

— Deve ter tido os seus motivos, padre.

Ele fez que não com a cabeça.

— Deus abandonou esse país — disse.

— Então não tenha medo, pois assim que Ele vir como andam as coisas ao norte dos Pireneus, vai voltar com o rabo entre as pernas.

O padre guardou silêncio por um longo tempo. Acabaram o sucedâneo de café e Fermín, para animar o pobre sacerdote, que parecia mais deprimido a cada minuto que passava, se serviu outra xícara.

— Gostou mesmo?

Fermín fez que sim.

— Quer que o ouça em confissão? — perguntou de repente. — A sério, agora.

— Não se ofenda, padre, mas é que não consigo acreditar nessas coisas...

— Mas acontece que Deus acredita em você.

— Duvido.

— Não é preciso crer em Deus para se confessar. É algo entre você e sua consciência. O que tem a perder?

Durante um par de horas, Fermín contou a padre Valera tudo o que levava guardado no peito desde a fuga do castelo, mais de um ano atrás. O padre ouvia com atenção, concordando ocasionalmente. Por fim, quando Fermín sentiu que tinha desabafado e tirado das costas um peso que o asfixiava havia meses sem que ele percebesse, padre Valera pegou uma garrafa de licor de uma gaveta e, sem perguntar, serviu para ele o que restava de suas reservas.

— Não vai me dar a absolvição, padre? Só um golinho de conhaque?

— Dá no mesmo. Além do mais, quem sou eu para perdoar ou julgar alguém, Fermín? Achei que seria bom para você tirar tudo isso das costas. O que vai fazer agora?

Fermín deu de ombros.

— Se voltei, arriscando meu pescoço, foi por causa da promessa que fiz a Martín. Preciso encontrar esse advogado e, através dele, a sra. Isabella e o menino, Daniel, para protegê-los.

— Como?

— Não sei. Na hora eu penso. Aceito sugestões.

— Mas não sabe nada deles. São apenas dois estranhos mencionados por um homem que você conheceu na prisão...

— Eu sei. Dito assim, parece loucura, não?

O padre olhava para ele como se conseguisse ver através de suas palavras.

— Será que já não viu tanta miséria e mesquinharia entre os homens que resolveu fazer alguma coisa de bom, mesmo que seja uma loucura?

— E por que não?

Valera sorriu.

— Bem que eu disse: Deus acredita em você.

7

No dia seguinte, Fermín saiu na ponta dos pés para não acordar padre Valera, que tinha adormecido no sofá com um livro de poemas de Machado na mão e que bufava como um touro em plena tourada. Antes de partir, deu um beijo em sua testa e deixou em cima da mesa o dinheiro que o padre tinha colocado em sua maleta, embrulhado num guardanapo. Em seguida, desceu escada abaixo, com a roupa e a consciência limpas e com a determinação de continuar vivo pelo menos mais alguns dias.

Naquele dia o sol saiu e uma brisa limpa, vinda do mar, estendeu um céu brilhante e intenso que desenhava sombras alongadas à passagem dos transeuntes. Fermín dedicou a manhã a percorrer as ruas que lembrava, parando em vitrines, sentando em bancos para ver passarem as moças bonitas, que para ele eram todas. Ao meio-dia, dirigiu-se para uma tasca que ficava na entrada da rua Escudellers, perto do restaurante Los Caracoles, de tão grata memória. A tasca em si tinha, entre os paladares mais valentes e sem frescuras, a funesta reputação de vender os sanduíches mais baratos de toda Barcelona. O truque, diziam os especialistas, consistia em não fazer perguntas sobre os ingredientes.

Com seus novos trajes de senhor e uma pesada armadura de exemplares do *La Vanguardia* dobrados sob a roupa para lhe dar uma presença distinta, um indício de musculatura e servir de agasalho a preços módicos, Fermín sentou ao balcão e, depois de consultar a lista de delícias ao alcance dos bolsos e estômagos mais modestos, abriu as negociações com o garçom.

— Tenho uma pergunta, meu jovem. O especial do dia, sanduíche de mortadela e fiambre de Cornellá no pão de campanha, vem com tomate fresco?

— Recém-colhido em nossas hortas em Prat, atrás da fábrica de aço sulfúrico.

— *Bouquet* refinado. Mas me diga, bom homem, a casa aceita fiado?

O garçom perdeu o ar risonho e se fechou atrás do balcão, jogando o pano no ombro com expressão hostil.

— Nem a Deus.

— Não fazem exceções em caso de mutilados de guerra condecorados?

— Suma daqui ou aviso a Social.

Visto o rumo que a conversa ia tomando, Fermín bateu em retirada em busca de um canto tranquilo onde refazer sua estratégia. Acabava de se instalar na escada da porta de um edifício quando a silhueta de uma mocinha, que não devia ter nem dezessete anos, mas já exibia curvas de corista, passou a seu lado e caiu de bruços no chão.

Fermín levantou para ajudá-la e tinha acabado de segurar seu braço quando ouviu passos às suas costas e uma voz que fazia a do garçom furioso que tinha acabado de mandá-lo às favas soar como música celestial.

— Olhe aqui, sua piranha de merda, não venha com essa para cima de mim, que parto sua cara e deixo você estirada nessa calçada que é mais puta que você.

O autor daquele discurso era um gigolô de pele esverdeada e gosto duvidoso em matéria de bijuterias. Deixando de lado o fato de que o dito-cujo era duas vezes maior do que ele e tinha na mão algo que tinha tudo para ser um objeto cortante ou pelo menos pontiagudo, Fermín, que começava a ficar de saco cheio de valentões e rufiões, se colocou entre a jovem e o sujeito.

— E você quem é, seu *desgraciao*? Desapareça daqui antes que eu quebre sua cara.

Fermín sentiu que a moça, que cheirava a uma estranha mistura de canela e fritura, tinha se agarrado a seu braço. Uma rápida olhada no garanhão mostrou que a situação não ia se resolver de jeito nenhum por via dialética e Fermín resolveu que a única resposta era passar à ação. Depois de uma análise *in extremis* do adversário, chegou à conclusão de que o grosso de sua massa corporal era gordura e de que, no que dizia respeito a músculo ou matéria cinzenta, o sujeito não apresentava excedentes.

— Não vai falar comigo desse jeito, e muito menos com a mocinha aqui.

O cafetão ficou olhando embasbacado, como se não tivesse entendido suas palavras. Um segundo depois, o sujeito, que esperava qualquer coisa daquele magrelo, menos guerra, teve de encaixar, junto com a surpresa do mês, uma maletada vigorosa nas partes baixas, acompanhada, enquanto o sujeito segurava os balangandás, caído no chão, de quatro ou cinco golpes com o canto de couro reforçado da maleta em pontos estratégicos que o deixaram, pelo menos por alguns minutos, abatido e desmotivado.

Um grupo de passantes, que tinha presenciado o incidente, começou a aplaudir e, quando Fermín virou para ver se a moça estava bem, encontrou um olhar encantado de gratidão e ternura eternas.

— Fermín Romero de Torres, para servi-la, senhorita.

A moça se esticou e, decidida, beijou seu rosto.

— Sou a Rociíto.

A seus pés, o sujeitinho tentava levantar e recuperar o fôlego. Antes que o equilíbrio de forças deixasse de ser favorável, Fermín resolveu abandonar rapidamente o cenário da briga.

— Precisamos debandar com certa urgência — anunciou Fermín. — Perdida a iniciativa, as chances se viram contra nós...

Rociíto pegou seu braço e tratou de guiá-lo através de uma rede de vielas estreitas que desembocava na plaza Real. Uma vez em campo aberto e ao sol, Fermín parou um instante para recuperar o fôlego. Rociíto viu que perdia as cores e não tinha bom aspecto e intuiu que as emoções do confronto, ou a fome, tinham causado uma queda de pressão em seu valente campeão e foi com ele para o terraço do albergue Dos Mundos, onde Fermín desmoronou numa cadeira.

Rociíto, que tinha dezessete anos e um olho clínico que até o nosso famoso dr. Trueta gostaria de ter, pediu uma porção de petiscos para revivê-lo. Quando Fermín viu o banquete chegar, assustou-se.

— Rociíto, devo confessar que não tenho um tostão...

— Essa é por minha conta — cortou ela com orgulho. — Do meu homem quem cuida sou eu e ele tem que estar sempre bem *alimentao*.

Rociíto o regalava a golpes de linguicinhas, pão e batatas na pimenta, tudo regado com uma monumental jarra de cerveja. Fermín foi revivendo e recuperando a cor, diante do olhar satisfeito da moça.

— De sobremesa, se quiser, faço uma especialidade da casa que deixa qualquer um tonto — ofereceu a jovem, lambendo os lábios.

— Escute, mocinha, não devia estar no colégio a essa hora, com as freiras?

Rociíto riu da piada.

— Ai, danadinho, que lábia!

À medida que o banquete transcorria, Fermín entendeu que, se dependesse da moça, ele tinha pela frente uma promissora carreira de gigolô. No entanto, assuntos de maior importância reclamavam sua atenção.

— Quantos anos você tem, Rociíto?

— Dezoito e meio, sr. Fermín.

— Parece mais velha.

— São os peitorais. Despontaram aos treze e dão orgulho só de ver, embora não fique nada bem dizer isso.

Fermín, que não tinha visto uma conspiração de curvas comparável desde os saudosos dias de Havana, tentou recuperar o bom-senso.

— Rociíto — começou ele —, não posso tomar conta de você...

— Já sei, meu querido, não pense que sou boba. Já sei que não é homem de viver às custas de mulher. Posso ser nova, mas já aprendi a reconhecer os homens...

— Precisa me dizer para onde enviar o dinheiro desse banquete, porque no momento estou passando por um período econômico delicado...

Rociíto negou.

— Divido um quarto aqui no albergue com a Lali, mas ela vai ficar fora o dia inteiro: está fazendo os navios mercantes... Por que não sobe e aceita uma massagem?

— Rociíto...

— Oferta da casa...

Fermín olhava para ela com um ar melancólico.

— Tem os olhos tristes, Fermín. Deixe que a Rociíto alegre sua vida, nem que seja por um minutinho. Que mal pode haver?

Fermín baixou os olhos, envergonhado.

— Faz quanto tempo que não fica com uma mulher do jeito que Deus manda?

— Nem me lembro mais.

Rociíto pegou sua mão e, puxando-o, arrastou Fermín escada acima até um quartinho minúsculo no qual havia apenas uma caminha e uma pia. O aposento tinha uma pequena varanda que dava para a praça. A moça fechou a cortina e num segundo tirou o vestido florido, por baixo do qual usava apenas a própria pele. Fermín contemplou aquele milagre da natureza e se deixou abraçar por um coração que era quase tão velho quanto o seu.

— Se o cavalheiro não quiser, não precisamos fazer nada, certo?

Rociíto deitou Fermín na cama e se estendeu a seu lado. Abraçou-o e acariciou seus cabelos.

— Pss, pss — sussurrava ela.

Com o rosto apoiado naquele peito de dezoito anos, Fermín caiu no choro.

* * *

Ao cair da tarde, quando Rociíto tinha que se apresentar para seu turno de trabalho, Fermín pegou o pedaço de papel com o endereço do advogado Brians, que Armando tinha lhe dado um ano antes, e resolveu ir a seu encontro. Rociíto insistiu em lhe emprestar uns trocados para que pudesse pagar a condução e tomar um café e o fez jurar de pés juntos que voltaria, nem que fosse para levá-la ao cinema ou à missa, pois era muito devota da Virgen del Carmen e gostava dos ofícios, sobretudo quando eram cantados. Rociíto desceu junto com ele e se despediu com um beijo nos lábios e um beliscão no traseiro.

— Gostoso! — disse quando ele partiu em direção aos arcos da praça.

Quando cruzou a praça de Cataluña, um novelo de nuvens carregadas começou a girar no céu e os bandos de pombos foram se abrigar nas árvores, esperando inquietos. Dava para sentir o cheiro de eletricidade no ar e as pessoas apertavam o passo até as bocas do metrô. Soprava um vento forte, que levantava uma maré de folhas secas do chão. Fermín se apressou, e quando chegou à rua Caspe o dilúvio tinha começado a cair.

8

O advogado Brians era jovem, tinha cara de estudante boêmio e um ar de quem se alimentava só de biscoitos salgados e café, cujo perfume dominava seu escritório. Junto ao cheiro de papel empoeirado. O escritório ficava num apartamentinho na cobertura do edifício que hospedava o Gran Teatro Tívoli, no final de um corredor sem luz. Brians ainda não tinha ido para casa quando Fermín chegou, às oito e meia da noite. Abriu a porta em mangas de camisa e, ao vê-lo, se limitou a balançar a cabeça e suspirar.

— Fermín, suponho. Martín me falou do senhor. Já estava começando a me perguntar quando passaria.

— Estive fora por um tempo.

— Claro. Entre, por favor.

Fermín foi atrás dele para o interior do cubículo.

— Que noite horrorosa, não? — perguntou o advogado, nervoso.

— É só água.

Fermín olhou ao redor e verificou que só havia uma cadeira à vista, que Brians lhe ofereceu, acomodando-se sobre uma pilha de livros de direito mercantil.

— Ainda não recebi a mobília.

Fermín avaliou que naquela salinha não cabia nem um apontador, mas preferiu ficar calado. Na mesa, havia um prato com um sanduíche de lombinho e uma cerveja. Um guardanapo de papel denunciava que a suntuosa refeição do advogado tinha vindo do bar lá embaixo.

— Estava começando a jantar. Posso convidá-lo? Seria um prazer.

— Coma, coma, os jovens precisam crescer e, além do mais, já jantei.

— Posso lhe oferecer alguma coisa? Um café?

— Se tiver um Sugus...

Brians remexeu numa gaveta onde poderia haver quase tudo, menos um caramelo Sugus.

— Pastilhas Juanola?

— Não precisa, obrigado.

— Com licença.

Brians deu uma dentada no sanduíche e mastigou com prazer. Fermín se perguntou qual dos dois tinha mais cara de morto de fome. Ao lado da escrivaninha, havia uma porta entreaberta que dava para um quarto, no qual entreviu uma cama dobrável ainda por fazer, um cabide com camisas amassadas e mais uma pilha de livros.

— Você mora aqui? — perguntou Fermín.

Era evidente que Isabella não tinha condições de custear um advogado de primeira linha para Martín. Brians seguiu o olhar de Fermín e deu um sorriso acanhado.

— Sim, temporariamente, é meu escritório e minha casa — respondeu ele, se esticando para fechar a porta do quarto. — Deve estar pensando que não tenho muita pinta de advogado. Posso garantir que não é o único: meu pai costuma dizer a mesma coisa.

— Não dê ouvidos a ele. Meu pai costumava dizer, a mim e a meus irmãos, que éramos um bando de inúteis e nunca íamos conseguir nada na vida. E aqui estou eu, mais firme que as Pirâmides. Vencer na vida com o apoio e a ajuda da família não tem nenhum mérito.

Brians concordou meio a contragosto.

— Visto assim... A verdade é que faz pouco tempo que me estabeleci por conta própria. Trabalhava num escritório de renome, logo depois da esquina, no Paseo de Gracia. Mas tivemos uma série de divergências. As coisas não têm sido fáceis desde então.

— Não me diga. Valls?

Brians fez que sim, despachando a cerveja em três goles.

— Desde o momento em que aceitei o caso do sr. Martín, ele não descansou enquanto não conseguiu que quase todos os clientes me deixassem e que a firma me despedisse. Os poucos que vieram comigo são os que não têm um centavo para pagar honorários.

— E a sra. Isabella?

O olhar do advogado murchou. Largou a cerveja na escrivaninha e olhou para Fermín, hesitante.

— Então não sabe?

— Não sei o quê?

— Isabella Sempere faleceu.

9

A tempestade desabava violenta sobre a cidade. Fermín segurava uma xícara de café, enquanto Brians, de pé diante da janela aberta, olhava a chuva açoitar os telhados do Ensanche e relatava os últimos dias de Isabella.

— Ficou doente de repente, sem explicação. Se a tivesse conhecido... Isabella era jovem, cheia de vida. Tinha uma saúde de ferro e sobreviveu às misérias da guerra. As coisas aconteceram, como se diz, num piscar de olhos. Na noite em que você conseguiu fugir do castelo, Isabella chegou em casa tarde. Quando o marido a encontrou estava encolhida no chão do banheiro, suando e com palpitações. Disse que estava se sentindo muito mal. Chamaram o médico, mas antes que chegasse, teve convulsões e vomitou sangue. O médico disse que era uma intoxicação e que devia fazer uma dieta rígida durante alguns dias, mas na manhã seguinte ela estava pior. O sr. Sempere enrolou a esposa numas mantas de lã e um vizinho taxista levou os dois para o hospital del Mar. Estava cheia de manchas escuras na pele, como chagas, e seu cabelo caía em tufos. Ficaram esperando cerca de duas horas no hospital e no final os médicos se negaram a examiná-la, porque havia outro paciente na sala, que ainda não tinha sido atendido e que declarou que conhecia Sempere, acusando-o de ter sido comunista ou alguma estupidez do tipo. Acho que era só para passar na sua frente. Uma enfermeira deu um xarope que, segundo ela, serviria para limpar o estômago, só que Isabella já não conseguia engolir mais nada. Sempere não sabia o que fazer. Levou-a para casa e começou a ligar para um médico atrás do outro. Ninguém sabia o que ela tinha. Um enfermeiro que era cliente habitual da livraria conhecia um médico que trabalhava no Clínico. Sempere a levou para lá.

No Clínico, disseram que podia ser cólera e que devia levá-la para casa, porque havia um surto e eles estavam saturados. Várias pessoas tinham morrido no bairro. Isabella piorava a cada dia. Delirava. O marido se desvelou e removeu céus e terras, mas ao cabo de alguns dias ela já estava tão fraca que não podia nem levá-la ao hospital. Morreu uma semana depois de ficar doente, no apartamento da rua Santa Ana, em cima da livraria...

Um longo silêncio caiu entre os dois, sem nenhuma companhia além do tamborilar da chuva e do eco dos trovões que se afastavam à medida que o vento diminuía.

— Já tinha se passado um mês, quando me contaram que ela tinha sido vista certa noite no café da Ópera, na frente do Liceo. Estava sentada com Mauricio Valls. Desobedecendo aos meus conselhos, Isabella resolveu ameaçá-lo, dizendo que ia revelar seu plano de obrigar Martín a reescrever uma de suas porcarias, com a qual pensava que ia ficar famoso e as medalhas iam começar a chover. Fui até lá investigar. O garçom lembrava que Valls tinha chegado primeiro, de carro, e que tinha pedido dois chás de camomila e mel.

Fermín avaliou as palavras do jovem advogado.

— Acha que Valls envenenou Isabella?

— Não tenho provas, mas quanto mais penso, mais me convenço. Só pode ter sido Valls.

Fermín deslizou os olhos pelo chão.

— O sr. Martín sabe?

Brians negou.

— Não. Depois da fuga, Valls ordenou que Martín fosse confinado na cela de isolamento de uma das torres.

— E o dr. Sanahuja? Não colocaram os dois juntos?

Brians suspirou, derrotado.

— Sanahuja foi submetido a um conselho de guerra, por traição. Foi fuzilado duas semanas depois.

Um longo silêncio inundou a sala. Fermín levantou e começou a caminhar em círculos, agitado.

— E por que ninguém me procurou? Afinal, sou a causa de tudo...

— Você não existe mais. Para evitar a humilhação diante de seus superiores e a provável ruína de sua promissora carreira no regime, Valls fez a patrulha que foi atrás de você jurar que tinha conseguido atingi-lo com um tiro quando tentava fugir pela encosta do Montjuic e que seu corpo foi jogado na fossa comum.

Fermín sentiu o sabor do ódio nos lábios.

— Olhe, tenho vontade de aparecer agora mesmo no Governo Militar e dizer "sou eu, olhe aqui os meus colhões". Queria ver como Valls ia explicar minha ressurreição.

— Não diga bobagem. Não ia resolver nada com isso. A única coisa que conseguiria é ser levado para a carretera de las Aguas e levar um tiro na nuca. Essa corja não vale o sacrifício.

Fermín fez que sim, mas a vergonha e a culpa o estavam devorando por dentro.

— E Martín? O que vai ser dele?

Brians deu de ombros.

— Tudo o que sei é confidencial. Não pode sair dessas quatro paredes. Um dos carcereiros do castelo, um Bebo, me deve mais do que um ou dois favores: iam matar seu irmão, mas consegui que a pena fosse comutada para dez anos numa prisão em Valência. Bebo é um bom homem e me conta tudo o que vê e ouve no castelo. Valls não permite que visite Martín, mas acabei sabendo por Bebo que ele está vivo e que Valls o mantém trancado na torre, vigiado vinte e quatro horas por dia. Mandou que lhe dessem papel e caneta. Bebo contou que Martín está escrevendo.

— O quê?

— Sei lá. Valls pensa, pelo menos é o que Bebo diz, que Martín está redigindo o romance que ele encomendou, baseado em suas notas. Mas parece que Martín, que nós dois sabemos que não está nada bem da cabeça, está escrevendo outro livro. Às vezes, repete o que escreve em voz alta ou fica andando pela cela, recitando trechos de diálogos e frases inteiras. Bebo faz o turno da noite perto de sua cela e, quando pode, leva cigarros e torrões de açúcar que são, aliás, a única coisa que ele come. Martín por acaso já mencionou uma coisa chamada *O jogo do anjo*?

Fermín negou.

— É o título do tal livro?

— É o que Bebo diz. Pelo que conseguiu entender, baseado nas palavras de Martín e no que ouve quando ele recita em voz alta, trata-se de uma espécie de autobiografia ou confissão... Se quiser saber minha opinião, Martín percebeu que está perdendo o juízo e está tentando colocar no papel tudo o que consegue lembrar, antes que seja tarde demais. É como se estivesse escrevendo uma carta a si mesmo, para saber quem é...

— E o que vai acontecer quando Valls descobrir que ele não deu a menor importância às suas ordens?

O advogado Brians lhe devolveu um olhar fúnebre.

10

Quando parou de chover, era quase meia-noite. Da cobertura do dr. Brians, Barcelona oferecia um panorama inóspito, sob um céu de nuvens baixas que se arrastavam sobre os telhados.

— Tem para onde ir, Fermín? — perguntou Brians.

— Tenho uma oferta tentadora para me estabelecer como amante e guarda-costas de uma moça de vida meio alegre, mas de bom coração, e com uma carroceria de tirar o fôlego. Mas não sirvo para o papel de gigolô de mulher alguma, nem que seja a Vênus de Jerez.

— Não gosto nem um pouco da ideia de vê-lo na rua, Fermín. É perigoso. Pode ficar aqui o tempo que quiser.

Fermín olhou ao redor.

— Sei muito bem que não é o Hotel Colón, mas tenho uma cama dobrável aí atrás e não ronco. Na verdade, ia até gostar de ter companhia.

— Não tem namorada?

— Minha namorada era filha do sócio-fundador do escritório que me despediu graças aos esforços de Valls e companhia.

— Essa história de Martín está lhe custando caro. Voto de castidade e de pobreza.

Brians sorriu.

— Dê-me uma causa perdida e me fará feliz.

— Bem, vou aceitar sua oferta. Mas só se me permitir ajudar e contribuir. Posso limpar, organizar, datilografar, cozinhar, oferecer assessoria e serviços de pesquisa e vigilância. E se, num momento de fraqueza, estiver num aperto e precisar diminuir a pressão, tenho certeza de que poderei facilitar, através de minha amiga Rociíto, os serviços de uma profissional que vai deixá-lo novinho em folha: na juventude, é preciso estar atento para evitar que uma sobrecarga de líquidos seminais lhe suba à cabeça, porque depois complica.

Brians estendeu a mão.

— Negócio feito. Está contratado como secretário-adjunto do escritório Brians y Brians, o defensor dos falidos.

— Não me chamo Fermín se até o final da semana não lhe trouxer pelo menos um cliente que pague em moeda corrente e adiantado.

Foi assim que Fermín Romero de Torres se instalou temporariamente no minúsculo escritório do advogado Brians e deu início ao trabalho, organizando, limpando e atualizando todos os dossiês, pastas e casos em aberto. Em dois dias, o escritório parecia ter triplicado de tamanho, graças às artes de Fermín, que o deixou brilhando feito novo. Fermín passava a maior parte do dia lá dentro, mas destinava um par de horas a certas expedições, das quais voltava com flores roubadas do hall do teatro Tívoli, um pouco de café, que conseguia levando a garçonete do bar embaixo do prédio na conversa, e artigos finos do armazém Quílez, anotados na conta do escritório, enviada a Brians, de quem Fermín dizia ser o novo moço de recados.

— Esse presunto está de se comer rezando, Fermín, de onde ele surgiu?

— Coma um presunto de tanta qualidade assim e verá a luz.

Pela manhã, revisava todos os casos de Brians e passava suas notas a limpo. À tarde, pegava o telefone e, com o catálogo na mão, corria atrás de clientes com suposto potencial financeiro. Quando farejava alguma possibilidade, concluía o contato com uma visita em domicílio. De um total de cinquenta ligações, dez se transformaram em consultas e três em novos clientes para Brians.

O primeiro era uma viúva em litígio com uma companhia de seguros que se recusava a pagar o devido pelo falecimento do marido, alegando que a parada cardíaca que o matou depois de um lautíssimo banquete de lagostins no Las Siete Puertas era um caso de suicídio não previsto na apólice. O segundo, um taxidermista contra um toureiro aposentado que mandou empalhar o touro bravo de quinhentos quilos que tinha acabado com sua carreira nas touradas, mas que, depois do trabalho feito, se recusava a levá-lo e pagar porque, segundo ele, os olhos de vidro colocados pelo empalhador davam ao animal um ar endiabrado que, aliás, fez o ex-toureiro sair correndo do estabelecimento aos gritos de "Arrenega, tinhoso! Isola!". E o terceiro, um alfaiate da Ronda San Pedro que teve cinco molares perfeitos, sem nenhuma cárie, arrancados por um dentista sem diploma. Eram casos sem importância, mas todos os clientes tinham pagado um sinal e assinado um contrato.

— Vou lhe dar um salário, Fermín.

— Nem pensar.

Fermín se negou a aceitar qualquer pagamento por seus bons ofícios, exceto pequenos empréstimos ocasionais, aos domingos, para levar Rociíto ao cinema, ao La Paloma para dançar ou ao parque de diversões do Tibidabo onde, na casa dos espelhos, a moça sapecou um chupão em seu pescoço que ardeu durante uma semana, e onde, aproveitando um dia em que eram os únicos passageiros do aviãozinho de opereta que sobrevoava em círculos o céu em miniatura de Barcelona, Fermín recuperou o pleno exercício e gozo de sua hombridade, depois de uma longa temporada afastado do cenário das urgências do amor.

Um dia, apalpando as belezas de Rociíto no alto da roda-gigante do parque, Fermín pensou consigo que, contra todas as expectativas, aqueles eram, afinal, bons tempos. E sentiu medo, pois sabia que não iam durar e que aquelas gotas de paz e felicidade roubadas iam se evaporar primeiro que a juventude da carne e dos olhos de Rociíto.

11

Naquela mesma noite, ficou sentado no escritório esperando que Brians voltasse de suas rondas por tribunais, gabinetes, procuradorias, prisões e dos mil e um rapapés que era obrigado a fazer para obter informações. Eram quase onze da noite quando ouviu os passos do jovem advogado aproximando-se pelo corredor. Abriu a porta para ele e Brians entrou arrastando os pés e a alma, mais abatido do que nunca. Desabou num canto e levou as mãos à cabeça.

— O que houve, Brians?

— Estou vindo do castelo.

— Boas notícias?

— Valls se negou a me receber. Eles me deixaram quatro horas esperando e depois disseram que sumisse dali. Revogaram a permissão de visitas e a autorização para entrar no recinto.

— Conseguiu ver Martín?

Brians negou.

— Não estava lá.

Fermín olhou sem entender. Brians permaneceu em silêncio por alguns segundos, procurando as palavras.

— Estava saindo quando Bebo veio atrás de mim e contou o que sabia. Foi há duas semanas. Na época, Martín andava escrevendo como um possesso, dia e noite, sem parar nem para dormir. Valls farejou alguma coisa estranha e mandou que Bebo confiscasse as páginas que Martín já tinha escrito. Foram necessários três guardas para imobilizá-lo e arrancar o manuscrito. Tinha redigido mais de quinhentas páginas em menos de dois meses.

Bebo entregou as folhas a Valls e parece que ele ficou irritado assim que começou a ler.

— Imagino que não fosse bem o que esperava...

Brians negou.

— Valls ficou lendo a noite inteira e de manhã subiu até a torre escoltado por quatro de seus homens. Mandou que algemassem pés e mãos de Martín e em seguida entrou na cela. Bebo ficou ouvindo por uma fresta da porta e captou parte da conversa. Valls estava furioso. Disse que estava muito decepcionado, que tinha lhe dado as sementes de uma obra-prima e que ele, ingrato, em vez de seguir suas instruções tinha escrito aquele disparate sem pé nem cabeça. "Isso não é o livro que esperava de você, Martín", repetia Valls sem cessar.

— E Martín, o que respondeu?

— Nada, simplesmente ignorou, como se não estivesse lá. O que foi deixando Valls cada vez mais furioso. Bebo ouviu quando começou a bater e esbofetear Martín, que não deixou escapar um gemido. Quando Valls cansou de espancar e insultar sem que Martín se desse nem ao trabalho de falar com ele, Bebo diz que Valls tirou uma carta do bolso, uma carta que o sr. Sempere tinha enviado para Martín havia alguns meses e que tinha sido confiscada. Dentro da carta, havia um bilhete que Isabella escrevera para Martín em seu leito de morte...

— Filho de uma égua....

— Valls o deixou lá, trancado com aquela carta porque sabia que nada ia doer mais do que saber que Isabella tinha morrido... Bebo contou que, quando Valls se foi, Martín leu a carta e começou a gritar. Passou a noite inteira aos gritos, batendo nas paredes e na porta de ferro com as mãos e a cabeça...

Brians ergueu os olhos e Fermín se ajoelhou na frente dele e colocou a mão em seu ombro.

— Você está bem, Brians?

— Sou o advogado dele — disse com voz trêmula. — Supõe-se que devia protegê-lo e tirá-lo de lá...

— Fez tudo o que podia, Brians. E Martín sabe disso.

Brians negou baixinho.

— Ainda não acabou — disse. — Bebo contou que, como Valls proibiu que lhe dessem mais papel e tinta, Martín começou a escrever no verso das folhas que ele atirou em sua cara. Na falta de tinta, cortava as mãos e os braços e usava seu próprio sangue...

"Bebo tentou falar com ele, acalmá-lo... Não aceitava nem os cigarros e os torrões de açúcar de que tanto gostava... Na verdade, nem se dava conta de sua presença. Bebo acha que, ao receber a notícia da morte de Isabella, Martín perdeu completamente o juízo e passou a viver no inferno que tinha construído em sua mente... Gritava muito durante a noite, todos podiam ouvir. Começaram a circular rumores entre os visitantes, os presos e o pessoal da prisão. Valls começou a ficar nervoso. Finalmente, ordenou que seus pistoleiros o levassem durante a noite..."

Fermín engoliu em seco.

— Para onde?

— Bebo não tem certeza. Pelo que pôde ouvir, acha que foi para um casarão abandonado, junto do parque Güell... Dizem que é um local que foi usado, durante a guerra, para matar uma quantidade de presos, cujos corpos foram enterrados no jardim... Quando os pistoleiros voltaram, disseram a Valls que estava tudo resolvido, mas Bebo disse que, naquela mesma noite, ouviu uma conversa entre eles e parece que a história não era bem assim. Algo tinha acontecido na tal casa. Disseram que havia mais alguém lá.

— Alguém?

Brians deu de ombros.

— Então David Martín está vivo?

— Não sei, Fermín. Ninguém sabe.

12

Barcelona, 1957

Fermín falava num fio de voz, o olhar muito abatido. Invocar aquelas lembranças parecia tê-lo deixado exausto, mal conseguia se sustentar na cadeira. Servi um último copo de vinho e vi quando secou as lágrimas com as mãos. Estendi o guardanapo, mas ele ignorou. O resto dos clientes do Can Lluís já tinha ido para casa havia algum tempo e supus que já passava da meia-noite, mas ninguém tinha aparecido para dizer nada, nos deixando à vontade na sala. Fermín olhava para mim, esgotado, como se o fato de revelar segredos guardados durante tantos anos tivesse arrancado até sua vontade de viver.

— Fermín...

— Já sei o que vai perguntar. A resposta é não.

— Fermín, David Martín é meu pai?

Fermín olhou para mim com severidade.

— Seu pai é o sr. Sempere, Daniel. Nunca duvide disso. Nunca.

Fiz que sim, Fermín ficou imóvel na cadeira, ausente, com o olhar perdido em lugar nenhum.

— E você, Fermín? O que aconteceu com você?

Fermín demorou a responder, como se aquela parte não tivesse importância alguma.

— Voltei para a rua. Não podia ficar ali, com Brians. Também não conseguiria ficar com Rociíto, nem com ninguém...

Fermín deixou o relato no ar e tratei de retomá-lo em seu lugar.

— Voltou para a rua, um mendigo sem nome, sem nada nem ninguém nesse mundo, um homem que todos tomavam por louco e cujo desejo era apenas morrer, se não fosse pela promessa que tinha feito...

— Prometi a Martín que cuidaria de Isabella e de seu filho... de você. Mas fui um covarde, Daniel. Fiquei tanto tempo escondido, tinha tanto medo de voltar que quando finalmente me decidi, sua mãe já não existia mais...

— Foi por isso que o encontrei aquela noite na plaza Real? Não foi por acaso? Há quanto tempo você me seguia?

— Meses. Anos...

Imaginei Fermín me seguindo quando era pequeno e ia para a escola, quando brincava no parque de la Ciudadela, quando parava com meu pai diante da vitrine para admirar a caneta que eu acreditava piamente que tinha pertencido a Victor Hugo, quando me sentava na plaza Real e lia para Clara, acariciando-a com os olhos quando pensava que ninguém me via. Um mendigo, uma sombra, uma figura na qual ninguém reparava e que os olhares faziam questão de evitar. Fermín, meu protetor, meu amigo.

— E por que não me contou a verdade mais tarde?

— No começo, era o que pretendia fazer, mas não demorei para perceber que ia lhe fazer mais mal que bem e que nada poderia mudar o passado. Então resolvi esconder a verdade, achando que era melhor que se parecesse mais com seu pai do que comigo.

Mergulhamos num longo silêncio, no qual trocamos olhares furtivos, sem saber o que dizer.

— Onde está Valls? — perguntei afinal.

— Nem pensar — cortou Fermín.

— Onde está ele agora? — perguntei de novo. — Se não me disser, vou descobrir sozinho.

— Para fazer o quê? Vai bater na porta de sua casa para matá-lo?

— E por que não?

Fermín riu com amargura.

— Porque você tem mulher e filho, porque tem uma vida e gente que lhe quer bem e a quem pode amar; porque você tem tudo, Daniel.

— Tudo menos minha mãe.

— A vingança não trará sua mãe de volta, Daniel.

— Falar é fácil. Ninguém assassinou a sua...

Fermín ia dizer alguma coisa, mas mordeu a língua.

— Por que acha que seu pai nunca lhe falou da guerra, Daniel? Pensa por acaso que ele não tem ideia do que aconteceu?

— Se tem, por que ficou calado? Por que não fez nada?

— Por você, Daniel. Por você. Seu pai, assim como muita gente que teve que viver naqueles anos, engoliu tudo e calou. Porque não tinham mais estômago, para nenhum partido, da cor que fosse. Você cruza com eles na rua todos os dias, mas não os vê. Apodreceram em vida carregando essa dor durante todos esses anos para que você e outros como você pudessem viver. Não pense em julgar seu pai. Você não tem esse direito.

Senti como se meu melhor amigo tivesse me dado um soco na boca.

— Não fique chateado comigo, Fermín...

Fermín negou.

— Não estou chateado.

— Só quero entender melhor tudo isso. Preciso fazer uma pergunta. Uma só.

— Sobre Valls? Não.

— Só uma pergunta, Fermín. Juro. Se não quiser, basta não responder.

Fermín concordou meio a contragosto.

— Esse Mauricio Valls é o mesmo Valls que estou pensando?

Fermín fez que sim.

— Ele mesmo. O que foi ministro da Cultura há uns quatro ou cinco anos. O que saía na imprensa dia sim, dia não. O grande Mauricio Valls: autor, editor, pensador, messias revelado da intelectualidade nacional. Esse Valls — disse Fermín.

Compreendi então que já tinha visto a cara daquele sujeito mil vezes em jornais e revistas, que já tinha ouvido e visto seu nome impresso nas lombadas de alguns livros que tínhamos na livraria. Até aquela noite, o nome de Mauricio Valls era mais um naquele desfile de figuras públicas que fazem parte de uma paisagem desbotada à qual ninguém presta atenção, mas que está sempre lá. Até aquela noite, se alguém me perguntasse quem era Mauricio Valls, teria respondido que era um personagem vagamente familiar, uma figura destacada daqueles anos miseráveis, à qual nunca dei importância. Até aquela noite, nunca tinha me passado pela cabeça que algum dia aquele nome, aquele rosto, seriam para sempre o nome e o rosto do homem que assassinou minha mãe.

— Mas... — protestei.

— Mas nada. Só uma pergunta, você disse, e já respondi.

— Não pode me deixar assim, Fermín...

— Ouça bem, Daniel.

Fermín me olhou nos olhos e agarrou meu punho.

— Juro que quando chegar a hora, eu mesmo vou ajudá-lo a encontrar esse filho da puta, nem que seja a última coisa que faça na vida. Então, ajustaremos nossas contas com ele. Mas agora não. E não assim.

Olhei para ele, hesitante.

— Prometa que não vai fazer nenhuma bobagem, Daniel. Que vai esperar o momento certo.

Abaixei os olhos.

— Não pode me pedir isso, Fermín.

— Posso e devo.

Finalmente, concordei, e Fermín soltou meu braço.

13

Quando cheguei em casa eram quase duas da madrugada. Ia entrar na portaria, quando percebi que havia luz no interior da livraria, um brilho fraco por trás da cortina do fundo da loja. Entrei pela porta que dava para o hall do edifício e encontrei meu pai sentado diante da escrivaninha, saboreando o primeiro cigarro que o vi fumar em toda a minha vida. Diante dele, na mesa, havia um envelope aberto e uma carta. Peguei uma cadeira e sentei diante dele. Meu pai me olhava em silêncio, impenetrável.

— Boas notícias? — perguntei, apontando a carta.

Meu pai estendeu as folhas escritas.

— É de sua tia Laura, a de Nápoles.

— Tenho uma tia em Nápoles?

— Irmã de sua mãe; foi viver na Itália com a família materna no ano em que você nasceu.

Concordei, meio ausente. Não me lembrava dela e só conseguia localizar seu nome entre os estranhos que compareceram ao enterro de minha mãe, anos atrás, e que nunca mais tinha visto.

— Diz que tem uma filha que vem estudar em Barcelona e pergunta se pode ficar aqui por uma temporada. É uma tal de Sofia.

— É a primeira vez que ouço falar dela — respondi.

— Então somos dois.

A ideia de meu pai dividindo apartamento com uma adolescente desconhecida não parecia muito promissora.

— E o que vai dizer?

Meu pai deu de ombros, indiferente.

— Não sei, mas preciso responder alguma coisa.

Ficamos em silêncio quase um minuto, olhando-nos sem coragem de falar do assunto que realmente ocupava nossos pensamentos e não da visita de uma prima distante.

— Suponho que você estava com Fermín — disse meu pai, por fim. Confirmei.

— Fomos jantar no Can Lluís. Fermín comeu até os guardanapos. Na entrada, encontramos o professor Albuquerque jantando. Disse a ele que precisava aparecer na livraria.

O som de minha própria voz recitando banalidades tinha um eco acusador. Meu pai me observava, tenso.

— Ele contou o que há com ele?

— Acho que está nervoso, por causa do casamento e de todas essas coisas que ele não engole direito.

— Só isso?

Um bom mentiroso sabe que a melhor mentira é sempre a verdade menos a peça-chave que se pretende ocultar.

— Bem, Fermín me contou coisas dos velhos tempos, de quando esteve preso e tudo o mais.

— Imagino que deve ter falado do advogado Brians. O que foi que contou?

Não sabia com certeza o que meu pai sabia ou suspeitava e resolvi ir com cuidado.

— Contou que esteve preso no castelo de Montjuic e que conseguiu fugir graças à ajuda de um homem chamado David Martín... Parece que o senhor também o conhece.

Meu pai guardou um longo silêncio.

— Diante de mim, nunca ninguém se atreveu a dizer nada, mas sei que na época tinha gente que pensava, e ainda pensa agora, que sua mãe estava apaixonada por Martín — disse ele, com um sorriso tão triste que adivinhei que meu pai também fazia parte desse grupo.

Ele tinha o hábito de certas pessoas que sorriem exageradamente quando querem reprimir o choro.

— Sua mãe era uma boa mulher. E uma boa esposa. Não gostaria que começasse a pensar coisas estranhas a seu respeito por causa das histórias de Fermín. Ele não a conheceu. Eu sim.

— Fermín não insinuou nada — menti. — Disse apenas que mamãe e Martín eram ligados por uma grande amizade e que ela tentou ajudá-lo a sair da prisão, contratando esse advogado, Brians.

— Imagino que também falou daquele homem, Valls...

Hesitei antes de confirmar. Meu pai reconheceu a desolação em meu olhos e balançou a cabeça, desaprovando.

— Sua mãe morreu de cólera, Daniel. Brians, nunca vou entender por que, insistiu em acusar esse homem, um burocrata com delírios de grandeza, de um crime do qual nunca teve indícios nem provas.

Não falei nada.

— Precisa tirar essa ideia da cabeça. Quero que me prometa que não vai mais pensar nisso.

Fiquei em silêncio, imaginando se meu pai era tão ingênuo quanto parecia ou se a dor daquela perda o deixou cego, empurrando-o para a covardia dos sobreviventes. Recordei as palavras de Fermín e pensei que nem eu nem ninguém tinha o direito de julgá-lo.

— Prometa que não vai fazer nenhuma loucura, nem procurar esse homem — insistiu ele.

Concordei sem muita convicção. Ele agarrou meu braço.

— Jure. Pela memória de sua mãe.

Senti uma dor atravessar meu rosto e percebi que estava apertando os dentes com tanta força que estavam a ponto de quebrar. Desviei os olhos, mas meu pai não me soltou. Encarei-o nos olhos e até o último momento pensei que podia mentir.

— Juro pela memória de minha mãe que, enquanto você viver, não farei nada.

— Não foi o que pedi.

— É tudo o que posso lhe dar.

Meu pai mergulhou a cabeça nas mãos e respirou profundamente.

— Na noite em que sua mãe morreu, lá em cima, no apartamento...

— Lembro perfeitamente.

— Tinha cinco anos...

— Quatro anos e seis meses.

— Naquela noite, Isabella me pediu que nunca lhe contasse o que tinha acontecido. Estava convencida de que era melhor assim.

Era a primeira vez que o ouvia referir-se a minha mãe pelo nome de batismo.

— Já sei, papai.

Ele me olhou nos olhos.

— Perdoe-me — murmurou.

Sustentei o olhar de meu pai, que às vezes parecia envelhecer um pouco mais cada vez que olhava para mim e recordava. Levantei e fui abraçá-lo em silêncio. Ele me apertou com força e, quando começou a chorar, a raiva e a dor que tinha enterrado na alma durante todos aqueles anos jorraram como sangue, aos borbotões. De repente, sem poder explicar direito, eu soube que meu pai tinha começado, lenta e inexoravelmente, a morrer.

Quarta parte

SUSPEITA

1

Barcelona, 1957

A claridade do amanhecer me surpreendeu na soleira da porta do quarto do pequeno Julián que, por uma vez, dormia longe de tudo e de todos com um sorriso nos lábios. Ouvi os passos de Bea se aproximando pelo corredor e senti suas mãos em minhas costas.

— Há quanto tempo está aqui? — perguntou.

— Um pouco.

— Fazendo o quê?

— Olhando para ele.

Bea foi até o berço de Julián e se inclinou para beijar sua testa.

— A que horas chegou ontem?

Não respondi.

— Como está Fermín?

— Vai levando.

— E você?

Sorri sem vontade.

— Não vai me contar?

— Outro dia.

— Pensei que não havia segredos entre nós — disse Bea.

— Eu também.

Olhou para mim com estranheza.

— O que está querendo dizer, Daniel?

— Nada. Não estou querendo dizer nada. Estou muito cansado. Vamos deitar?

Bea pegou minha mão e me levou até o quarto. Deitamos na cama e me abracei nela.

— Sonhei com sua mãe essa noite — disse Bea. — Com Isabella.

O som da chuva começou a arranhar as vidraças.

— Eu era pequena e ela me levava pela mão. Estávamos numa casa muito grande e muito antiga, com salões enormes, um piano de cauda e um corredor que dava para um jardim com um laguinho. Na beira do laguinho, havia um menino igual a Julián, mas eu sabia que na verdade era você, não me pergunte como. Isabela ajoelhava a meu lado e me perguntava se podia vê-lo. Você estava brincando na água com um barquinho de papel. Respondi que sim. Então, ela me pediu que cuidasse de você. Que cuidasse de você para sempre porque ela estava indo para muito longe.

Ficamos em silêncio, ouvindo a chuva tamborilar por um longo tempo.

— O que Fermín disse ontem à noite?

— A verdade — respondi. — Ele me contou a verdade.

Bea ouvia em silêncio, enquanto eu tentava reproduzir a história de Fermín. No começo, senti a raiva crescer novamente dentro de mim, mas à medida que avançava na história, fui invadido por uma tristeza profunda e uma grande desesperança. Tudo aquilo era muito novo para mim e ainda não sabia como fazer para conviver com os segredos e as implicações do que Fermín tinha revelado. Os fatos tinham ocorrido havia quase vinte anos e o tempo me condenou ao papel de simples espectador num espetáculo que acabaria tecendo os fios do meu destino.

Quando terminei, percebi que Bea me olhava com os olhos cheios de preocupação e inquietude. Não era difícil adivinhar o que estava pensando.

— Prometi a meu pai que, enquanto ele viver, não vou procurar esse homem, Valls, nem fazer nada — acrescentei para tranquilizá-la.

— Enquanto *ele* viver? E depois? Não pensou em nós? Em Julián?

— Claro que pensei. Não precisa se preocupar — menti. — Depois da conversa com meu pai, compreendi que tudo isso aconteceu há muito tempo e não há nada que se possa fazer para mudar os fatos.

Bea parecia pouco convencida de minha sinceridade.

— É verdade — menti de novo.

Ela sustentou meu olhar por algum tempo, mas aquelas eram as palavras que queria ouvir e acabou sucumbindo à tentação de acreditar nelas.

2

Naquela mesma tarde, enquanto a chuva continuava a açoitar as ruas desertas e encharcadas, a silhueta sinistra e carcomida de Sebastián Salgado se desenhou na porta da livraria. Estava nos observando através da vitrine, com aquele seu ar inconfundível de ave de rapina e as luzes do presépio iluminando seu rosto. Usava o mesmo terno velho da primeira visita, ensopado. Fui até a porta e abri.

— Lindo, o presépio — disse ele.

— Não vai entrar?

Segurei a porta e Salgado entrou mancando. Deu alguns passos e parou, apoiado na bengala. Atrás do balcão, Fermín olhava para ele com receio. Salgado sorriu.

— Quanto tempo, Fermín — entoou.

— Achei que tinha morrido — replicou Fermín.

— Pensei o mesmo de você, como todo mundo. Foi, aliás, o que nos contaram: que foi pego tentando escapar e morto com um tiro.

— Pois podem tirar o cavalinho da chuva.

— Se quer saber a verdade, sempre tive esperança de que tivesse escapado. Sabe como é, vaso ruim...

— Muito comovente, Salgado. Quando saiu?

— Mais ou menos um mês.

— Não vai me dizer que foi solto por bom comportamento — disse Fermín.

— Acho que cansaram de esperar que eu morresse. Sabe que me deram o indulto? Tenho o documento assinado por Franco em pessoa.

— Imagino que deve ter mandado emoldurar.

— Pendurei num lugar de honra: em cima da privada, caso acabe o papel.

Salgado se aproximou mais um pouco do balcão e apontou para uma cadeira que estava no canto.

— Poderia me sentar ali? Ainda não estou acostumado a caminhar mais de dez metros em linha reta e me canso com facilidade.

— É toda sua — convidei.

Salgado desmoronou na cadeira e respirou fundo, massageando o joelho. Fermín olhava para ele como quem observa uma ratazana que acaba de aparecer na borda da privada.

— É engraçado que justamente aquele que todo mundo achava que ia ser o primeiro a empacotar tenha sido o último... Sabe o que me manteve vivo todos esses anos, Fermín?

— Se não o conhecesse tão bem, diria que foi a dieta mediterrânea e o ar do mar.

Salgado soltou um arremedo de riso, que em seu caso soava como uma tosse rouca de bronquite, bem próxima do estertor.

— Vejo que continua o mesmo, Fermín. Por isso simpatizava tanto com você. Que tempos, aqueles. Mas também não quero aborrecê-los com minhas aventuras, sobretudo o rapaz: essa geração não se interessa pelo que houve conosco. O negócio deles é o charleston ou que nome tenha agora. Mas vamos falar dos nossos negócios?

— É só falar.

— Quem tem que falar é você, Fermín. Eu já disse tudo o que tinha a dizer. Vai me dar o que me deve? Ou vamos organizar um escândalo que não lhe convém nem um pouco?

Fermín permaneceu impassível durante alguns instantes, que nos deixaram num silêncio incômodo. Salgado continuou com os olhos cravados em cima dele e parecia prestes a cuspir veneno. Fermín lançou um olhar que não consegui decifrar e suspirou abatido.

— Você ganhou, Salgado.

Fermín extraiu um pequeno objeto do bolso e entregou a ele. Uma chave. *A chave*. Os olhos de Salgado se acenderam como os de uma criança. Levantou e lentamente se aproximou de Fermín. Pegou a chave com a única mão que lhe restava, tremendo de emoção.

— Se planeja enfiá-la de novo por via retal, peço encarecidamente que procure o reservado, pois estamos num ambiente familiar e aberto ao público — alertou Fermín.

Salgado, que tinha recuperado a cor e a energia da primeira juventude, se desfez num sorriso de infinita satisfação.

— Bem pensado, no fundo você me fez o maior favor da minha vida guardando essa chave por todos esses anos — declarou.

— Para isso servem os amigos — replicou Fermín. — Vá com Deus e não hesite em não me procurar nunca mais.

Salgado sorriu e piscou o olho. Caminhou até a saída, já perdido em seus devaneios. Antes de sair para a rua, se voltou um instante e levantou a mão numa saudação conciliadora.

— Desejo-lhe sorte e uma longa vida, Fermín. Fique sossegado, seu segredo está a salvo.

Vimos quando se afastou sob a chuva, um velho que parecia à beira da morte, mas que, naquele momento, com certeza não sentia nem as frias gotas da chuva no rosto nem os anos de prisão e miséria que carregava no sangue. Olhei para Fermín, que parecia cravado no chão, pálido e perturbado com a visão do antigo companheiro de cela.

— Vamos deixar que vá embora assim, sem mais nem menos? — perguntei.

— Tem algum plano melhor?

3

Transcorrido o proverbial minuto de prudência, saímos para a rua armados com nossas respectivas capas escuras e um guarda-chuva do tamanho de uma barraca de praia que Fermín tinha comprado num bazar do porto, com a ideia de usá-lo tanto no inverno quanto no verão para seus feriados com Bernarda à praia da Barceloneta.

— Fermín, esse trambolho chama mais atenção que um chapéu de melancia — avisei.

— Pode ficar sossegado que aquele desgraçado só consegue ver uma chuva de moedas de ouro caindo do céu — respondeu Fermín.

Salgado tinha cerca de uma centena de metros de vantagem e coxeava apressado pela rua Condal, sob a chuva. Encurtamos um pouco a distância, justo em tempo de vê-lo pegar um bonde que subia pela Via Layetana. Fechando o guarda-chuva sem parar de andar, começamos a correr e milagrosamente conseguimos saltar no estribo. Na melhor tradição da época fizemos o trajeto pendurados na parte de trás do bonde. Salgado tinha encontrado um lugar na frente, cedido por um bom samaritano que não sabia com quem estava lidando.

— Essa é a parte boa de ficar velho — comentou Fermín. — Ninguém se lembra do quanto você foi escroto.

O bonde seguiu pela rua Trafalgar até chegar ao Arco do Triunfo. Esticamos o pescoço e comprovamos que Salgado continuava em seu lugar. O cobrador, um sujeito pendurado num bigode prodigioso, nos observava com as sobrancelhas franzidas.

— Não pensem que vou fazer desconto só porque estão balançando aí, estou de olho em vocês desde que subiram.

— Ninguém mais valoriza o realismo social — murmurou Fermín. — Que país!

Estendemos algumas moedas e ele entregou as passagens. Já estávamos pensando que Salgado tinha adormecido, quando o bonde pegou o caminho que levava à estação do Norte e ele levantou e puxou o fio da campainha para descer. Aproveitando que o motorneiro começou a frear, saltamos diante do edifício modernista que abrigava os escritórios da companhia hidroelétrica e seguimos o bonde a pé até o ponto. Vimos Salgado descer ajudado por dois passageiros e caminhar para a estação.

— Está pensando o mesmo que eu? — perguntei.

Fermín fez que sim. Seguimos Salgado até o grande vestíbulo da estação, tentando nos esconder, ou tornando nossa presença dolorosamente evidente, atrás do gigantesco guarda-chuva de Fermín. Uma vez lá dentro, Salgado se aproximou de uma fileira de pequenos armários metálicos alinhada junto a uma das paredes, como um cemitério em miniatura. Sentamos num banco que ficava na penumbra. Salgado estava parado diante da infinidade de armários e olhava para eles, meditando.

— Será que esqueceu onde guardou o tesouro? — perguntei.

— Imagine se ia esquecer. Está esperando por isso há vinte anos. Está saboreando o momento.

— Se é o que você acha... Eu aposto que esqueceu.

Ficamos ali, observando e esperando.

— Você nunca me disse onde escondeu a chave quando escapou do castelo... — arrisquei.

Fermín lançou um olhar hostil.

— Não tenho a menor intenção de tocar nesse assunto, Daniel.

— Esqueça.

A espera se prolongou por mais alguns minutos.

— No mínimo ele tem um cúmplice... — comentei — e está esperando por ele.

— Salgado não é homem de repartir.

— Talvez exista alguém que...

— Psiu — fez Fermín, apontando para Salgado, que finalmente se movia.

O velho se aproximou de um dos armários e pousou a mão sobre a porta de metal. Pegou a chave e a introduziu na fechadura. Abriu a portinhola e examinou o compartimento. Nesse instante, dois policiais da Guarda Civil dobraram a esquina, vindos das plataformas e se aproximaram do armário de onde Salgado tentava extrair alguma coisa.

— Ai, ai, ai... — murmurei.

Salgado virou e cumprimentou os guardas. Trocaram algumas palavras e um deles retirou uma maleta do armário, deixando-a no chão, aos pés de Salgado. O ladrão agradeceu efusivamente e a dupla, cumprimentando com um toque na aba do chapéu, continuou sua ronda.

— Viva a Espanha! — murmurou Fermín.

Salgado pegou a maleta e arrastou até outro banco que ficava no extremo oposto ao nosso.

— Não vai abrir aqui, vai? — perguntei.

— Precisa checar se está tudo lá — replicou Fermín. — Esse canalha teve que suportar muitos anos de sofrimento para recuperar seu tesouro.

Salgado olhou ao redor uma e outra vez para garantir que não havia ninguém por perto e afinal se decidiu. Vimos quando abriu a maleta alguns poucos centímetros e espiou lá dentro.

Ficou assim durante quase um minuto, imóvel. Fermín e eu nos olhamos sem entender. De repente, Salgado fechou a maleta e levantou. Sem nenhum outro gesto, caminhou em direção à saída, abandonando a maleta diante do armário aberto.

— Mas o que está fazendo? — perguntei.

Fermín levantou e fez um sinal.

— Você vai ver o que há na maleta, eu vou atrás de Salgado...

Sem me dar tempo de responder, Fermín correu para a saída. Apressei o passo até o local onde ele tinha abandonado a maleta. Um espertalhão que estava lendo o jornal num banco próximo também estava de olho e, controlando se ninguém ao redor estava olhando, levantou e se aproximou como um abutre rondando a presa. Apressei o passo. O estranho ia pegá-la quando consegui arrebatá-la antes dele.

— Essa maleta não é sua — disse eu.

O sujeito me perfurou com um olhar hostil e agarrou a alça.

— Devo avisar a Guarda Civil? — perguntei.

Assustado, o malandro largou a presa e se perdeu na direção das plataformas. Fui até o banco e, comprovando também se ninguém estava olhando, abri a maleta.

Estava vazia.

Foi só então que ouvi a gritaria e levantei os olhos para descobrir que uma grande confusão tinha se formado do lado de fora da estação. Levantei e vi, através das vidraças, que a dupla da Guarda Civil abria passagem no meio do círculo de curiosos que tinha se formado apesar da chuva. Quando as pessoas se afastaram, vi Fermín ajoelhado no chão, com Salgado nos braços. O velho tinha os olhos abertos para a chuva. Uma mulher que estava entrando naquele momento levou a mão à boca.

— O que houve? — perguntei.

— Um velho, coitado, caiu duro no chão... — disse ela.

Saí e me aproximei lentamente da pequena multidão que observava a cena. Fermín levantou os olhos e trocou algumas palavras com os guardas. Um deles fez que sim. Então, Fermín tirou a capa e estendeu em cima do cadáver de Salgado, cobrindo seu rosto. Quando cheguei, uma mão que só tinha três dedos despontava por baixo da roupa: pousada na palma, reluzente sob a chuva, havia uma chave. Cobri Fermín com o guarda-chuva e coloquei a mão em seu ombro. Os dois nos afastamos de lá.

— Está tudo bem, Fermín?

Meu bom amigo deu de ombros.

— Vamos para casa — conseguiu dizer.

4

Enquanto nos afastávamos da estação, tirei a capa e coloquei nos ombros de Fermín. A dele estava cobrindo o cadáver de Salgado. Achei que meu amigo não estava em condições de dar grandes passeios e resolvi pegar um táxi. Abri a porta para ele e só depois que o vi sentado lá dentro, fechei e entrei pelo outro lado.

— A maleta estava vazia — disse. — Alguém passou a perna em Salgado.

— Ladrão que rouba ladrão...

— Quem você acha que foi?

— Talvez a mesma pessoa que contou que a chave estava comigo e disse onde podia me encontrar — murmurou Fermín.

— Valls?

Fermín suspirou abatido.

— Não sei, Daniel. Já não sei o que pensar.

Notei a olhadela do motorista no retrovisor, à espera.

— Vamos para a entrada da plaza Real, na rua Fernando — indiquei.

— Não vamos voltar para a livraria? — perguntou um Fermín que não tinha energia no corpo nem para discutir o destino de um táxi.

— Eu vou, mas você vai para a casa de don Gustavo, passar o resto do dia com Bernarda.

Fizemos o trajeto em silêncio, enquanto Barcelona desbotava sob a chuva. Ao chegar aos arcos da rua Fernando, onde anos atrás tinha conhecido Fermín, paguei a corrida e saltamos. Acompanhei Fermín até a porta da casa de don Gustavo e lhe dei um abraço.

— Trate de se cuidar, Fermín. E coma alguma coisa, do contrário a Bernarda vai se espetar nos ossos na noite de núpcias.

— Não se preocupe. Saiba que, quando quero, tenho mais facilidade para engordar que uma cantora de ópera. Assim que chegar lá em cima, vou me empanturrar com os amanteigados de Natal que don Gustavo compra na Casa Quílez, e amanhã mesmo já estarei feito um toucinho.

— Veremos se é verdade. Dê lembranças minhas à sua noiva.

— Direi que você mandou lembranças, mas do jeito como as coisas estão no plano jurídico-administrativo, acho que terei que viver em pecado.

— Por isso não. Lembra do que me disse uma vez? Que o destino não faz visitas em domicílio, que é preciso ir atrás dele?

— Devo confessar que tirei de um livro de Carax. Soava bonito.

— Pois eu acreditei e ainda acredito. É por isso que digo e repito: seu destino é casar com Bernarda nos conformes e na data prevista, com chuva de arroz, padres, nomes e sobrenomes.

Meu amigo olhava para mim, descrente.

— Não me chamo mais Daniel se você não se casar com tudo o que tem direito — prometi a Fermín, tão abatido que suspeitei que nem um pacote de caramelos Sugus ou um filmaço no Fémina, com Kim Novak exibindo os seios empinados que desafiavam a lei da gravidade, conseguiriam levantar seu ânimo.

— Se você tem certeza, Daniel...

— Você me devolveu a verdade — respondi. — Vou lhe devolver seu nome.

5

Naquela mesma tarde, de volta à livraria, coloquei em prática o meu plano para salvar a identidade de Fermín. O primeiro passo consistiu em fazer várias ligações telefônicas no fundo da loja para estabelecer um programa de ação. O segundo passo exigia que recorresse ao talento de especialistas de reconhecida eficiência.

No dia seguinte, por volta de um meio-dia ensolarado e agradável, fui para a biblioteca do Carmen, onde tinha um encontro marcado com o professor Albuquerque, convencido de que o que ele não soubesse, ninguém mais saberia.

Encontrei o mestre na sala principal de leitura, rodeado de livros e papéis, concentrado, com a caneta na mão. Sentei diante dele do outro lado da mesa e deixei que trabalhasse. Levou quase um minuto para notar minha presença. Levantou os olhos e olhou para mim cheio de surpresa.

— Deve haver alguma coisa muito apaixonante no que estava escrevendo — arrisquei.

— Estou trabalhando numa série de artigos sobre escritores malditos de Barcelona — explicou. — Lembra do tal Julián Carax, um autor que você mesmo me recomendou na livraria, faz alguns meses?

— Claro — respondi.

— Pesquisei um pouco e descobri uma história incrível. Sabia que durante anos um personagem diabólico se dedicou a correr o mundo procurando os livros de Carax para queimá-los?

— Não me diga — disse eu, fingindo surpresa.

— Um caso curiosíssimo. Vou lhe passar o artigo, quando terminar.

— Devia escrever um livro sobre o tema — propus. — Uma história secreta de Barcelona através de seus escritores malditos e proibidos pela história oficial.

O professor avaliou a ideia, intrigado.

— Isso já me passou pela cabeça, é verdade, mas já tenho tanto trabalho com os jornais e a universidade...

— Se o senhor não escrever, ninguém mais vai fazê-lo...

— Quem sabe não me esqueço de tudo e me meto a escrever. Só não sei onde vou achar tempo...

— Sempere e Filhos oferece seu acervo editorial e assessoria para tudo que precisar.

— Levarei sua oferta em conta. E então? Vamos comer?

O professor Albuquerque encerrou os trabalhos por aquele dia e fomos para a Casa Leopoldo, onde, acompanhados por alguns vinhos e uma porção de um sublime presunto serrano, sentamos para esperar um par de rabos de touro, o prato do dia.

— E como vai o nosso bom amigo Fermín? Naquela noite no Can Lluís, cerca de duas semanas atrás, ele parecia bem caidinho.

— Era precisamente sobre isso que queria falar. Trata-se de uma questão um tanto delicada e devo lhe pedir que o assunto fique apenas entre nós.

— Nem precisava dizer. O que posso fazer?

Comecei a resumir o problema, evitando entrar em detalhes escabrosos ou desnecessários. O professor intuiu que havia muito mais coisa por baixo daquele pano do que eu estava dizendo, mas deu mais uma mostra de sua discrição exemplar.

— Vamos ver se entendi — disse ele. — Fermín não pode usar sua identidade porque foi declarado oficialmente morto há quase vinte anos e, portanto, aos olhos do Estado, ele não existe.

— Exatamente.

— No entanto, pelo que me contou, essa identidade que foi cancelada também era falsa, uma invenção do próprio Fermín para salvar a pele durante a guerra.

— Exatamente.

— É aí que me perco. Ajude-me, Daniel. Se Fermín já tirou uma identidade falsa do bolso do colete, por que não inventa outra agora para poder casar?

— Por dois motivos, professor O primeiro, puramente prático, é que, usando seu nome ou inventando outro, para todos os efeitos Fermín não tem identidade e, portanto, qualquer que seja a que resolver usar, terá que ser criada a partir do zero.

— Mas suponho que ele queira continuar a ser Fermín.

— Isso mesmo. E esse é o segundo motivo, que não é prático, mas espiritual, por assim dizer, e que é muito mais importante. Fermín quer continuar a ser Fermín porque essa é a pessoa pela qual Bernarda se apaixonou, esse é o homem que é nosso amigo, que conhecemos e que ele quer continuar a ser. Faz anos que a pessoa que ele foi um dia deixou de existir para ele. É como uma pele que deixou para trás. Nem eu, que provavelmente sou o seu melhor amigo, sei com que nome foi batizado. Para mim, para todos que o querem bem e sobretudo para ele mesmo, ele é Fermín Romero de Torres. E pensando bem, se temos que criar uma identidade nova, por que não a dele mesmo?

O professor Albuquerque finalmente concordou.

— Claro — sentenciou.

— Então acha que é factível, professor?

— Bem, é uma missão das mais quixotescas — avaliou o professor. — Como dotar o esbelto fidalgo don Fermín de la Mancha de casta, brasão e de uma pilha de papéis falsificados com os quais possa se unir à sua bela Bernarda del Toboso aos olhos de Deus e do Registro Civil?

— Estive pensando e consultando livros de direito — disse eu. — A identidade de uma pessoa começa, nesse país, com uma certidão de nascimento que, se pararmos para pensar, é um documento bastante simples.

O professor ergueu as sobrancelhas.

— O que está sugerindo é delicado. Sem falar que é um delito do tamanho de um bonde!

— E sem precedentes, pelo menos nos anais judiciais. Já verifiquei.

— Mas continue, estou interessado.

— Vamos supor que alguém, hipoteticamente falando, tivesse acesso aos escritórios do Registro Civil e pudesse, por assim dizer, *plantar* uma certidão de nascimento nos arquivos... Isso não seria base suficiente para estabelecer a identidade de uma pessoa?

O professor balançou a cabeça.

— Para um recém-nascido, sim, mas se estamos falando, hipoteticamente, de um adulto, seria necessário criar todo um histórico documentado. Mesmo que, hipoteticamente, tivesse acesso ao arquivo, de onde você ia tirar esses documentos?

— Digamos que poderia criar uma série de fac-símiles aceitáveis. Acha que seria possível?

O professor avaliou cuidadosamente a questão.

— O principal risco seria que alguém descobrisse a fraude e quisesse denunciar. Tendo em conta que a parte, digamos, ofendida, que poderia denunciar certas inconsistências documentais, no nosso caso já faleceu, o problema se reduziria a: um, ter acesso ao arquivo e introduzir no sistema uma pasta com um histórico de identidade fictício, mas documentado; dois, gerar todo o rosário de documentos necessários para estabelecer essa identidade. Estou falando de uma papelada de todas as cores e tipos, desde certidões de batismo da paróquia, até cédulas, certificados...

— Quanto ao primeiro ponto, o senhor está escrevendo uma série de reportagens sobre as maravilhas do sistema legal espanhol para a Câmara dos Deputados, para a memória da instituição. Estive investigando um pouco e descobri que durante os bombardeios, na guerra, vários arquivos do Registro Civil foram destruídos. Isso significa que centenas, milhares de identidades tiveram que ser reconstruídas de qualquer jeito. Não sou nenhum especialista, mas me atrevo a supor que poderia abrir certas brechas que alguém bem informado, conectado e com um bom plano poderia aproveitar...

O professor me olhou de rabo de olho.

— Vejo que fez um verdadeiro trabalho de pesquisa, Daniel.

— Desculpe a ousadia, professor, mas para mim a felicidade de Fermín vale isso e muito mais.

— E isso só o dignifica. Mas também poderia significar uma condenação importante, se alguém tentasse fazer uma coisa desse tipo e fosse pego com a mão na massa.

— Por isso, pensei que se alguém, hipoteticamente, tivesse acesso a um desses arquivos reconstruídos do Registro Civil, poderia levar consigo um ajudante que, por assim dizer, assumiria a parte mais arriscada da operação.

— Nesse caso, o hipotético ajudante teria que estar em condições de garantir ao facilitador um desconto de vinte por cento sobre o preço de qualquer livro adquirido em Sempere e Filhos, para o resto da vida. E um convite para o casamento do recém-nascido.

— Feito. E subiria imediatamente para vinte e cinco por cento. Embora saiba que, no fundo, há pessoas que, hipoteticamente, nem que fosse pelo simples prazer de fazer um gol nesse regime podre e corrupto, aceitariam colaborar *pro bono*, sem obter nada em troca.

— Sou um acadêmico, Daniel. Chantagem emocional não funciona comigo.

— Por Fermín, então.

— Isso já é outra história. Passemos, então, à parte técnica.

Peguei a nota de cem pesetas que Salgado tinha me dado e mostrei a ele.

— Esse é o meu orçamento para gastos e providências do projeto — indiquei.

— Estou vendo que o senhor atira com pólvora de rei, mas é melhor guardar esse dinheiro para outras despesas que essa façanha exigirá, pois ofereço os meus serviços totalmente de graça — devolveu o professor. — A parte que mais me preocupa, meu caro ajudante, é a necessária trama documental. Os novos centuriões do regime, além dos obstáculos e missais, dobraram o tamanho de uma estrutura burocrática que já era monumental, digna dos piores pesadelos do amigo Franz Kafka. Como disse, um caso assim vai precisar de todo tipo de papéis, instâncias, pedidos e demais documentos, que terão que se mostrar aceitáveis e com a consistência, o tom e o aroma próprios de um dossiê surrado, poeirento e inquestionável...

— Nesse setor, já estamos cobertos — afirmei.

— Preciso ficar a par da lista de cúmplices dessa conspiração para garantir que você não embarque numa canoa furada.

Comecei a explicar o resto do meu plano.

— Pode funcionar — concluiu ele.

Assim que o prato principal chegou, demos os remates finais no assunto e a conversa tomou outros caminhos. Quando chegamos aos cafés, embora tenha conseguido segurar a língua durante toda a refeição, não aguentei mais e, fingindo que o assunto não tinha importância alguma, deixei cair a pergunta.

— A propósito, professor, no outro dia um cliente comentava uma coisa na livraria e veio à baila o nome de Mauricio Valls, que foi ministro da Cultura e tudo mais. O que sabe dele?

O professor ergueu uma sobrancelha.

— De Valls? O que todo mundo sabe, acho eu.

— Com certeza deve saber mais do que todo mundo, professor. Muito mais.

— Bem, a verdade é que agora já faz um tempo que não ouvia esse nome, mas até poucos meses, Mauricio Valls era um figurão. Como disse, foi nosso flamejante e renomado ministro da Cultura durante alguns anos, diretor de numerosas instituições e organismos, um homem muito bem situado no regime e de grande prestígio no setor, padrinho de muita gente, menino de ouro das páginas culturais da imprensa espanhola... Como disse, um personagem de renome.

Sorri fracamente, como se a surpresa fosse agradável.

— E não é mais.

— Francamente, diria que desapareceu do mapa há algum tempo, ou pelo menos da esfera pública. Não tenho certeza se foi nomeado embaixador ou recebeu algum cargo numa instituição internacional, sabe como são essas coisas, mas a verdade é que, de um tempo para cá, perdi a pista dele... Sei que montou uma editora com alguns sócios, anos atrás. A editora vai de vento em popa, não para de publicar. Na verdade, recebo convites todo mês para noites de autógrafos de algum de seus títulos...

— E Valls comparece?

— Há alguns anos, sim, comparecia. Sempre debochávamos dele, pois falava mais de si mesmo do que do livro ou do autor que pretendia apresentar, mas isso já faz um bom tempo. Não o vejo há anos. Posso perguntar a razão de seu interesse, Daniel? Não pensei que se interessasse pela pequena feira das vaidades de nossa literatura.

— Simples curiosidade.

— Claro.

Enquanto pagava a conta, o professor Albuquerque olhou para mim, meio de lado.

— Por que sempre tenho a impressão de que só está me contando da missa a metade, talvez até um quarto?

— Algum dia contarei o resto, professor. Prometo.

— Seria ótimo, pois as cidades não têm memória e precisam de alguém como eu, um sábio nada distraído, para mantê-la viva.

— Vamos fazer um trato: o senhor me ajuda a solucionar o problema de Fermín e eu, um dia, conto algumas coisas que Barcelona preferia esquecer. Para sua história secreta.

O professor estendeu a mão, que apertei.

— Palavra dada. Agora, voltando ao assunto de Fermín e dos documentos que vamos ter de tirar da cartola...

— Penso ter o homem certo para essa missão — concluí.

6

Oswaldo Darío Mortenssen, príncipe dos escreventes barcelonenses e velho conhecido meu, estava em sua guarita ao lado do palácio de la Virreina desfrutando a pausa pós-almoço com um cafezinho batizado e uma cigarrilha quando me viu e acenou com a mão.

— O filho pródigo à casa torna. Mudou de ideia? Vamos àquela carta de amor que vai lhe dar acesso a botões e outros fechos proibidos da mocinha dos seus sonhos?

Voltei a mostrar a aliança de casado e ele fez que sim, recordando.

— Desculpe. É o hábito. Você é um cavalheiro à moda antiga. Em que posso ajudar?

— No outro dia, lembrei de onde conhecia seu nome, don Oswaldo. Trabalho numa livraria e encontrei um romance seu de 1933, *Os cavaleiros do crepúsculo*.

Oswaldo se deixou invadir pelas lembranças e sorriu com saudade.

— Bons tempos aqueles. Aqueles dois safados, Barrido e Escobillas, meus editores, me afanaram até o último centavo. Que Pedro Botero os tenha em sua glória e trancados à chave. Mas ninguém vai me tirar a delícia que foi escrever esse romance.

— Se trouxer meu exemplar, faria uma dedicatória para mim?

— Num piscar de olhos. Foi meu canto do cisne. O mundo não estava preparado para um bangue-bangue ambientado no delta do Ebro com pistoleiros de canoa em vez de cavalos e mosquitos do tamanho de uma melancia atacando à vontade.

— Você é o Zane Grey* do litoral.

— Quem me dera. O que posso fazer por você, meu jovem?

— Poderia emprestar sua arte e seu gênio a uma empresa menos heroica...

— Sou todo ouvidos.

— Preciso que me ajude a inventar um passado documental para um amigo que quer se casar sem empecilhos legais com a mulher que ama.

— Um bom homem?

— O melhor que conheço.

— Não precisa me dizer mais nada. Minhas cenas prediletas sempre foram os casamentos e batizados.

— Vamos precisar de requisições, informes, solicitações, certidões e tudo mais.

— Sem problema. Passaremos parte da logística a Luisito, que você já conhece e que é de total confiança e um verdadeiro artista em doze diferentes caligrafias.

Tirei a nota de cem pesetas que o professor Albuquerque havia recusado e entreguei a ele. Oswaldo arregalou dois olhos do tamanho de um pires e guardou rapidamente o dinheiro.

— E depois ainda dizem que não dá para viver da escrita na Espanha — concluiu.

— Dá para os gastos operacionais?

— E sobra. Quando tudo estiver organizado, poderei dizer quanto vai custar a brincadeira, mas me atrevo a dizer que quinze duros já dá e sobra.

— Deixo tudo a seu critério, Oswaldo. Meu amigo, o professor Albuquerque...

— Grande pluma — cortou Oswaldo.

— E melhor cavalheiro. Como ia dizendo, o professor Albuquerque vai lhe entregar a relação completa dos documentos necessários e de todos os detalhes. Para qualquer coisa que precisar, poderá me encontrar na livraria Sempere e Filhos.

Seu rosto se iluminou ao ouvir esse nome.

— O santuário. Quando era jovem, passava por lá todos os sábados para que o sr. Sempere me abrisse os olhos.

— Meu avô.

---

* Zane Grey (1872-1939), escritor americano famoso pela visão idealizada do Velho Oeste de seus romances de aventuras. (N. da E.)

— Mas faz anos que não apareço por lá. Minhas finanças estão abaixo de zero e tive de abandonar as despesas de biblioteca.

— Pois será uma grande honra recebê-lo de volta na livraria, don Oswaldo, que é sua casa: se o problema for dinheiro a gente sempre dá um jeito.

— É o que farei.

Estendeu a mão, que apertei.

— É uma honra fazer negócios com os Sempere.

— Que seja o primeiro de muitos.

— E o tal coxo que fritava o peixe e olhava o gato?

— Acabou não vendo nada — disse eu.

— Tempos difíceis...

7

Barcelona, 1958

O mês de janeiro chegou vestido de céus cristalinos com uma luz gelada que soprava grãos de neve sobre os telhados da cidade. O sol brilhava todos os dias e arrancava faíscas de luz e sombra das fachadas de uma Barcelona transparente, onde os ônibus de dois andares circulavam com a jardineira vazia e os bondes, ao passar, deixavam um halo de vapor sobre os trilhos.

As luzes dos enfeites natalinos reluziam em guirlandas de fogo azul sobre as ruas da cidade velha e os desejos melosos de boa vontade e paz das cançonetas de Natal, espalhados pelos mil e um alto-falantes dos mais variados comércios e lojas, conseguiram penetrar nos corações o suficiente para que um gaiato que resolveu vestir um gorro no menino Jesus do presépio da prefeitura, instalado na plaza San Jaime, não fosse arrastado para a delegacia a pontapés, como queria um grupo de beatas, pois o guarda resolveu fazer vista grossa e logo depois alguém do arcebispado deu o alarme e três freiras apareceram para restabelecer a ordem.

As vendas natalinas se recuperaram e uma estrela de Belém sob a forma de números em azul no livro de contabilidade de Sempere e Filhos garantia pelo menos que poderíamos pagar as contas de luz e calefação e, com sorte, fazer uma refeição quente por dia. Meu pai parecia ter recobrado o ânimo e tinha decretado que no próximo ano não esperaríamos até a última hora para decorar as vitrines.

— Temos presépio suficiente para um bom tempo — comentou Fermín, sem nenhum entusiasmo.

Passado o dia de Reis, meu pai ordenou que empacotássemos o presépio cuidadosamente e guardássemos no porão até o próximo Natal.

— Com carinho — advertiu meu pai. — Não quero ouvir falar de caixas que caíram acidentalmente, dr. Fermín.

— Como porcelana, sr. Sempere. Respondo com a vida pela integridade do presépio e de todos os animais de pasto que obram ao lado do Messias de fraldas.

Depois de abrirmos espaço para todas as caixas com os enfeites natalinos, parei um instante para dar uma olhada nos cantinhos esquecidos do porão. Da última vez que estivemos lá, a conversa tinha seguido por caminhos que nem eu nem Fermín voltamos a mencionar, mas que continuavam pesando, pelo menos em minha memória. Fermín parecia estar lendo meus pensamentos e balançou a cabeça.

— Não me diga que ainda pensa na história da carta daquele imbecil?

— De vez em quando.

— Não disse nada a dona Beatriz, disse?

— Não. Coloquei a carta de volta no bolso do casaco e não dei um pio.

— E ela? Não mencionou que tinha recebido uma carta do Don Juan Tenório?

Fiz que não. Fermín enrugou o nariz, indicando que isso não era de bom agouro.

— Já resolveu o que vai fazer?

— Sobre o quê?

— Não se faça de bobo, Daniel. Vai seguir sua mulher até o encontro com o conquistador barato no Ritz e armar uma cena ou não?

— Você está supondo que ela vai — protestei.

— E você, não?

Desviei os olhos, desgostoso comigo mesmo.

— Que tipo de marido não confia na própria mulher? — perguntei.

— Quer nomes e sobrenomes ou basta uma estatística?

— Confio em Bea. Ela não ia me enganar. Ela não é assim. Se tivesse que me dizer alguma coisa, diria na cara, sem rodeios.

— Então não tem com o que se preocupar, tem?

Alguma coisa no tom de Fermín me fazia pensar que minhas suspeitas e inseguranças eram uma decepção para ele e, embora não admitisse, ficava chateado ao ver que perdia meu tempo com pensamentos mesquinhos, duvidando da sinceridade de uma mulher que não merecia tal comportamento.

— Deve estar pensando que sou um idiota.

Fermín discordou.

— Não. Acho que é um homem de sorte, pelo menos no amor, e que, como quase todos, não percebe isso.

Uma batida na porta no alto da escada nos trouxe de volta à realidade.

— A menos que tenham encontrado petróleo aí embaixo, façam o favor de subir de uma vez, que temos muito trabalho — chamou meu pai.

Fermín suspirou.

— Desde que saiu do vermelho, virou um tirano — disse Fermín. — Com o sucesso de vendas, deu para ser autoritário. Quem te viu, quem te vê...

Os dias pingavam de conta-gotas. Finalmente, Fermín aceitou deixar os preparativos do banquete e do casamento a cargo de meu pai e don Gustavo, que assumiram o papel de figuras paternais e decisivas em tudo que dizia respeito ao assunto. Eu, na qualidade de padrinho, assessorava o comitê organizativo e Bea exercia as funções de diretora artística, coordenando todos os envolvidos com mão de ferro.

— Fermín, Bea mandou que o levasse à Casa Pantaleoni para experimentar seu terno.

— Desde que não seja listrado...

Eu tinha garantido e jurado que, na hora, seu nome ia estar nos conformes e que seu amigo padre poderia dizer o tradicional "Fermín, aceita como legítima esposa..." sem risco de irmos todos parar no xadrez. Mesmo assim, à medida que a data se aproximava, Fermín se consumia em angústia e ansiedade. Bernarda sobrevivia ao suspense à base de orações e toucinho do céu de Jerez de la Frontera, embora, uma vez confirmada a gravidez por um médico de confiança e discrição, dedicasse boa parte do seu dia a combater enjoos e náuseas pois tudo indicava que o primogênito de Fermín ia chegar pronto para a luta.

Foram dias de calma aparente e enganosa, pois, sob a superfície, eu me deixava levar por uma corrente turbulenta e escura que, pouco a pouco, ia me arrastando para as profundezas de um sentimento novo e irresistível: o ódio. Nas horas vagas, sem dizer nada a ninguém, fugia para o Ateneo da calle Canuda e rastreava os passos de Mauricio Valls nas coleções de jornais e livros da biblioteca. O que durante anos foi uma imagem apagada e sem interesse, ia adquirindo dia após dia um contorno claro e uma precisão dolorosa. Em minhas pesquisas, consegui reconstruir toda a trajetória pública de Valls nos últimos quinze anos. Muita água tinha rolado debaixo da ponte desde os seus primórdios como pupilo do regime. Com o tempo e com boas influências, don Mauricio Valls, a confiar no que diziam os jornais (o que, para Fermín, era comparável a acreditar que o TriNaranjus era obtido de laranjas frescas de Valência), viu seus desejos se realizarem e se transformou numa estrela fulgurante do firmamento da Espanha das artes e das letras.

Sua ascensão foi ininterrupta. A partir de 1944, encadeou cargos e nomeações oficiais de relevância crescente no mundo das instituições acadêmicas e culturais do país. Seus artigos, discursos e publicações começaram a formar uma legião. Qualquer concurso, congresso e efeméride cultural que se prezasse contava com a participação e presença de don Mauricio. Em 1947, com dois sócios, criou a Sociedad General de Ediciones Ariadna, com escritórios em Madri e Barcelona, que a imprensa se apressou a canonizar como a "marca de prestígio" das letras espanholas.

Em 1948, essa mesma imprensa começou a se referir a Mauricio Valls como "o mais brilhante e respeitado intelectual da nova Espanha". A autodesignada intelectualidade do país e todos os que desejavam fazer parte dela pareciam viver um romance apaixonado com don Mauricio. Os repórteres das páginas culturais se desfaziam em elogios e adulações, tentando agradá-lo e, com sorte, ver alguma das obras esquecidas numa gaveta publicada em sua editora, passando assim a fazer parte do panteão oficial e a saborear algumas de suas delícias, embora fossem apenas migalhas.

Valls tinha aprendido as regras do jogo e dominava o tabuleiro como ninguém. No início dos anos cinquenta, sua fama e influência transcendiam os círculos oficiais e começavam a penetrar nas camadas da chamada sociedade civil e de seus servidores. As opiniões de Mauricio Valls se transformaram num catálogo de verdades reveladas que todos os cidadãos pertencentes ao seleto grupo de três ou quatro mil espanhóis, que gostavam de se dizer cultos e de olhar os cidadãos comuns por cima do ombro, absorviam e repetiam como alunos aplicados.

No caminho até o topo, Valls reuniu a seu redor um estreito círculo de personagens afins, que comiam em sua mão e iam sendo colocados à frente de instituições e postos de poder. Se alguém ousava questionar as palavras ou o valor de Valls, a imprensa dava início a uma crucificação sem trégua e, depois de divulgar um retrato grotesco e detestável do pobre infeliz, este se tornava um pária, um inominável, um mendigo para quem todas as portas estavam fechadas e cuja única alternativa era o esquecimento ou o exílio.

Passei horas intermináveis lendo linhas e entrelinhas, comparando histórias e versões, catalogando datas e fazendo listas de triunfos e de esqueletos escondidos nos armários. Em outras circunstâncias, se o objeto de meu estudo fosse puramente antropológico, teria tirado o chapéu para don Mauricio Valls e sua jogada de mestre. Ninguém podia negar que tinha aprendido a ler o coração e a alma de seus concidadãos e a puxar os fios que moviam seus desejos, suas esperanças e seus sonhos.

Se alguma coisa restou em mim depois de dias e dias mergulhado na versão oficial da vida de Valls, foi a certeza de que o mecanismo de construção de uma nova Espanha estava se aperfeiçoando e de que a meteórica ascensão de don Mauricio Valls ao poder e aos altares mostrava um padrão em alta, com um futuro promissor e que, com toda a certeza, sobreviveria ao regime e deixaria raízes profundas e inamovíveis em todo o território durante muitas décadas.

A partir de 1952, Valls chegou ao ápice ao assumir o comando do Ministério da Cultura durante três anos, tempo que aproveitou para reforçar seu domínio e colocar seus lacaios nas poucas posições que ainda não controlava. Sua projeção pública adquiriu o tom de uma dourada monotonia. Suas palavras eram citadas como fonte de saber e de certeza. Sua presença em júris, tribunais e todo tipo de beija-mãos era constante. Seu arsenal de diplomas, prêmios e condecorações não parava de aumentar.

E de repente, algo de estranho aconteceu.

Não percebi em minhas primeiras leituras. O desfile de elogios e notícias sobre don Mauricio se prolongava sem tréguas, mas, a partir de 1956, havia um detalhe camuflado por todas aquelas informações que contrastava com tudo o que tinha sido publicado antes dessa data. O tom e o conteúdo das notas não variavam, mas à força de ler e reler cada uma delas e compará-las, reparei num detalhe.

Don Mauricio Valls não voltou a aparecer em público.

Seu nome, seu prestígio, sua reputação e seu poder seguiam de vento em popa. Só faltava uma peça: sua pessoa. Depois de 1956, não havia fotografias ou relatos de sua presença, nem referências diretas à sua participação em atos públicos.

O último recorte que dava fé da presença de Mauricio Valls estava datado de 2 de novembro de 1956, quando recebeu o prêmio de melhor trabalho editorial do ano, durante um ato solene no Círculo de Belas Artes de Madri, ao qual compareceram as autoridades máximas e a nata da sociedade no momento. O texto da notícia seguia as linhas habituais e previsíveis do gênero, basicamente uma resenha do editorial. O mais interessante era a fotografia que ilustrava a matéria, a última em que Valls aparecia, pouco antes de seu sexagésimo aniversário. Elegante, com um terno de corte perfeito, ele sorria ao receber a ovação do público presente com uma expressão humilde e cordial. Outros personagens habituais desse tipo de solenidade apareciam a seu lado e, às suas costas, ligeiramente fora de foco e com um semblante sério e impenetrável, apareciam dois sujeitos entrincheirados atrás de lentes escuras e vestidos de preto. Não pareciam participar do ato. Sua expressão era severa e ausente da farsa. Vigilante.

Ninguém voltou a fotografar ou ver don Mauricio Valls em público depois daquela noite no Círculo de Belas Artes. Por mais que me esforçasse, não consegui encontrar uma única aparição. Cansado de explorar caminhos estéreis, voltei ao princípio e reconstruí a história do personagem até memorizá-la como se fosse minha. Farejava seu rastro na esperança de encontrar uma pista, um indício que me ajudasse a descobrir onde estava aquele homem que sorria nas fotos e passeava sua vaidade pelas páginas incontáveis que expunham uma corte servil e faminta de favores. Procurava o homem que assassinou minha mãe para esconder a vergonha daquilo que ele era na verdade e que ninguém parecia capaz de admitir.

Aprendi a odiar naquelas tardes solitárias na velha biblioteca do Ateneo, onde não muito tempo atrás dedicava meus anseios a causas mais puras, como a pele de meu primeiro amor impossível, a cega Clara, ou os mistérios de Julián Carax e seu romance *A sombra do vento*. Quanto mais difícil era encontrar o rastro de Valls, mais eu me negava a lhe conceder o direito de desaparecer e apagar seu nome da história. Precisava saber o que tinha sido feito dele. Precisava olhá-lo nos olhos, nem que fosse para mostrar que alguém, talvez a única pessoa em todo o universo, sabia quem ele era realmente e o que tinha feito.

8

Certa tarde, cansado de perseguir fantasmas, cancelei minha sessão na hemeroteca e saí para passear com Bea e Julián por uma Barcelona limpa e ensolarada que quase tinha esquecido. Caminhamos de casa até o parque de la Ciudadela. Sentei num banco e fiquei olhando Julián brincar com a mãe no gramado. Contemplando os dois, repeti comigo mesmo as palavras de Fermín. Um homem de sorte: eu mesmo, Daniel Sempere. Um homem de sorte que tinha permitido que um rancor cego crescesse em seu interior, a ponto de começar a sentir nojo de si mesmo.

Observei meu filho se entregando a uma de suas paixões: engatinhar até se sentir perdido. Bea o seguia de perto. De vez em quando, Julián parava e olhava na minha direção. Um golpe de vento levantou a saia de Bea e Julián caiu na risada. Aplaudi e Bea me lançou um olhar de reprovação. Encontrei os olhos do meu filho e pensei comigo que eles logo iam me ver como o homem mais sábio e bondoso do mundo, o portador de todas as respostas. Decidi que nunca mais voltaria a mencionar o nome de Mauricio Valls ou a perseguir sua sombra.

Bea veio se sentar a meu lado. Julián veio atrás, engatinhando até o banco. Quando chegou aos meus pés, peguei-o no colo e ele tratou de limpar as mãozinhas nas lapelas do meu paletó.

— Recém-saído da tinturaria — disse Bea.

Dei de ombros, resignado. Bea se aconchegou e pegou minha mão.

— Belas pernas — comentei.

— Não tem graça nenhuma. Seu filho vai acabar aprendendo. Ainda bem que não tinha ninguém.

— Bem, tinha um velhinho escondido atrás de um jornal que quase morreu de taquicardia.

Julián achou que *taquicardia* era a palavra mais engraçada que já tinha ouvido na vida e passamos boa parte do passeio de volta para casa cantando "ta-qui-car-dia", enquanto Bea seguia alguns passos à nossa frente, soltando faíscas.

Naquela noite, 20 de janeiro, Bea colocou Julián para dormir e em seguida adormeceu a meu lado no sofá, enquanto eu relia pela terceira vez um dos velhos romances de David Martín, num exemplar que Fermín tinha descoberto em seus meses de exílio, após a fuga da prisão, e conservado ao longo de todos aqueles anos. Gostava de saborear cada expressão e de desmontar a arquitetura de cada frase, pensando que se conseguisse decifrar a música daquela prosa descobriria alguma coisa acerca daquele homem que nunca conheci e que todos me diziam que não era meu pai. Mas naquela noite não fui capaz. Antes que conseguisse finalizar uma frase, meu pensamento voava da página e só o que via na minha frente era a carta de Pablo Cascos Buendía marcando encontro com minha mulher no hotel Ritz, no dia seguinte às duas horas da tarde.

Finalmente, fechei o livro e fiquei observando Bea, ainda adormecida ao meu lado, adivinhando nela mil vezes mais segredos do que nas histórias de Martín e sua sinistra cidade dos malditos. Já passava da meia-noite quando Bea abriu os olhos e me descobriu observando-a. Sorriu, mas alguma coisa em minha cara a deixou apreensiva.

— Em que está pensando? — perguntou.

— Pensava na sorte que tenho — respondi.

Bea me examinou longamente, com o olhar cheio de dúvida.

— Fala como se não acreditasse no que diz.

Levantei e estendi a mão.

— Vamos para a cama — convidei.

Pegou minha mão e me seguiu pelo corredor até o quarto. Deitei na cama e fiquei olhando para ela em silêncio.

— Você está estranho, Daniel. O que houve? Foi alguma coisa que eu disse?

Neguei, esboçando um sorriso mais amarelo que a mentira. Bea fez que sim e tirou a roupa bem devagar. Nunca me dava as costas quando se despia, nem se escondia no banheiro ou atrás da porta como aconselhavam os manuais de higiene matrimonial divulgados pelo regime. Podia admirá-la serenamente, lendo as linhas de seu corpo. Bea me fitava nos olhos. Vestiu o camisolão que eu tanto odiava e enfiou-se na cama, de costas para mim.

— Boa noite — disse, a voz amarrada e, para quem a conhecia bem, chateada.

— Boa noite — murmurei.

Ouvindo sua respiração percebi que demorou mais de meia hora para pegar no sono, mas, afinal, o cansaço foi mais forte que meu comportamento esquisito. Fiquei a seu lado, hesitando entre acordá-la para pedir desculpas ou simplesmente beijá-la. Não fiz nada. Continuei ali, imóvel, observando a curva de suas costas e ouvindo aquela coisa escura dentro de mim sussurrar que em poucas horas Bea iria ao encontro de seu antigo noivo e que aqueles lábios e aquela pele seriam de outro, como aquela carta digna de um bolero parecia insinuar.

Quando despertei, Bea tinha partido. Não tinha conseguido dormir até o amanhecer e só acordei, assustado, quando os sinos da igreja tocaram nove horas. Tratei de vestir a primeira coisa que apareceu na minha frente. Lá fora, uma segunda-feira fria e salpicada de flocos de neve que flutuavam no ar e grudavam nos passantes como aranhas de luz suspensas por fios invisíveis esperava por mim. Ao entrar na livraria, encontrei meu pai em cima do banco em que subia todos os dias para mudar a data do calendário. 21 de janeiro.

— Não posso aceitar que alguém com mais de doze anos fique remanchando debaixo dos lençóis — disse ele. — Era sua vez de abrir a loja.

— Desculpe. Dormi mal. Não vai acontecer de novo.

Passei um par de horas tentando ocupar a cabeça e as mãos com as tarefas da livraria, mas tudo o que tinha no pensamento era a maldita carta, recitada uma e outra vez em silêncio. No meio da manhã, Fermín se aproximou sigilosamente e me ofereceu um Sugus.

— É hoje, não?

— Cale essa boca, Fermín — cortei com uma rispidez que levantou as sobrancelhas de meu pai.

Fui me refugiar nos fundos da loja e ouvi os dois cochichando. Sentei diante da escrivaninha de meu pai e olhei o relógio. Era uma e vinte da tarde. Tentei deixar os minutos passarem, mas os ponteiros se negavam a andar. Quando voltei à loja, Fermín e meu pai me olharam com preocupação.

— Daniel, é melhor tirar o resto do dia de folga — disse meu pai. — Fermín e eu damos conta do recado.

— Obrigado. Acho que sim. Dormi mal e não estou me sentindo bem.

Não tive coragem de encarar Fermín enquanto escapulia pelos fundos. Subi os cinco andares com chumbo nos pés. Quando abri a porta, ouvi a água escorrendo no banheiro. Fui até o quarto e parei na soleira da porta. Bea estava sentada na beira da cama. Não me viu nem me ouviu entrar. Fiquei olhando ela calçar as meias de seda e se vestir com o olhar cravado no espelho. Demorou cerca de dois minutos para notar minha presença.

— Não sabia que estava aí — disse ela, entre a surpresa e a irritação.

— Vai sair?

Fez que sim, pintando os lábios de vermelho.

— Para onde?

— Tenho um monte de coisas para fazer.

— Está toda arrumada...

— Não gosto de sair na rua feito um trapo — respondeu.

Fiquei observando ela passar sombra nos olhos. "Homem de sorte", dizia a voz, sarcástica.

— Que coisas? — disse eu.

Bea virou e olhou para mim.

— O quê?

— Perguntei que coisas são essas que tem para fazer.

— Coisas.

— E Julián?

— Minha mãe veio pegá-lo e saiu para passear com ele.

— Ah...

Bea se aproximou e, esquecendo a irritação, me encarou, preocupada.

— O que há com você, Daniel?

— Não preguei o olho essa noite.

— Por que não tira um cochilo? Vai fazer bem.

Concordei.

Bea deu um sorriso murcho e me acompanhou até meu lado da cama. Depois de me ajudar a deitar, ajeitou a colcha e me deu um beijo na testa.

— Vou chegar tarde — disse.

Fiquei olhando ela partir.

— Bea...

Ela parou no meio do corredor e virou.

— Você me ama? — perguntei.

— Claro que amo, que bobagem...

Ouvi a porta fechar e em seguida os passos felinos de Bea e o salto agulha de seus sapatos se perderem escadas abaixo. Peguei o telefone e esperei a voz da operadora.

— Para o hotel Ritz, por favor.

204

A conexão demorou alguns segundos.

— *Hotel Ritz, boa tarde, em que posso servi-lo?*

— Poderia me informar se uma pessoa está hospedada no hotel, por favor?

— *Se fizer a gentileza de me dar o nome.*

— Cascos. Pablo Cascos Buendía. Acho que chegou ontem...

— *Um momento, por favor.*

Um longo minuto de espera, vozes sussurradas, ecos na linha.

— *Senhor...*

— Sim.

— *Não encontrei nenhuma reserva em nome do mencionado cavalheiro...*

Fui invadido por um alívio infinito.

— Será que a reserva não teria sido feita em nome de uma empresa?

— *Vou verificar.*

Dessa vez a espera foi breve.

— *O senhor tem razão. Aqui está: sr. Cascos Buendía. Suíte Continental. A reserva foi feita em nome da editora Ariadna.*

— Como?

— *Disse que a reserva do sr. Cascos Buendía foi feita em nome da editora Ariadna. Quer que ligue para a suíte?*

O telefone caiu das minhas mãos. Ariadna era a editora que Mauricio Valls tinha fundado alguns anos atrás.

Cascos trabalhava para Valls.

Joguei o telefone no gancho e fui para a rua atrás de minha mulher com o veneno da desconfiança no coração.

9

Não vi sinal de Bea no meio da multidão que desfilava àquela hora pela Puerta del Ángel em direção à plaza de Cataluña. Pensei que aquele seria o caminho escolhido por minha mulher para ir ao Ritz, mas com Bea a gente nunca sabe. Gostava de experimentar todos os caminhos possíveis entre dois destinos. Logo desisti de procurá-la e imaginei que tomara um táxi, mais de acordo com a elegância que ela ostentava para a ocasião.

Demorei quinze minutos para chegar ao Ritz. Embora a temperatura não passasse dos dez graus, estava suando e sem fôlego. O porteiro me olhou de cima a baixo, mas abriu a porta simulando uma pequena reverência. O hall, com seu ar de cenário de filmes de amor e espionagem, me deixava constrangido. Minha escassa experiência em hotéis de luxo não tinha me preparado para identificar o que era o quê. Vi um balcão com um recepcionista desdenhoso que me observava com um misto de curiosidade e desconfiança. Fui até o balcão e armei um sorriso que não conseguiu impressioná-lo.

— O restaurante, por favor?

O recepcionista me examinou com uma cortesia descrente.

— O senhor tem reserva?

— Marquei encontro com um hóspede do hotel.

O recepcionista sorriu friamente e fez que sim.

— O restaurante fica no final do corredor, senhor.

— Muito obrigado.

Fui para lá com o coração na mão. Não tinha a menor ideia do que ia dizer ou fazer quando encontrasse Bea com aquele sujeito. O maître veio a meu encontro e barrou minha passagem com um sorriso blindado. Seu olhar delatava uma franca desaprovação dos meus trajes.

— O cavalheiro tem reserva? — perguntou.

Afastei-o com a mão e entrei no salão. A maioria das mesas estava vazia. Um casal mais velho com ar mumificado e modos antiquados interrompeu a solenidade da sopa para me avaliar com cara de desprezo. Outras duas mesas hospedavam clientes com aparência de homens de negócios e uma que outra dama de fino trato faturada como verba de representação. Não havia sinal de Cascos de Buendía nem de Bea.

Ouvi os passos do maître com sua escolta de garçons às minhas costas. Virei e esbocei um sorriso afável.

— O sr. Cascos Buendía não fez uma reserva para as duas horas? — perguntei.

— Ele pediu que mandássemos o serviço para a suíte — informou o maître.

Consultei meu relógio. Eram duas e vinte. Fui até o corredor dos elevadores. Um dos porteiros estava de olho em mim, mas quando tentou me alcançar eu já tinha entrado no elevador. Apertei num dos andares superiores, sem lembrar que não tinha a menor ideia de onde ficava a suíte Continental.

"Comece por cima", disse a mim mesmo.

Saí do elevador no sétimo andar e comecei a vagar pelos corredores desertos. De repente, topei com uma porta que dava para a escada de incêndio e desci para o andar de baixo. Fui de porta em porta, procurando a suíte Continental, sem sorte. Meu relógio marcava duas e meia. No quinto andar encontrei uma moça que arrastava um carrinho com espanadores, detergentes e toalhas e perguntei onde ficava a suíte. Ela me olhou aflita, mas devo tê-la assustado o suficiente para que apontasse para cima.

— Oitavo andar.

Preferi evitar os elevadores, caso o pessoal do hotel estivesse atrás de mim. Quatro andares de escada e um longo corredor depois, cheguei à porta da suíte Continental empapado de suor. Fiquei ali durante um minuto, tentando imaginar o que estava acontecendo atrás daquela porta de madeira nobre e perguntando onde poderia encontrar bom-senso suficiente para ir embora de lá. Tive a impressão de que alguém me espiava disfarçadamente do fundo do corredor e tive medo de que fosse um dos porteiros, mas reparando bem, vi que a silhueta sumia atrás da esquina e concluí que se tratava de um hóspede do hotel. Finalmente, toquei a campainha.

10

Ouvi passos se aproximando da porta. A imagem de Bea abotoando a blusa deslizou por minha mente. Um giro de chave. Apertei os punhos. A porta se abriu. Um sujeito com o cabelo cheio de brilhantina, envolto num roupão branco e usando pantufas de cinco estrelas apareceu na porta. Tinham se passado muitos anos, mas ninguém esquece as caras que destesta profundamente.

— Sempere? — perguntou ele, incrédulo.

O soco o atingiu entre o lábio superior e o nariz. Notei que a carne e a cartilagem se partiram sob meu punho. Cascos levou as mãos ao rosto e cambaleou. O sangue escorria entre seus dedos. Dei um empurrão que o jogou longe e penetrei no quarto. Ouvi quando Cascos caiu no chão às minhas costas. A cama estava feita e um prato fumegante estava servido sobre a mesa, colocada diante da varanda, com vista para a Gran Vía. O serviço era para uma só pessoa. Voltei e encarei Cascos, que tentava se levantar, agarrado a uma cadeira.

— Onde está? — perguntei.

O rosto de Cascos estava deformado pela dor. O sangue escorria pela cara e pelo peito. Vi que além do lábio partido, o nariz parecia quebrado. Senti uma ardência forte nos nós dos dedos e quando olhei a mão, descobri que tinha dado a pele em troca de partir a cara dele. Não me arrependi nem um pouco.

— Não veio. Contente? — cuspiu Cascos.

— E desde quando você se dedica a escrever cartas de amor para minha mulher?

Tive a impressão de que ele estava rindo e antes que pudesse pronunciar outra palavra parti de novo para cima dele, que foi presenteado com mais um soco, dado com toda a raiva que carregava dentro de mim. O golpe afrouxou seus dentes e deixou minha mão dormente. Cascos deu um gemido de agonia e desmoronou sobre a cadeira em que estava apoiado. Viu quando me debrucei sobre ele e cobriu o rosto com os braços. Agarrei seu pescoço e apertei os dedos como se quisesse rasgar sua garganta.

— O que você tem a ver com Valls?

Cascos olhava para mim aterrorizado, convencido de que ia matá-lo ali mesmo. Balbuciou algo incompreensível e minhas mãos ficaram cobertas com a saliva e o sangue que saía de sua boca. As veias capilares começaram a arrebentar sob a córnea e uma rede de linhas escuras abriu passagem até a íris. Entendi que estava matando o sujeito e soltei-o bruscamente. Cascos emitiu um ronco gutural e levou as mãos ao pescoço. Sentei na cama diante dele. Minhas mãos tremiam e estavam cobertas de sangue. Entrei no banheiro para lavá-las. Molhei o rosto e o cabelo na água fria e, ao ver meu reflexo no espelho, mal me reconheci. Por muito pouco, não tinha matado um homem.

11

Quando retornei ao quarto, Cascos continuava caído na cadeira, ofegante. Enchi um copo d'água e dei a ele. Quando viu que me aproximava de novo, virou-se de lado esperando outro soco.

— Tome — disse eu.

Abriu os olhos e hesitou alguns segundos diante do copo.

— Tome — repeti. — É só água.

Pegou o copo com a mão trêmula e levou aos lábios. Foi então que vi que tinha quebrado vários dentes. Cascos gemeu e seus olhos se encheram de lágrimas de dor quando a água fria tocou a polpa exposta sob o esmalte. Ficamos em silêncio por mais de um minuto.

— Chamo um médico? — perguntei afinal.

Levantou os olhos e fez que não.

— Saia daqui antes que chame a polícia.

— Diga qual é a sua relação com Mauricio Valls e saio.

Encarei-o friamente.

— É... é um dos sócios da editora onde trabalho.

— Foi ele quem mandou você escrever a carta?

Cascos hesitou. Levantei e dei um passo em sua direção. Agarrei-o pelos cabelos e puxei com força.

— Não me bata mais — implorou.

Evitava me olhar nos olhos.

— Não foi ele — conseguiu dizer.

— Quem então?

— Um de seus secretários, Armero.

— Quem?

— Paco Armero. Um empregado da editora. Disse que devia retomar o contato com Beatriz e que, se o fizesse, faria alguma coisa por mim. Uma recompensa.

— E por que retomar o contato com Bea?

— Não sei.

Fiz menção de esbofeteá-lo de novo.

— Não sei — ganiu Cascos. — É verdade.

— Foi por isso que marcou esse encontro aqui?

— Continuo gostando de Beatriz.

— Bela maneira de demonstrar. Onde está Valls?

— Não sei.

— Como pode não saber onde está seu chefe?

— Nem o conheço, está bem? Nunca o vi. Nunca falei com ele.

— Explique melhor.

— Comecei a trabalhar na Ariadna há um ano e meio, nos escritórios de Madri. E durante todo esse tempo, nunca o vi. Ninguém o vê.

Levantou lentamente e foi para o telefone do quarto. Deixei. Levantou o fone e me olhou com ódio.

— Vou chamar a polícia...

— Não será necessário — disse uma voz vinda do corredor onde estava o quarto.

Virei para dar de cara com Fermín vestido com um terno que imaginei fosse de meu pai, sustentando no alto um documento com jeito de carteira da polícia.

— Inspetor Fermín Romero de Torres. Polícia. Recebemos denúncia de baderna. Qual dos dois pode resumir o que aconteceu aqui?

Não sei qual dois estava mais espantado, Cascos ou eu. Fermín aproveitou a ocasião para arrebatar suavemente o fone das mãos de Cascos.

— Permita-me — disse, afastando-o. — Vou avisar a chefatura.

Fingiu que discava um número e sorriu para nós.

— Ligue-me com a chefatura, por favor. Sim, obrigado.

Esperou alguns segundos.

— Sim, Maria Pili, é Romero de Torres. Chame o Palacios. Claro, espero.

Enquanto fingia esperar, Fermín cobriu o fone com a mão e fez um gesto para Cascos.

— E o senhor, bateu com a cara na porta do banheiro ou tem algo a declarar?

— Esse selvagem me agrediu e tentou me matar. Quero apresentar uma queixa agora mesmo. Esse sujeito vai se dar muito mal.

Fermín olhou para mim com um ar oficial e fez que sim.

— De fato. Muito mal mesmo.

Fingiu ouvir alguma coisa no telefone e, com um gesto, ordenou que Cascos ficasse quieto.

— Sim, Palacios. No Ritz. Sim. Um 424. Um ferido. Sobretudo na cara. Depende. Como um mapa, eu diria. Certo. Vou prender um suspeito em flagrante.

Desligou o telefone.

— Tudo resolvido.

Chegou perto de mim e, agarrando meu braço com autoridade, mandou que me calasse.

— Não quero ouvir um pio. Tudo o que disser poderá ser usado para engaiolá-lo no mínimo até Todos os Santos. Vamos, andando.

Retorcido de dor e ainda confuso com o aparecimento de Fermín, Cascos contemplava a cena e não se convencia.

— Não vai algemá-lo?

— Isso é um hotel de luxo. Deixaremos as algemas para o carro-patrulha.

Cascos, que continuava a sangrar e provavelmente via tudo duplo, vedou nossa passagem, pouco convencido.

— Tem certeza de que é da polícia?

— Brigada secreta. Vou pedir agora mesmo que lhe mandem um bom filé de carne crua para colocar nessa cara como uma máscara. Santo remédio para contusões a curto prazo. Meus colegas passarão mais tarde para tomar seu depoimento e formalizar a queixa — recitou afastando o braço de Cascos e empurrando-me a toda velocidade para a saída.

12

Tomamos um táxi na porta do hotel e percorremos a Gran Vía em silêncio.

— Jesus, Maria, José! — explodiu Fermín. — Ficou maluco? Olho para você e não reconheço... O que queria? Acabar com esse imbecil?

— Trabalha para Mauricio Valls — disse como toda resposta.

Fermín revirou os olhos.

— Daniel, essa obsessão está começando a fugir do controle. Maldita hora em que lhe contei tudo... Você está bem? Deixe ver essa mão.

Mostrei o punho.

— Virgem santa.

— Como é que soube?

— Conheço você como se o tivesse parido, embora às vezes quase me arrependa — disse ele, furioso.

— Não sei o que me deu...

— Mas eu sei. E não gosto nem um pouco. Esse não é o Daniel que conheço. Nem o Daniel de quem quero ser amigo.

Minha mão estava doendo, porém o que doía mais era ver que tinha decepcionado Fermín.

— Não fique chateado comigo, Fermín.

— Claro, quem sabe o rapazinho não quer também uma medalha...

Passamos um tempo em silêncio, cada um olhando para o seu lado da rua.

— Ainda bem que veio — comentei afinal.

— Achou que ia deixá-lo sozinho?

— Não vai contar nada a Bea, vai?

— O que acha de eu escrever uma carta ao diretor do *La Vanguardia* contando suas façanhas?

— Não sei o que me deu, não sei...

Olhou para mim com severidade, mas por fim sua expressão relaxou e ele deu uma palmadinha em minha mão. Engoli a dor.

— Vamos deixar para lá. Acho que teria feito o mesmo.

Contemplei Barcelona desfilando atrás dos vidros.

— Que carteira era aquela?

— O quê?

— A carteirinha de polícia que mostrou... O que era?

— A carteira do Barça do padre.

— Você tinha razão, Fermín. Fui um imbecil por suspeitar de Bea.

— Sempre tenho razão. É de nascença...

Rendi-me à evidência e calei: já tinha dito bobagens demais por um dia. Fermín agora estava quieto demais, com uma expressão pensativa. Fiquei preocupado achando que meu comportamento tinha causado uma decepção tão grande que ele não sabia mais o que dizer.

— Em que está pensando, Fermín?

Virou e olhou para mim, apreensivo.

— Estava pensando naquele sujeito.

— Cascos?

— Não. Valls. No que o imbecil do Cascos disse. No que isso significa.

— Do que está falando?

Fermín me olhou sombriamente.

— De que até agora o que me preocupava era saber que você queria encontrar Valls.

— Não se preocupa mais?

— Tem uma coisa que me preocupa ainda mais, Daniel.

— O que é?

— Agora é ele quem está procurando você.

Ficamos nos olhando em silêncio.

— Tem ideia do motivo? — perguntei.

Fermín, que sempre tinha respostas para tudo, fez que não lentamente e desviou os olhos.

Fizemos o resto do trajeto em silêncio. Quando cheguei em casa, subi direto para o apartamento, tomei uma chuveirada e engoli quatro aspirinas. Fechei as persianas e, abraçando aquele travesseiro que tinha o cheiro de Bea, adormeci como o idiota que era, perguntando onde estaria aquela mulher pela qual não me importava ter protagonizado o ridículo do século.

13

— **P**areço um porco-espinho — sentenciou Bernarda contemplando sua imagem multiplicada por cem na sala dos espelhos da Santa Eulalia Modas.

Duas modistas ajoelhadas a seus pés continuavam a ajustar o vestido com dezenas de alfinetes, sob o olhar atento de Bea, que caminhava em círculos ao redor de Bernarda e inspecionava cada dobra e cada costura, como se sua vida estivesse em jogo. Bernarda, com os braços abertos em cruz, quase não se atrevia a respirar, com o olhar preso na variedade de ângulos de sua silhueta que a sala hexagonal revestida de espelhos lhe devolvia, em busca de indícios de volume no ventre.

— Tem certeza de que não se nota nada, dona Bea?

— Nada. Reta como uma tábua de passar. Onde interessa, claro.

— Ai, não sei, não...

O martírio de Bernarda e o balé das modistas para ajustar e soltar se prolongaram por outra meia hora. Quando parecia que não sobrava mais nenhum alfinete no mundo para espetar a pobre Bernarda, o costureiro titular, astro da companhia e autor da peça, fez sua entrada abrindo as cortinas e, depois de uma análise sumária e de um par de correções no caimento da saia, deu sua aprovação e estalou os dedos para indicar às assistentes que saíssem de cena discretamente.

— Nem Pertegaz poderia deixá-la mais bonita — sentenciou satisfeito.

Bea sorriu e concordou.

O costureiro, um cavalheiro esbelto de maneiras refinadas e posturas contraditórias, que respondia simplesmente pelo nome de Evaristo, beijou o rosto de Bernarda.

— É a melhor modelo do mundo. A mais paciente e a mais sofrida. Custou, mas valeu a pena.

— E o senhor acha mesmo que vou conseguir respirar aqui dentro?

— Meu amor, você vai se casar na Santa Madre Igreja com um macho ibérico. Respirar já era, ouça o que digo. Pense que um vestido de noiva é como um escafandro de mergulho: não é o melhor lugar para respirar; a diversão só começa na hora de tirá-lo.

Bernarda se benzeu diante das insinuações do costureiro.

— Agora vou lhe pedir que tire o vestido com muitíssimo cuidado, pois as costuras estão soltas e, com tanto alfinete, não quero que suba o altar parecendo uma peneira — disse Evaristo.

— Pode deixar que eu ajudo — ofereceu Bea.

Lançando um olhar sugestivo, Evaristo radiografou Bea de cima a baixo.

— E você, quando é que vou poder vesti-la e despi-la, querida? — perguntou, retirando-se por trás da cortina, numa saída teatral.

— Que olhada ele lhe deu, o safado — comentou Bernarda. — E isso que dizem que ele só passeia na calçada do outro lado.

— Acho que Evaristo anda em todas as calçadas, Bernarda.

— E pode? — perguntou ela.

— Venha, vamos ver se conseguimos tirá-la daí sem deixar cair um único alfinete.

Enquanto Bea ia libertando Bernarda de seu cativeiro, a donzela praguejava baixinho.

Desde que ficou sabendo do preço daquele vestido, que seu patrão, don Gustavo, insistiu em pagar do próprio bolso, Bernarda andava inquieta.

— Don Gustavo não precisava gastar essa fortuna. Teimou que tinha que ser aqui, na casa mais cara de toda Barcelona, e ainda por cima em contratar esse Evaristo, que é meio sobrinho ou sei lá o que dele e já começou dizendo que qualquer tecido que não fosse da Casa Gratacós lhe dava alergia. Assim não dá...

— Cavalo dado... Além do mais, don Gustavo vai ficar satisfeito ao ver você se casar nos conformes. Ele é assim.

— Pois com o vestido de minha mãe e um par de remendos eu me caso igual e para Fermín, tanto faz: cada vez que lhe mostro um vestido novo tudo o que ele quer é tirá-lo... E foi assim que entramos pelo cano, Deus me perdoe — disse Bernarda apalpando o ventre.

— Também casei grávida, Bernarda, e posso garantir que Deus tem coisas muito mais urgentes para resolver.

— É o que Fermín diz, mas não sei, não...

— Escute Fermín e não se preocupe com nada.

Bernarda, de combinação e anágua, exausta depois de duas horas em pé, de salto alto e com os braços para cima, se deixou cair numa poltrona e suspirou.

— Ai, o pobrezinho está quase sumindo depois dos quilos que perdeu. Fico tão preocupada...

— Vai ver que a partir de agora ele vai se recuperar. Os homens são assim, como gerânios. Quando você pensa que vão morrer, revivem.

— Não sei, não, dona Bea, tenho visto Fermín muito abatido. Ele diz que quer casar, mas tenho cá as minhas dúvidas.

— Mas ele é louco por você, Bernarda.

Bernarda deu de ombros.

— Olhe, não sou tão boba quanto pareço. A única coisa que fiz na vida foi limpar casas desde os treze anos e deve ter muita coisa que não sou capaz de entender, mas sei que meu Fermín já andou muito por esse mundo e teve suas histórias por aí. Nunca me contou nada de sua vida antes de a gente se conhecer, mas sei que teve outras mulheres e já deu muita volta.

— E que acabou escolhendo você entre todas. Só para você ver.

— Gosta mais de mulher do que um bezerro gosta de leite. Quando saímos para passear ou dançar, seus olhos não param, um dia ainda vai acabar vesgo.

— Desde que as mãos fiquem quietas... Pois sei de fonte segura que Fermín sempre foi fiel a você.

— Eu sei. Mas sabe o que me dá medo, dona Bea? Ser pouco para ele. Quando ele fica me olhando todo encantado e diz que quer ficar velhinho junto comigo e todas essas baboseiras que ele adora, sempre acho que um dia ele vai acordar de manhã, me olhar e pensar: "De onde será que tirei essa tonta?"

— Acho que está enganada, Bernarda, Fermín nunca vai pensar isso. Tem você num pedestal.

— Mas isso também não é bom. Preste atenção, já vi muito rapaz fino, desses que põem a mulher num pedestal como se fosse uma santa e depois saem correndo atrás da primeira cachorra que passa como se estivessem no cio. Não sabe quantas vezes vi isso com esses olhos que a terra há de comer.

— Mas Fermín não é assim, Bernarda. Fermín é um dos bons. Um dos poucos, porque os homens são como as castanhas que vendem na rua: quando você compra estão quentinhas e cheiram bem, mas esfriam assim que saem do saquinho e você logo descobre que a maioria está podre por dentro.

— Não está falando do sr. Daniel está?

Bea demorou um instante para responder.

— Não. Claro que não.

Bernarda olhou para ela meio de banda.

— Está tudo bem em casa, dona Bea?

Bea brincou com um pedacinho da combinação que aparecia por trás do ombro de Bernarda.

— Está, Bernarda. O que acontece é que nós duas fomos atrás de uma dupla de maridos cheios de coisas e segredos.

Bernarda concordou.

— Às vezes parecem crianças.

— Homens. Melhor deixá-los soltos.

— Ah, mas que eu gosto, gosto — disse Bernarda —, e já sei que é pecado.

Bea riu.

— E qual é o seu tipo? O do Evaristo?

— Não, Deus me livre! De tanto se olhar no espelho, ele vai gastar. Homem que leva mais tempo do que eu se arrumando me dá aflição, sei lá. Gosto deles um pouco brutos, como é que vou dizer? E sei muito bem que Fermín não é bonito, bonito do jeito que se fala. Mas eu acho ele bonito e gostoso. E muito homem. E no final, é isso que conta, que seja bom e que seja de verdade. E que você possa agarrar bastante numa noite de inverno para tirar o frio do corpo.

Bea sorriu, concordando.

— Amém. Mas um passarinho me contou que você gosta mesmo é do Cary Grant.

Bernarda ficou toda vermelha.

— E a senhora, não? Não para casar, hein, que esse daí se apaixonou no dia em que se viu pela primeira vez no espelho. Mas cá entre nós, e que Deus me perdoe, para um bom amasso não ia achar nada mau...

— O que Fermín diria se ouvisse uma coisa dessas, Bernarda?

— O que sempre diz: "No final, fica tudo para os vermes..."

Quinta parte

O NOME
do HERÓI

1

Barcelona, 1958

Daqui a muitos anos, os vinte e três convidados reunidos para comemorar a ocasião vão olhar para trás e recordar o momento histórico da véspera do dia em que Fermín Romero de Torres abandonou a solteirice.

— É o fim de uma era — proclamou o professor Albuquerque, erguendo a taça de champanhe num brinde e sintetizando melhor do que ninguém o que todos sentíamos.

A festa de despedida de solteiro de Fermín, um evento cujos efeitos na população feminina da cidade foram comparados por don Gustavo Barceló à morte de Rodolfo Valentino, teve lugar numa noite clara de fevereiro de 1958, no grande salão de baile de La Paloma, cenário no qual o noivo tinha protagonizado tangos de dar enfarte e momentos que agora fariam parte do catálogo secreto de uma longa carreira a serviço do eterno feminino.

Meu pai, que conseguimos tirar de casa uma vez na vida, tinha contratado os serviços da orquestra de baile semiprofissional La Habana del Baix Llobregat, que aceitou tocar a preço de banana e nos deleitou com uma seleção de mambos, guarachas e ritmos serranos que transportaram o noivo para os dias distantes em que viveu no mundo da intriga e do glamour internacional, nos grandes cassinos de uma Cuba esquecida. Alguns mais, alguns menos, todos os presentes abandonaram o pudor e se jogaram na pista para balançar o esqueleto e para erguer bem alto o nome de Fermín.

Barceló tinha convencido meu pai de que os copos de vodca que lhe dava eram de água mineral com um toque de aromas de Montserrat e em pouco tempo todos pudemos assistir ao espetáculo inédito de ver meu pai dançando colado com uma das discípulas que Rociíto, verdadeira alma da festa, trouxe para animar o evento.

— Santo Deus — murmurei ao ver meu pai sacudindo as cadeiras e sincronizando batidinhas de traseiro no primeiro tempo do compasso com aquela veterana da noite.

Barceló circulava entre os convidados distribuindo charutos e uns cartãoezinhos comemorativos que mandou imprimir numa impressora especializada em lembrancinhas de comunhões, batizados e enterros. Em papel de alta qualidade, via-se uma caricatura de Fermín vestido de anjinho, com as mãos postas em prece e a legenda:

Fermín Romero de Torres
19??-1958
O grande sedutor se retira
1958-19??
O paterfamilias se alevanta

Pela primeira vez em muito tempo, Fermín estava feliz e sereno. Meia hora antes da festança começar, fui com ele ao Can Lluís, onde o professor Albuquerque nos deu fé de que, naquele mesmo dia pela manhã, tinha estado no Registro Civil armado de uma pasta com todos os documentos e papéis confeccionados com mão de artista por Oswaldo Darío de Mortenssen e seu assistente Luisito.

— Amigo Fermín — proclamou o professor. — Quero lhe dar boas-vindas ao mundo dos vivos e entregar-lhe, com don Daniel e os amigos do Can Lluís como testemunhas, a sua nova e legítima carteira de identidade.

Emocionado, Fermín, examinou o documento novo em folha.

— Como fizeram esse milagre?

— Vamos poupá-lo de detalhes técnicos. O que conta é que, quando se tem um amigo de verdade, disposto a se arriscar e a mover céus e terras para que você pudesse se casar segundo as regras e começar a trazer novas criaturas ao mundo a fim de continuar a dinastia Romero de Torres, quase tudo é possível, meu caro Fermín — disse Albuquerque.

Fermín olhou para mim com lágrimas nos olhos e me abraçou com tanta força que pensei que ia morrer asfixiado. Não tenho vergonha de admitir que aquele foi um dos momentos mais felizes da minha vida.

2

Depois de meia hora de música, drinques e danças desenfreadas, resolvi dar uma respirada e fui até o balcão do bar em busca de alguma coisa para beber que não tivesse álcool, pois não poderia ingerir mais nem uma gota de rum com limão, bebida oficial da noite. O garçom me serviu água fria e apoiei as costas no balcão para observar a farra. Não tinha reparado que, na outra ponta do bar, estava Rociíto. Segurava uma taça de champanhe e contemplava a festa que ela mesma tinha organizado com um ar melancólico. Pelo que Fermín tinha me contado, calculei que Rociíto devia estar perto de completar trinta e cinco anos, mas quase vinte anos de ofício tinham deixado muitas marcas e até naquela meia-luz de cores a rainha da rua Escudellers parecia mais velha.

Fui até lá e sorri.

— Está mais bonita do que nunca, Rociíto — menti.

Tinha escolhido roupas de primeira qualidade e dava para reconhecer o trabalho do melhor cabeleireiro da rua Conde del Asalto, mas tive a impressão de que naquela noite ela estava mais triste do que nunca.

— Tudo bem com você, Rociíto?

— Olhe para ele, coitadinho, está que é pele e osso e ainda tem ânimo para dançar.

Seus olhos estavam presos em Fermín e vi que ela sempre veria nele o campeão que a salvou de um cafetão de meia-tigela e que provavelmente, depois de vinte anos de calçada, era o único homem entre todos os que conheceu que ela achava que valia a pena.

— Don Daniel, não quis contar a Fermín, mas não vou ao casamento amanhã.

— Mas como, Rociíto? Fermín já tinha reservado um lugar de honra para você...

Rociíto abaixou os olhos.

— Sei, mas não posso ir.

— E por quê? — perguntei, embora adivinhasse a resposta.

— Porque ficaria muito triste e quero muito que Fermín seja muito feliz com sua senhora.

Rociíto tinha começado a chorar. E eu não sabia o que dizer, de modo que a abracei.

— Sempre o amei, sabia? Desde o momento em que o conheci. Sei que não sou mulher para ele, que ele me vê como... bem, como a Rociíto.

— Fermín gosta muito de você, nunca se esqueça disso.

A mulher se afastou e secou as lágrimas, envergonhada. Sorriu e deu de ombros.

— Perdão, é que sou mesmo uma boba e, quando bebo duas gotas, não sei mais o que estou dizendo.

— Tudo bem.

Ofereci meu copo d'água e ela aceitou.

— Um belo dia, você nota que a juventude passou e que o trem já partiu, sabe como é?

— Sempre vem outro trem. Sempre.

Rociíto concordou.

— E, portanto, não vou ao casamento, don Daniel. Alguns meses atrás, conheci um senhor de Reus. É um bom homem. Viúvo. Um bom pai. Tem uma espécie de ferro-velho e toda vez que vem a Barcelona, passa para me ver. Pediu minha mão em casamento. Mas saiba que nenhum dos dois está se enganando. Ficar velho sozinho é muito duro e sei muito bem que já não tenho corpo para continuar fazendo sucesso na rua. Jaumet, o senhor de Reus, me pediu que fosse viajar com ele. Os filhos já saíram de casa e ele trabalhou a vida inteira. Diz que quer ver o mundo antes do fim da vida e pediu que fosse com ele. Como sua esposa, não como uma fulana qualquer, para usar e jogar fora. O barco sai amanhã de manhã bem cedo. Jaumet disse que o capitão do navio tem autoridade para nos casar em alto-mar e, se não tiver, encontraremos um padre em algum porto no caminho.

— Fermín já sabe?

Como se estivesse ouvindo mesmo de longe, Fermín parou no meio da pista de dança e ficou olhando para nós. Estendeu os braços para Rociíto e fez aquela cara de triste, necessitado de carinho, que sempre tinha dado certo. Ela riu, balançando a cabeça em silêncio, e antes de reunir-se ao amor de sua vida na pista de dança para seu último bolero, virou e me disse:

— Cuide bem dele por mim, Daniel, pois só existe um Fermín.

A orquestra tinha parado de tocar e a pista se abriu para receber Rociíto. Fermín pegou-a pela mão. Os lustres do La Paloma se apagaram lentamente e, no meio das sombras, emergiu o jato de um refletor desenhando um círculo de luz vaporosa aos pés do casal. Todos se afastaram e lentamente a orquestra atacou o compasso do mais triste bolero que alguém já compôs. Olhando-se nos olhos, distantes do mundo, os amantes daquela Barcelona que não voltaria nunca mais dançaram juntinhos pela última vez. Quando a música acabou, Fermín beijou Rociíto nos lábios e ela, banhada em lágrimas, acariciou seu rosto e caminhou devagar para a saída, sem dizer adeus.

3

A orquestra sempre toma providências e tratou de encobrir a situação com uma guaracha. Oswaldo Darío de Mortenssen, que de tanto escrever cartas de amor tinha se transformado num enciclopedista de melancolias, animou os presentes a voltar à pista e fingir que ninguém tinha visto nada. Um tanto abatido, Fermín dirigiu-se ao balcão e sentou num banco a meu lado.

— Tudo bem, Fermín?

Confirmou, abatido.

— Acho que um pouco de ar fresco cairia bem, Daniel.

— Espere aqui que vou pegar os casacos.

Caminhávamos pela calle Tallers rumo às Ramblas quando, cinquenta metros à nossa frente, vimos uma silhueta familiar, andando lentamente.

— Olhe, Daniel, não é seu pai?

— Ele mesmo. Bêbado feito um gambá.

— É a última coisa que esperava ver nesse mundo — disse Fermín.

— Imagine eu então.

Apertamos o passo até alcançá-lo. Quando nos viu, meu pai sorriu com os olhos vidrados.

— Que horas são? — perguntou.

— Já é tarde.

— Foi o que pensei. Ouça, Fermín, foi uma festa maravilhosa. E que garotas. Com uns traseiros capazes de provocar uma guerra.

Revirei os olhos. Fermín segurou meu pai pelo braço e guiou seus passos.

— Sr. Sempere, nunca pensei que lhe diria isso, mas está num estado de forte intoxicação etílica e é melhor não dizer nada de que possa se arrepender depois.

Meu pai concordou, subitamente envergonhado.

— Foi aquele demônio do Barceló, não sei o que ele me deu, não estou acostumado a beber...

— Não é nada. O senhor toma um bom bicarbonato e dorme um longo sono para curar a ressaca. Acorda no dia seguinte fresco como uma rosa e pronto: não aconteceu nada.

— Acho que vou vomitar.

Eu e Fermín seguramos meu pai de pé enquanto ele devolvia tudo o que tinha bebido. Apoiei sua testa empapada de suor frio com a mão e, quando ficou claro que dentro dele não havia mais sinal nem do mingau da manhã, sentamos com ele alguns instantes nos degraus de uma portaria.

— Respire fundo e devagar, sr. Sempere.

Meu pai concordou de olhos fechados. Fermín e eu trocamos olhares.

— Escute, não ia se casar agora?

— Só amanhã de tarde.

— Pois então, felicidades, homem.

— Muito obrigado, sr. Sempere. O que acha, já dá para começar a voltar para casa?

Meu pai fez que sim.

— Vamos, coragem que já está tudo bem.

Soprava um ar fresco e seco que acordou meu pai. Dez minutos depois, quando pegamos a rua Santa Ana, já tinha recuperado o equilíbrio de sempre e estava morto de vergonha, coitado. Provavelmente, nunca tinha ficado bêbado em toda a sua vida.

— Nenhuma palavra sobre isso, com ninguém, por favor — implorou.

Estávamos a vinte metros da livraria quando vi que havia alguém sentado na portaria do edifício. O grande lampião da Casa Jorba, na esquina com Puerta del Ángel, desenhava a silhueta de uma moça jovem com uma maleta nos joelhos. Quando nos viu, ela levantou.

— Temos companhia — murmurou Fermín. Meu pai foi o primeiro a vê-la. Percebi alguma coisa estranha no rosto dele, uma calma tensa que o assaltou como se tivesse recuperado a sobriedade de uma hora para outra. Avançou até a moça, mas de repente parou petrificado.

— Isabella? — ouvi sua voz dizer.

Temendo que a bebida tivesse afetado seu juízo e que fosse desmaiar no meio da rua, me adiantei alguns passos. Foi então que a vi.

4

Não devia ter mais de dezessete anos. Surgiu sob a claridade do lampião que pendia da fachada do edifício e sorriu timidamente, levantando a mão num esboço de cumprimento.

— Sou Sofía — disse, com um leve sotaque na voz.

Meu pai olhava para ela perplexo, como se estivesse vendo um fantasma. Engoli em seco e senti um calafrio percorrer meu corpo. O rosto daquela menina era o retrato vivo de minha mãe, tal como aparecia na coleção de fotografias que meu pai guardava na escrivaninha.

— Sou Sofía — repetiu a menina, inquieta. — Sua sobrinha. De Nápoles...

— Sofía — murmurou meu pai. — Ah... Sofía.

Devemos agradecer à providência que Fermín estivesse ali para tomar as rédeas da situação. Depois de me despertar do susto com um tapa, começou a explicar à menina que o sr. Sempere estava levemente indisposto.

— Estamos chegando de uma degustação de vinhos e um simples copo de água mineral já basta para deixar o coitado tonto. Não dê atenção, *signorina*, normalmente ele não tem esse ar de palerma.

Encontramos o telegrama urgente de tia Laura, mãe da moça, anunciando sua chegada enfiado embaixo da porta de casa.

Já no apartamento, Fermín instalou meu pai no sofá e mandou que eu fosse preparar uma cafeteira de café bem forte. Enquanto isso, ele fazia sala para a menina, perguntando sobre a viagem e disparando todo tipo de banalidades, enquanto meu pai voltava lentamente à vida.

Com um sotaque delicioso e um ar espevitado, Sofía contou que tinha chegado às dez da noite na estação de Francia e, de lá, tinha pegado um táxi até a plaza Cataluña. Como não achou ninguém em casa, procurou abrigo num bar próximo, até que ele também fechou. Então, resolveu sentar para esperar na portaria, pensando que, cedo ou tarde, alguém ia aparecer. Meu pai não tinha esquecido a carta em que sua mãe anunciava que Sofía viria para Barcelona, mas não podia imaginar que ia ser tão rápido.

— Sinto muito ter feito você esperar na rua — disse. — Normalmente, não saio nunca, mas é que hoje à noite era a despedida de solteiro de Fermín e...

Encantada com a notícia, Sofía levantou e sapecou um beijo de parabéns no rosto de Fermín. Apesar de ter se retirado dos campos de batalha, Fermín não conseguiu reprimir o impulso e convidou a menina para o casamento na mesma hora.

Estávamos de conversa havia meia hora quando Bea, que estava voltando da despedida de solteira de Bernarda, ouviu vozes enquanto subia as escadas e bateu na porta. Quando entrou na sala e viu Sofía, ficou branca e olhou para mim.

— Essa é minha prima Sofía, de Nápoles — anunciei. — Veio estudar em Barcelona e vai morar aqui por uma temporada...

Bea tentou dissimular o susto e conseguiu cumprimentá-la com alguma naturalidade.

— Essa é minha esposa, Beatriz.

— Bea, por favor. Ninguém me chama de Beatriz.

O tempo e o café reduziram o impacto da chegada de Sofía e logo em seguida Bea lembrou que a pobrezinha devia estar exausta e que era melhor que fosse dormir. Amanhã seria outro dia, embora fosse dia de casamento. Resolvemos que Sofía ficaria instalada naquele que tinha sido meu quarto quando era pequeno e Fermín, depois de garantir que ele não ia desmaiar novamente, colocou meu pai na cama. Bea disse a Sofía que podia lhe emprestar algum de seus vestidos para a cerimônia e Fermín, cujo hálito cheirava a champanhe a dois metros de distância, já ia soltar algum comentário indiscreto sobre semelhanças e dessemelhanças de silhuetas e talhes, quando tratei de silenciá-lo com uma cotovelada.

Uma fotografia de meus pais no dia de seu casamento nos observava da estante.

Ficamos os três sentados na sala de jantar, olhando para ela, ainda espantados.

— Como duas gotas d'água — murmurou Fermín.

Bea olhava para mim de rabo de olho, tentando decifrar meus pensamentos. Pegou minha mão e estampou uma expressão risonha, disposta a desviar a conversa para outros caminhos.

— E então, como foi a farra? — perguntou Bea.

— Recatada — garantiu Fermín. — E a de vocês, mulheres?

— De recatada não teve nada.

Fermín olhou para mim com gravidade.

— Devo dizer que as mulheres são muito mais safadas para essas coisas do que nós.

Bea sorriu enigmaticamente.

— Quem é mesmo que você está chamando de safada, Fermín?

— Oh, me desculpe esse imperdoável deslize, dona Beatriz, o champagne espumante de Penedés que corre em minhas veias está falando por mim e só digo besteira. Deus é testemunha de que a senhora é um exemplo de virtude e refinamento e este seu fiel servidor, antes de insinuar o mais remoto sinal de leviandade de sua parte, preferia emudecer e passar o resto de seus dias na cela de um capuchinho em silenciosa penitência.

— Quem dera — comentei.

— É melhor mudar de assunto — cortou Bea, olhando para nós como se tivéssemos onze anos. — Suponho que agora vocês vão sair para o tradicional passeio pré-nupcial no quebra-mar — disse ela.

Fermín e eu nos olhamos.

— Então está bem. Sumam daqui. Mas é bom que estejam na igreja amanhã na hora certa...

5

Oúnico local que encontramos aberto àquela hora foi El Xampanyet, na calle Montcada. Ficaram com tanta pena de nós que deixaram que ficássemos um pouco enquanto faziam a limpeza. Quando chegou a hora de fechar, diante da notícia de que Fermín estava a poucas horas de se transformar num homem casado, o dono lhe ofereceu seus pêsames e uma garrafa do remédio da casa.

— Coragem, e que venha o touro — aconselhou.

Ficamos vagando pelas ruelas do bairro de Ribera, consertando o mundo na marra, como sempre fazíamos, até o céu se tingir de vermelho, avisando que tinha chegado a hora: o noivo e o padrinho, ou seja, eu, tínhamos de ir até a ponta do quebra-mar, onde, mais uma vez, receberíamos o amanhecer diante de uma das maiores miragens do mundo, aquela Barcelona que amanhecia refletida nas águas do porto.

Ficamos ali com as pernas penduradas para fora do dique, compartilhando a garrafa presenteada por El Xampanyet. Entre um gole e outro, contemplamos a cidade em silêncio, seguindo o voo de um bando de gaivotas sobre a cúpula da igreja de La Mercé, traçando um arco entre as torres do edifício dos Correios. Ao longe, no alto da montanha de Montjuic, o castelo se erguia, escuro como uma ave espectral, à espreita, vigiando a cidade a seus pés.

O apito de um navio rompeu o silêncio e vimos que, do outro lado das docas nacionais, um grande cruzador levantava âncoras e se preparava para partir. O barco se afastou do cais e, com um golpe de hélices que deixou uma longa esteira branca sobre as águas da enseada, rumou para a boca do porto. Dezenas de passageiros estavam debruçados na amurada da popa, acenando com a mão. Fiquei me perguntando se Rociíto não estaria entre eles com seu elegante e outonal funileiro de Reus. Fermín observava o barco, pensativo.

— Acha que Rociíto vai ser feliz, Daniel?

— E você, Fermín? Vai ser feliz?

Vimos o barco se afastar e as silhuetas foram encolhendo até ficarem invisíveis.

— Tem uma coisa que me intriga, Fermín. Por que não quis que ninguém trouxesse presentes de casamento?

— Não gosto de colocar as pessoas contra a parede. E além do mais, o que íamos fazer com jogos de copos, colherinhas com o escudo da Espanha gravado e todas essas coisas que as pessoas dão de presente em casamentos?

— Pois eu gostaria muito de lhe dar um presente.

— Já me deu o maior presente que pode existir, Daniel.

— Isso não conta. Estou falando de um presente para uso e prazer pessoal.

Fermín olhou para mim curioso.

— Não é uma Nossa Senhora de porcelana ou um crucifixo, é? Bernarda já tem uma coleção tão grande que nem sei onde vamos poder sentar.

— Não se preocupe. Não se trata de um objeto.

— Não será dinheiro...

— Sabe muito bem que, lamentavelmente, não tenho um tostão. O homem do dinheiro é meu sogro e esse não abre a mão nem para dar adeus.

— Os franquistas de última hora sempre são os mais pães-duros.

— Meu sogro é um bom homem, Fermín. Não se meta com ele.

— Não está aqui quem falou, mas não mude de assunto, agora que jogou a isca. Que presente?

— Adivinhe.

— Um lote de caramelos Sugus.

— Frio, gelado...

Fermín ergueu as sobrancelhas, morto de curiosidade. De repente, seus olhos se iluminaram.

— Não... Já estava mais do que na hora.

Confirmei.

— Tudo tem seu tempo. Ouça bem, não pode contar a ninguém o que vai ver hoje, Fermín. A ninguém...

— Nem a Bernarda?

6

O primeiro sol do dia escorria como cobre líquido pelos telhados da rambla de Santa Mónica. Era manhã de domingo e as ruas estavam desertas e silenciosas. Quando entramos na estreita viela do Arco del Teatro, o feixe de luz ofuscante que vinha das Ramblas foi se apagando à nossa passagem e quando chegamos ao grande portão de madeira estávamos mergulhados numa cidade de sombras.

Subi alguns degraus e golpeei a porta com o batente. O eco se perdeu lentamente no interior, como uma ondulação num lago. Fermín, que mantinha um silêncio respeitoso e parecia um garoto às vésperas de seu primeiro rito religioso, olhou para mim com ansiedade.

— Não será cedo demais para bater? — perguntou. — De repente o chefe se aborrece...

— Não são os armazéns El Siglo. Não têm horário — tranquilizei. — E o chefe se chama Isaac. Não diga nada sem que ele pergunte antes.

Fermín concordou, solícito.

— Não darei um pio.

Dois minutos depois, ouvi a dança da trama de engrenagens, alavancas e roldanas que controlavam a fechadura do portão e desci os degraus. A porta abriu um palmo e o rosto aquilino de Isaac Montfort, o guardião, surgiu com seu olhar cortante de sempre. Seus olhos pousaram primeiro em mim e, depois de um exame sumário, passaram a radiografar, catalogar e avaliar Fermín meticulosamente.

— E esse deve ser o célebre Fermín Romero de Torres — murmurou.

— Para servi-lo, ao senhor, a Deus e a...

Silenciei Fermín com uma cotovelada e sorri para o severo guardião.

— Bom dia, Isaac.

— Bom será o dia em que não vier me chamar de madrugada, quando estou no reservado ou dedicado à devoção de um dia santo, Sempere — replicou Isaac. — Venha, entre.

O guardião abriu mais um palmo e nos deixou entrar. Quando a porta fechou às nossas costas, Isaac ergueu o candeeiro do chão e Fermín pôde contemplar o arabesco mecânico daquela fechadura que se dobrava sobre si mesma como as entranhas do maior relógio do mundo.

— Isso aqui faria qualquer gatuno comer um dobrado — deixou cair.

Dei uma olhada de aviso e, rápido, fiz o gesto de silêncio.

— Buscar ou devolver? — perguntou Isaac.

— A verdade é que fazia tempo que queria trazer Fermín para conhecer o local pessoalmente. Já tinha lhe falado muitas vezes daqui. É meu melhor amigo e está se casando hoje, ao meio-dia — expliquei.

— Bendito seja Deus — disse Isaac. — Coitado. Tem certeza de que não quer que lhe ofereça asilo nupcial?

— Fermín é um dos que se casam convencidos, Isaac.

O guardião o examinou de cima a baixo. Fermín deu um sorriso de desculpas por tamanho atrevimento.

— Que coragem.

Ele nos guiou através do grande corredor até a abertura do corredor que conduzia ao grande salão. Deixei Fermín se adiantar alguns passos para que seus olhos descobrissem sozinhos uma visão que as palavras não podem descrever.

Sua silhueta descarnada mergulhou no grande feixe de luz que descia da cúpula de vidro lá no alto. A claridade caía numa cascata de vapor pelos meandros do grande labirinto de corredores, túneis, escadas, arcos e abóbodas que pareciam brotar do solo como o tronco de uma árvore infinita feita de livros, que se abria para o céu numa geometria impossível. Fermín parou no início de uma passarela que penetrava como uma ponte na base da estrutura e, boquiaberto, contemplou o espetáculo. Cheguei junto dele silenciosamente e pousei a mão em seu ombro.

— Bem-vindo ao Cemitério dos Livros Esquecidos, Fermín.

7

De acordo com minha experiência pessoal, quando alguém descobria aquele lugar, sua reação era de encantamento e assombro. A beleza e o mistério do recinto reduziam o visitante ao silêncio, à contemplação e ao sonho. Com Fermín, é claro, tinha que ser diferente. Passou a primeira meia hora hipnotizado, perambulando como um possesso pelos meandros do grande quebra-cabeça desenhado pelo labirinto. Parava para bater com os nós dos dedos em arcos e colunas, como se duvidasse de sua solidez. Parava de novo em ângulos e perspectivas, fazendo uma luneta com as mãos e tentando decifrar a lógica da estrutura. Percorria a espiral de bibliotecas com seu considerável nariz a um centímetro da infinidade de lombadas alinhadas em rotas sem fim, consultando títulos e catalogando tudo o que descobria à sua passagem. Eu o seguia a poucos passos, entre o alarme e a preocupação.

Começava a suspeitar que Isaac ia nos expulsar a pontapés de lá, quando tropecei com o guardião numa das pontes suspensas entre abóbadas de livros. Para minha surpresa, não se lia nenhum sinal de irritação em seu rosto e ele ainda sorria com boa vontade, contemplando os progressos de Fermín em sua primeira exploração do Cemitério dos Livros Esquecidos.

— Seu amigo é um espécime muito particular — avaliou Isaac.

— Não sabe o quanto.

— Não se preocupe, vamos deixá-lo à vontade, não vai demorar para descer das nuvens.

— Não pode se perder?

— Parece esperto. Vai dar um jeito.

Não cabia em mim de espanto, mas não quis contradizer Isaac. Fui com ele até o aposento que servia de escritório e aceitei a xícara de café que me ofereceu.

— Já explicou as regras a seu amigo?

— Fermín e regras são conceitos que não cabem na mesma frase. Mas resumi o básico e ele respondeu com o de sempre "Evidentemente, por quem me toma?".

Enquanto Isaac voltava a encher minha xícara, notei que estava olhando para uma fotografia de sua filha Nuria, colocada sobre a escrivaninha.

— Em breve, fará dois anos que ela se foi — disse com uma tristeza que cortava o coração.

Abaixei os olhos, melancólico. Mesmo que se passassem cem anos, a morte de Nuria Montfort continuaria em minha memória, assim como a certeza de que, se não a tivesse conhecido, talvez ela continuasse viva. Isaac acariciava o retrato com o olhar.

— Estou ficando velho, Sempere, está chegando a hora de encontrar alguém para o meu posto.

Ia protestar contra semelhante insinuação, quando Fermín entrou com o rosto afogueado e ofegante como se tivesse acabado de correr a maratona.

— E então? — perguntou Isaac. — O que lhe parece?

— Glorioso. Mas devo observar que não tem banheiro. Pelo menos à vista.

— Espero que não tenha feito xixi em algum canto.

— Resisti além do que é humano para chegar até aqui.

— Primeira porta à esquerda. Tem que puxar duas vezes, da primeira nunca funciona.

Enquanto Fermín se desfazia em urina, Isaac serviu uma xícara de café, que esperava por ele, fumegante, quando voltou.

— Tenho uma série de perguntas que gostaria de lhe fazer, don Isaac.

— Fermín, acho que não... — interferi.

— Pergunte, pergunte.

— O primeiro bloco tem a ver com a história do local. O segundo é de ordem técnica e arquitetônica. E o terceiro é basicamente bibliográfico...

Isaac riu. Nunca o tinha visto rir em toda a sua vida e não soube dizer se era um sinal dos céus ou um indício de desastre iminente.

— Primeiro você precisa escolher o livro que resolveu salvar — explicou Isaac.

— Dei uma olhada em alguns, mas, nem que seja só pelo valor sentimental, me permiti selecionar este aqui.

Tirou do bolso um volume encadernado em couro vermelho com o título em letras douradas e o desenho de uma caveira na capa.

— Ora, ora, *A cidade dos malditos, episódio treze: Daphne e a escada impossível*, de David Martín... — leu Isaac.

— Um velho amigo — explicou Fermín.

— Não me diga. Pois fique sabendo que houve uma época em que o via por aqui com frequência — disse Isaac.

— Deve ter sido antes da guerra — comentei.

— Não, não... um tempo depois.

Fermín e eu nos entreolhamos. Fiquei me perguntando se Isaac tinha mesmo razão: estava começando a ficar caduco demais para o posto.

— Sem querer contrariá-lo, chefe, devo dizer que isso é impossível — disse Fermín.

— Impossível? Vai ter que explicar melhor...

— David Martín fugiu do país antes da guerra — expliquei. — No início de 1939, perto do final do conflito, resolveu cruzar os Pireneus de volta e foi preso em poucos dias, em Puigcerdá. Ficou na prisão até meados do ano de 1940, quando foi assassinado.

Isaac olhava para nós com incredulidade.

— Pode acreditar, chefe — garantiu Fermín. — Nossas fontes são fidedignas.

— Pois posso garantir que David Martín esteve sentado bem aí, na mesma cadeira que você, Sempere, e que conversamos um bom tempo.

— Tem certeza, Isaac?

— Nunca estive tão certo em toda a minha vida — replicou o guardião. — Lembro porque não o via há anos. Estava muito maltratado e parecia doente.

— Lembra da data em que esteve aqui?

— Perfeitamente. Era a última noite de 1940. Noite de ano-novo. E foi a última vez que o vi.

Fermín e eu estávamos mergulhados em cálculos.

— Isso significa que aquilo que Bebo, o carcereiro, contou a Brians era verdade. Na noite em que Valls ordenou que levassem Martín para o casarão ao lado do parque Güell e o matassem... Bebo disse que, logo depois, ouviu os pistoleiros dizerem que tinha acontecido alguma coisa lá, que havia mais alguém na casa... Alguém que pode ter evitado que matassem Martín... — improvisei.

Isaac ouvia aquelas elucubrações com desolação.

— Do que estão falando? Quem queria assassinar Martín?

— É uma longa história — disse Fermín. — Com toneladas de notas.

— Espero que algum dia me contem...

— E Martín parecia mentalmente bem, Isaac? — perguntei.

— Com Martín, nunca se sabe... Era um homem de alma atormentada. Quando estava indo embora, pedi que me deixasse acompanhá-lo até o trem, mas respondeu que havia um carro esperando por ele lá fora.

— Um carro?

— Um Mercedes-Benz, nada mais, nada menos. Propriedade de alguém a quem ele se referia como o Patrão e que, pelo visto, estava esperando na porta. Mas quando saí com ele, não havia carro, nem nada de nada...

— Não leve a mal, chefe, mas sendo noite de ano-novo, com o espírito festivo da ocasião, não poderia você ter se excedido na ingestão de vinhos e espumantes e, aturdido também com os petiscos e o alto teor de açúcar do torrone de Jijona, imaginado tudo isso? — inquiriu Fermín.

— No capítulo dos espumantes, a única coisa que bebo é gasosa e o único garrafão que tenho por aqui é de água oxigenada — precisou Isaac, sem se mostrar ofendido.

— Desculpe a dúvida. Era mera precaução.

— Entendo. Mas acredite quando digo que, a menos que tenha sido um espírito, e não acredito que fosse, pois sangrava de um ouvido e suas mãos tremiam de febre, sem falar que limpou todos os torrões de açúcar que havia em minha despensa, Martín estava tão vivo quanto vocês ou eu.

— E não disse o que queria depois de tanto tempo?

Isaac fez que sim.

— Disse que ia me deixar uma coisa e que, quando pudesse, voltaria para buscar. Ele ou alguém enviado por ele...

— E o que deixou?

— Um pacote embrulhado com papel e barbante. Não sei o que havia dentro.

Engoli em seco.

— Ainda está com ele? — perguntei.

8

O pacote, resgatado do fundo de um armário, repousava sobre a escrivaninha de Isaac. Quanto passei o dedo, a fina película de poeira que o cobria subiu numa nuvem de partículas acesas pela luz do candeeiro que Isaac segurava com a mão esquerda. À minha direita, Fermín desembolsou seu canivete e me estendeu. Os três nos entreolhamos.

— Seja o que Deus quiser — disse Fermín.

Passei a lâmina sob o barbante que segurava o papel de embrulho ao redor do volume e cortei. Com grande cuidado, afastei o papel até deixar o conteúdo à vista. Era um manuscrito. As páginas estavam sujas, manchadas de cera e de sangue. A primeira página exibia o título, traçado numa caligrafia diabólica.

O Jogo do Anjo
de David Martin

— É o livro que escreveu quando ficou trancado na torre — murmurei. — Bebo deve ter dado um jeito de salvá-lo.

— Tem alguma coisa ali embaixo, Daniel... — indicou Fermín.

Um canto de papel dobrado despontava sob as páginas do manuscrito. Puxei e descobri um envelope. Fechado por um selo de lacre escarlate com a figura de um anjo, trazia na frente uma única palavra em tinta vermelha:

Daniel

* * *

Senti um frio subir pelas minhas mãos. Isaac, que assistia à cena entre o assombro e a desolação, se retirou silenciosamente para a soleira da porta, seguido por Fermín.

— Daniel — chamou Fermín com voz suave. — Vamos deixá-lo sossegado para que abra o envelope com calma e privacidade...

Ouvi seus passos se afastarem devagar e mal consegui escutar o começo da conversa dos dois.

— Ouça, chefe, entre tantas emoções, esqueci de comentar que antes, quando entrei, não pude deixar de ouvir o que disse sobre ter vontade de se aposentar e deixar o posto.

— É isso mesmo. Já são muitos anos aqui, Fermín. Por quê?

— Bem, sei que acabamos de nos conhecer, como se costuma dizer, mas na verdade estou interessado...

As vozes de Fermín e Isaac desapareceram nos ecos do labirinto do Cemitério dos Livros Esquecidos. A sós, sentei na poltrona do guardião e quebrei o lacre. O envelope continha uma folha dobrada, de cor ocre. Abri e comecei a ler.

Barcelona, 31 de dezembro de 1940

Querido Daniel:

Escrevo essas palavras na esperança de que algum dia descubra esse lugar, o Cemitérios dos Livros Esquecidos, um lugar que mudou minha vida como tenho certeza de que mudará a sua. Essa mesma esperança me leva a crer que, talvez então, quando eu já não estiver mais aqui, alguém vai lhe falar de mim e da amizade que me uniu a sua mãe. Sei que, se chegar a ler essas palavras, serão muitas as perguntas e as dúvidas a dominá-lo. Algumas das respostas poderão ser encontradas nesse manuscrito em que tentei redigir assim como lembro, sabendo que minha lucidez está com os dias contados e que muitas vezes só sou capaz de recordar o que nunca aconteceu.

Sei também que, quando receber essa carta, o tempo já terá começado a apagar as marcas do que passou. Sei que deve abrigar suspeitas e que, se a verdade a respeito dos últimos dias de sua mãe tiver chegado a seu conhecimento, deve partilhar comigo o ódio e a sede de vingança. Dizem que perdoar é dos sábios e dos justos, mas sei que nunca vou conseguir. Minha alma já está condenada e não tem salvação possível. Sei que dedicarei cada gota de alento que me restar nesse mundo a tentar vingar a morte de Isabella. Este é meu destino, mas não é o seu.

Sua mãe não ia querer para você uma vida igual a minha, de modo algum. Sua mãe desejava para você uma vida plena, sem ódio nem rancor. Por ela, peço que leia essa história e que, uma vez terminada, a destrua e esqueça tudo o que ouviu sobre um passado que não existe mais, que limpe seu coração de ódio e viva a vida que sua mãe quis lhe dar, olhando sempre para a frente.

E se algum dia, ajoelhado diante de seu túmulo, sentir que o fogo da raiva está tentando se apoderar de você, lembre-se de que na minha história, como na sua, há um anjo que conhece todas as respostas.

Seu amigo,

DAVID MARTÍN

Reli várias vezes as palavras que David Martín me enviava através do tempo, palavras que me pareceram impregnadas de arrependimento e de loucura, palavras que não consegui entender plenamente. Segurei a carta entre os dedos por alguns instantes e depois a aproximei da luz do candeeiro e fiquei olhando enquanto ela queimava.

Encontrei Fermín e Isaac ao pé do labirinto, conversando como velhos amigos. Quando me viram, suas vozes silenciaram e os dois olharam para mim, à espera.

— O conteúdo dessa carta só diz respeito a você, Daniel. Não tem por que nos contar nada.

Concordei. O eco dos sinos se insinuou por trás das paredes. Isaac olhou para nós e consultou seu relógio.

— E então, não havia um casamento ainda hoje?

9

A noiva vestia branco e, embora não exibisse grandes joias ou enfeites, não houve na história uma mulher mais bela aos olhos do noivo do que Bernarda naquele início de fevereiro reluzente de sol na praça da igreja de Santa Ana. Don Gustavo Barceló, que tinha comprado nada mais nada menos que todas as flores de Barcelona para inundar a entrada do templo, chorou como uma madalena arrependida e o padre amigo do noivo surpreendeu a todos com um sermão lúcido, arrancando lágrimas até de Bea, que não era presa fácil.

Quase deixei cair as alianças, mas tudo foi esquecido quando o sacerdote, cumpridos todos os preâmbulos, convidou Fermín a beijar a noiva. Foi então que me virei um instante e tive a impressão de ver uma figura na última fila da igreja, um desconhecido que olhava para mim sorrindo. Não sei dizer por quê, mas por um segundo tive a certeza de que aquele estranho não era outro senão o Prisioneiro do Céu. No entanto, quando olhei outra vez, ele já não estava lá. A meu lado, Fermín abraçou Bernarda com força e, sem grandes cerimônias, sapecou-lhe um beijo na boca que arrancou uma ovação, capitaneada pelo padre.

Naquele dia, ao ver meu amigo beijar a mulher que amava, passou pela minha cabeça que aquele momento, aquele instante roubado ao tempo e a Deus, valia todos os dias de miséria que nos levaram até ali e outros tantos que com certeza ainda nos esperavam ao regressar à vida. E que tudo quanto era decente e limpo e puro nesse mundo e tudo por que valia a pena continuar respirando estava naqueles lábios, naquelas mãos e no olhar daqueles dois felizardos que, eu soube com certeza, ficariam juntos até o fim de suas vidas.

Epílogo

1960

Um homem jovem com uns poucos cabelos brancos e uma sombra no olhar caminha ao sol do meio-dia entre as lápides do cemitério, sob um céu preso no azul do mar.

Leva nos braços um menino que mal pode entender suas palavras, mas que sorri quando encontra seus olhos. Juntos, os dois se aproximam de um modesto túmulo afastado, num balcão suspenso sobre o Mediterrâneo. O homem se ajoelha diante da lápide e, segurando o filho, deixa que ele acaricie as letras gravadas sobre a pedra.

ISABELLA SEMPERE
1917-1939

O homem permanece ali por um momento, em silêncio, as pálpebras apertadas para conter o pranto.

A voz de seu filho o traz de volta ao presente e quando ele abre os olhos vê que o menino está apontando para uma estatueta que desponta entre as pétalas de flores secas, à sombra de um vaso de cristal junto à lápide. Ele tem certeza de que não estava ali da última vez que visitou o túmulo. Sua mão procura entre as flores e pega uma figurinha de gesso, tão pequena que cabe na mão fechada. Um anjo. As palavras que pensava esquecidas se reabrem em sua memória como uma velha ferida.

* * *

E se algum dia, ajoelhado diante de seu túmulo, sentir que o fogo da raiva está tentando se apoderar de você, lembre-se de que em minha história, como na sua, há um anjo que conhece todas as respostas...

O menino tenta pegar o anjo que repousa na mão do pai e, ao tocá-lo, seus dedos o empurram sem querer. A estatueta cai sobre o mármore e se quebra. E então ele vê. É um papelzinho dobrado escondido no interior do gesso. O papel é fino, quase transparente. Ele abre com a ponta dos dedos e, na mesma hora, reconhece a caligrafia:

Mauricio Valls
El Pinar
Calle de Manuel Arnús
Barcelona

A brisa do mar se ergue entre as lápides e o alento de uma maldição acaricia seu rosto. Guarda o papel no bolso. Em seguida, deixa uma rosa branca em cima do túmulo e retorna sobre seus passos com o menino nos braços, até a galeria de ciprestes onde a mãe de seu filho espera por ele. Os três se fundem num abraço e quando ela o encara no fundo dos olhos, descobre neles alguma coisa que não estava lá antes. Algo turvo e escuro que lhe dá medo.

— Você está bem, Daniel?

Ele olha para ela longamente e sorri.

— Eu te amo — diz, e a beija, sabendo que a história, sua história, ainda não terminou.

Acabou de começar.

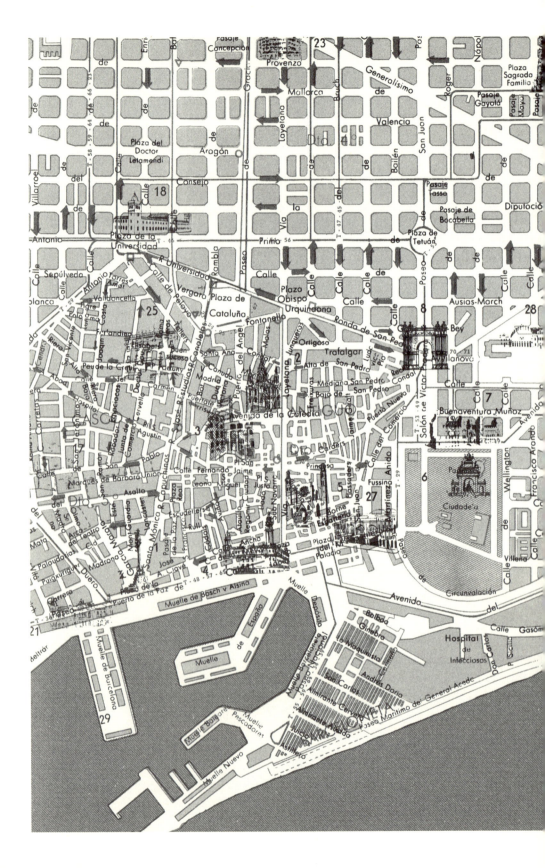

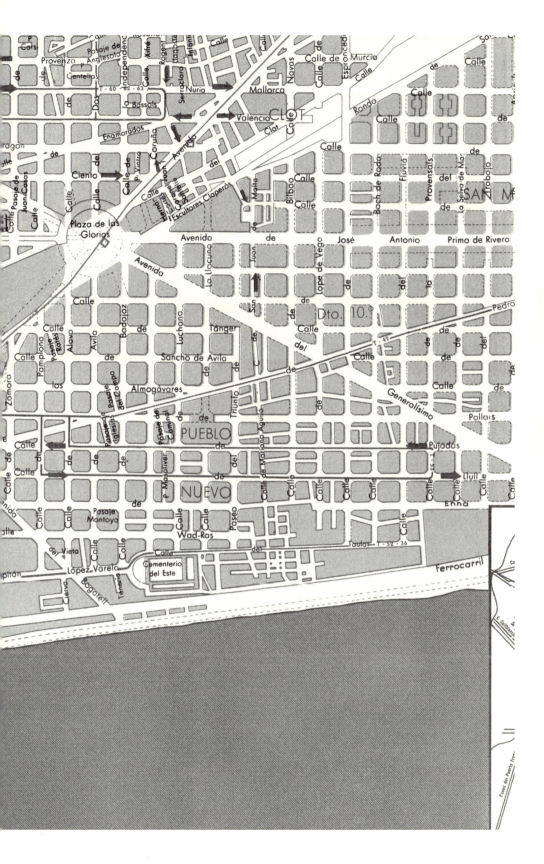

Este livro foi impresso na
LIS GRÁFICA E EDITORA LTDA.
Rua Felício Antônio Alves, 370 – Bonsucesso
CEP 07175-450 – Guarulhos – SP
Fone: (11) 3382-0777 – Fax: (11) 3382-0778
lisgrafica@lisgrafica.com.br – www.lisgrafica.com.br